Cari
Mora

**THOMAS
HARRIS**

카리 모라

**토머스 해리스
장편소설**

**박산호
옮김**

나무의철학

일러두기

1. 책에 등장하는 주요 인명, 지명, 기관명, 상표명 등은 국립국어원 외래어표기법을
   따르되 일부는 관례에 따라 소리 나는 대로 표기했다.
2. 길이, 부피, 무게, 온도 등을 나타내는 단위 중 일부는 문맥에 따라 한국에서 주로 쓰는
   단위로 변환했다.
3. 원서에서 강조한 부분은 따옴표와 이탤릭체로 표기했다.
4. 괄호 안 설명은 모두 옮긴이 주이다.
5. 단행본은 《 》로 표기했으며 논문, 언론 매체, 노래 제목 등은 〈 〉로 표기했다.

나를 사랑과 지혜로 이끌어준
엘리자베스 페이스 반즈에게

chapter

1

깊은 밤 두 남자가 통화를 하고 있다. 그들 사이에는 1,040마일이 라는 거리가 있었다. 두 사람의 얼굴 한쪽에 핸드폰 불빛이 비쳤다. 어둠 속에서 얼굴을 반만 드러낸 채 이야기하는 남자들.

"당신이 말한 곳에 있는 그 집은 내가 구할 수 있어. 그러니까 나머지 다 말해, 헤수스."

치직거리는 잡음을 타고 힘없이 대꾸하는 목소리가 들렸다. "약속한 금액의 4분의 1만 왔어." **헉헉.** "잔금을 다 보내. 깔끔하게 싹 다." **헉헉.**

"헤수스. 내가 만약 당신 도움 없이 원하는 걸 찾아내면 당신은 이제 국물도 없어."

"맞는 말이야. 뭣도 모르고 한 말이겠지만, 지금까지 당신이 살면서 했던 말 중에 가장 맞는 말일 거야." **헉헉.** "당신이 원하는 건 셈텍스(불법 폭탄 제조에 쓰이는 강력한 폭약) 15킬로그램 밑에 깔려 있어… 나 없이 그걸 움켜쥐었다간 당신 살점이 달나라까지 튈 걸."

"내 팔은 길거든, 헤수스."

"그렇다고 달까지 닿진 않을 거 아냐, 한스 페드로."

"당신도 알겠지만 내 이름은 한스 피터야."

"지금 당신 팔이 길어서 당신 거시기 정도는 거뜬히 만질 수 있다는 거야? 무슨 그딴 말을 하고 자빠졌어? 당신 개인 정보 따위는 알고 싶지 않아. 시간 낭비 하지 말고 잔금 보내."

전화가 끊어졌다. 두 남자 모두 누워서 어둠 속을 물끄러미 바라봤다.

한스 피터 슈나이더는 키라고 섬(미국 플로리다 주 동남부 연안에 있는 플로리다 키 중의 한 섬) 앞바다에 떠 있는 자신의 길고 검은 보드의 침대에 누워 있었다. 그는 이물 쪽 선실에 있는 V지 모양으로 갈라진 침대 위에서 여자가 흐느껴 우는 소리를 듣다가 그녀의 울음소리를 흉내 냈다. 소름이 끼칠 정도로 흉내를 잘 냈다. 그는 자신의 엄마 목소리를 흉내 내어 울고 있는 여자의 이름을 불렀다. "칼라? 칼라? 아가, 왜 울어? 그건 그냥 꿈이야."

어둠 속에서 절망하던 여자는 순간 그 목소리에 속았다가 다시 좌절해서 고통에 찬 울음을 터트렸다.

여자의 울음소리는 한스 피터에게 음악과 같아서 그의 마음을 달래줬다. 그는 다시 잠이 들었다.

콜롬비아의 바랑키야(콜롬비아 북부의 항구 도시)에서, 헤수스 비야레알은 자신이 단 인공호흡기에서 규칙적으로 나오는 쉭쉭 소리를 들으며 마음을 가라앉혔다. 그는 인공호흡기를 통해 숨을 쉬었

Thomas Harris

다. 어두운 병실에서 한 환자가 신에게 도와달라며 "헤수스!('신이시여'라는 뜻)"라고 외치는 소리가 들렸다.

헤수스 비야레알은 어둠에 대고 속삭였다. "하느님도 나처럼 자네 목소리를 잘 들을 수 있길 바라겠네, 친구. 하지만 그럴 것 같지 않아."

헤수스 비야레알은 가지고 있던 대포 폰으로 전화번호 안내 서비스에 전화를 걸어 바랑키야에 있는 한 댄스 스튜디오의 번호를 알아냈다. 그는 통화를 하려고 산소마스크를 옆으로 밀어제쳤다.

그리고 핸드폰에 대고 말했다. "아니, 난 춤 배울 생각 없어. 오밤중에 춤 추자는 게 아니라 돈 에르네스토와 통화하고 싶어. 그래. 당신도 그 사람을 잘 알잖아. 내 이름을 대면 그 사람이 알 거야." *헉헉*.

한스 피터 슈나이너의 보트가 비스케인 만에 있는 어느 저택을 아주 천천히 지나갔다. 검은 선체 밑으로 흐르는 물에서 쏴아 소리가 났다.

한스 피터는 쌍안경으로 파자마 바지와 러닝셔츠를 입은 스물다섯의 카리 모라가 테라스에서 이른 아침 햇살을 받으며 스트레칭을 하는 모습을 지켜봤다.

"와우." 한스 피터가 말했다. 씩 웃을 때 보이는 상당히 긴 송곳니에 은이 씌워져 있었다.

한스 피터는 키가 크고 핏기 없이 하얀 피부에 털은 한 터럭도 나지 않았다. 속눈썹이 없는 눈꺼풀이 쌍안경 렌즈에 그대로 닿아서 얼룩이 졌다. 그는 린넨 손수건으로 렌즈를 닦았다.

부동산 중개업자인 펠릭스가 그의 뒤에 서 있었다.

"저 아가씨가 바로 관리인이에요. 저 집에 대해선 누구보다 잘 알고 있고, 자잘한 고장은 수리도 할 수 있습니다. 저 아가씨에게서 집에 대한 정보를 빼낸 후에, 봐선 안 될 걸 보기 전에 얼른 잘라버리겠습니다. 저 아가씨 덕분에 시간이 좀 절약될 겁니다." 펠릭스가 말했다.

"시간. 시간이 문제지. 그놈의 허가 하나 받자고 대체 얼마나 더 기다려야 해?"

"지금 저 집을 임대한 사람이 광고를 찍고 있어요. 앞으로 2주는 더 기다려야 합니다."

"펠릭스. 저 집 열쇠 당장 내놔. 오늘 내 앞에 갖다놓으라고." 한스 피터는 독일식 억양으로 영어를 했다.

"당신이 저기 들어갔다가 무슨 일이라도 생기면, 그것도 내 열쇠를 써서 그렇게 되면 다들 내가 범인인 줄 안다고요. OJ 사건 꼴이 나요. 내 열쇠를 쓴 사람은 당신인데 범인은 내가 되는 그런 상황." 펠릭스는 말하면서 혼자 웃었다. "제발 제 말 좀 들으세요. 제가 오늘 임차인한테 가서 양보 좀 하라고 부탁할게요. 저 집은 대낮에 다른 사람들하고 같이 봐야 합니다. 저 집이 얼마나 소름 돋는 줄 아세요? 저 아가씨가 오기 전까지 가정부를 넷이나 갈아치웠어요. 저 집을 무서워하지 않는 가정부는 저 아가씨뿐이라고요."

"펠릭스, 임차인한테 돈을 주겠다고 해. 1만 달러까지 줄 수 있다고. 하지만 당장 열쇠를 내놓지 않으면 넌 5분 안에 이 바닷물 위에 둥둥 떠다니는 신세가 될 거야."

"저 여자를 해치면 저 여자가 당신을 도울 수 없어요. 저 여자는 화재보험 규정 때문에 저기서 잡니다. 낮에는 가끔 다른 곳에서 일하니까, 좀 기다렸다가 낮에 가세요." 펠릭스가 말했다.

"나는 그냥 집을 좀 둘러보려는 거야. 저 여자는 내가 집 안에 있는 것도 모를 거야."

한스 피터는 렌즈로 카리의 모습을 찬찬히 뜯어봤다. 그녀는 이제 까치발로 서서 새 모이통에 모이를 채우고 있었다. 여자의 시체를 그냥 버리긴 아깝다. 몸에 흥미로운 흉터들도 있으니 돈을 많이 받아낼 수 있는데. 아마 누악쇼트(서아프리카에 있는 모리타니의 수도)에 있는 아크로토 그로토 그룹에 팔면 미화 10만 달러, 그곳 화폐인 모리타니 우기야로는 35,433,184 정도 받을 수 있을 것이다. 문신이 없는 그녀의 팔다리를 다 합친 가격이 그 정도다. 한가할 때 고객 입맛에 맞게 작업을 좀 더 해서 팔면 최고가를 받을지도 모르지. 한 15만 달러 정도. 그래봐야 푼돈이지만. 저 집에는 2,500만 달러에서 3,000만 달러 정도가 있으니까.

테라스 옆에 있는 협죽도 나무에서 개똥지빠귀 한 마리가 콜롬비아의 운무림에서 배운 노래를 마이애미 해안까지 와서 불렀다. 카리 모라는 여기서 1,500마일 떨어진 안데스 산맥에 살았던 개똥지빠귀의 독특한 울음소리를 알아차렸다. 새는 아주 열정적으로 노래를 불렀다. 카리는 싱긋 미소를 지으며 잠시 멈춰서 어릴 때 들었던 새소리를 다시 한 번 들었다. 그리고 새에게 휘파람을 불었다. 새도 그에 화답해 지저귀었다. 그녀는 집 안으로 들어갔다.

보트에서 한스 피터가 열쇠를 달라고 손을 내밀었다. 펠릭스는 그와 살이 닿지 않게 조심하면 그의 손바닥에 열쇠를 내려놨다.

"현관문에 경보 장치가 있어요. 하지만 남쪽에 있는 일광욕실 경보기는 고장 나서 부품을 가져와서 고쳐야 해요. 자물쇠 따는 장비 있어요? 그리고 제발 부탁인데 이 열쇠를 쓰기 전에 텀블러

(자물쇠 안의 회전하는 쇠붙이) 좀 긁어놔요. 혹시 모르니까 그 장비
는 계단에 두고 가고."

"널 위해 그렇게 해주지, 펠릭스."

"이건 좋은 생각이 아니에요. 저 여자를 건드리면 저 집에 대한
정보가 몽땅 날아간다고요." 펠릭스가 말했다.

정박지에 세워둔 차로 돌아온 펠릭스는 트렁크에 잭(자동차 타이
어를 갈 때처럼 무거운 것을 들어올릴 때 쓰는 기구)과 각종 도구와 같이
숨겨둔 대포 폰을 꺼내려고 그 위에 덮어둔 매트를 들어올렸다.

"아닙니다, 사장님." 그는 밖에 있는데도 핸드폰에 대고 작은 목
소리로 속삭였다.

"제가 허가가 안 나온다고 핑계를 대서 최대한 시간을 끌어놨지
만. 그놈에게도 이런 일을 처리하는 전담 변호사가 있으니까 제가
손 쓴 걸 알아낼 겁니다. 그놈이 차지하는 건 저 집이 다일 겁니
다. 집이 전부죠. 놈은 우리보다 아는 게 없으니까요… 네, 보증금
은 제가 가지고 있습니다. 감사합니다, 사장님. 실망시키지 않겠습
니다."

chapter

3

카리 모라는 낮에 다양한 일을 한다. 그중에서도 그녀는 펠리컨 하버 시버드 스테이션에서 수의사들과 다른 자원봉사자들과 같이 새와 작은 동물들을 재활 치료하는 일을 좋아한다. 카리는 치료실을 관리하고 근무가 끝나면 의료기구들을 소독한다. 가끔 본부 사람들이 배를 타고 당일치기 여행을 할 때면 사촌과 같이 음식을 준비한다.

카리는 동물과 관련된 일을 할 기회를 잡기 위해 항상 일찍 출근했다. 그런 일을 할 때마다 본부에서 수술복을 지급했는데 그걸 입으면 의료계 종사자가 된 느낌이 들어서 좋았다.

수의사들은 카리를 신뢰하게 됐다. 그녀는 손재주가 비상하고 아주 조심스럽게 새를 다루었으며, 오늘은 블랑코 박사가 지켜보는 동안 낚싯바늘에 걸려서 다친 흰색 펠리컨의 부리 밑에 있는 목 주머니를 꿰맸다. 이 일은 아주 섬세하고 까다로운 작업으로,

새가 마취 가스를 맡고 취해 있는 동안 몇 겹의 살을 따로따로 꿰매야 한다.

거기에 집중하다 보면 조용히 몰입하게 되는, 아주 평화로운 작업이었다. 어렸을 때 전쟁터에서 군인들의 상처를 서둘러 꿰매거나 지혈대를 대거나 피가 줄줄 흐르는 가슴의 상처를 판초로 누르거나 한 손으로 상처를 누르고 압박하면서 이빨로 압박붕대 포장지를 찢어 열던 경험과는 판이하게 달랐다.

수술이 끝난 후, 펠리컨은 마취가 풀릴 때까지 우리에서 자면서 회복하게 놔두고, 블랑코 박사와 다른 직원들은 퇴근했다.

카리는 냉동고에 있는 쥐 한 마리를 해동시키려고 꺼내고 치료실을 정리한 후에, 바깥에 있는 새 우리의 물통 속 물을 갈아줬다.

정리를 끝내고 의료기구를 다 소독한 다음, 타마린드 콜라 캔을 따면서 다 녹은 쥐를 가지고 철망 우리들이 있는 곳으로 갔다.

커다란 수리부엉이 한 마리가 우리 구석의 높은 홰에 앉아 있었다. 카리는 해동된 쥐를 길게 연결된 철망을 통해 좁은 선반 위에 올려놨다. 그리고 눈을 감고, 수리부엉이의 큰 날갯짓이 일으키는 바람이 느껴지기 전에 새가 다가오는 소리를 들으려고 노력했다. 그 커다란 부엉이는 X자 모양의 발 하나로 먹이를 낚아채고 소리 없이 날개를 움직여서 다시 홰로 올라갔다. 그리고 깜짝 놀랄 만큼 부리와 목을 크게 벌린 후에 쥐를 한입에 꿀꺽 삼켰다.

이 수리부엉이는 시버드 스테이션에서 눌러 살게 됐다. 송전선 사고 때문에 한쪽 눈을 잃어서 사냥을 할 수 없게 돼 놔줄 수가 없었다. 하지만 비행 실력은 여전하다. 이 부엉이는 견학을 오는 학생들에게 인기가 많아서 종종 뚫어져라 쳐다보는 수백 명의 꼬마들에게 둘러싸이곤 했다. 가끔 인솔 교사가 꼬마들에게 강의하는 동안, 하나 남은 큰 눈을 감고 꾸벅꾸벅 졸기도 했다.

카리는 철망에 등을 기댄 채 양동이를 뒤집어 그 위에 앉았다. 저쪽에서 발가락 사이를 베였다가 회복 중인 부비새 한 마리가 그녀를 지켜보고 있었다. 카리는 수의사들에게 배운 대로 그 상처를 깔끔하게 꿰매줬다.

근처 정박지에 있는 보트들에 하나둘 불빛이 켜졌고 다정해 보이는 커플들이 보트 주방에서 요리를 하고 있었다.

어릴 때 전쟁터에 끌려간 카리다드 모라는 수의사가 되고 싶었다. 그녀는 TPS(임시보호상태)라는 불안한 신분으로 미국에서 9년째 살고 있는데, 현재 틀어질 대로 틀어진 정치 기류로 봐서는 정부가 언제 변덕을 부려 그 결정을 무효화할지 모를 일이었다.

이민국에서 엄격하게 단속하기 몇 년 전에 그녀는 고졸 검정고시 자격증을 땄었다. 그리고 6주짜리 수업에 지금까지 해온 경험을 보태서 가정 간병인 자격증도 하나 더 땄다. 하지만 그 이상의 교육을 받으려면 더 확실한 신분증이 있어야 했다. 이민국에서 항상 그녀를 주시하고 있었다.

금방 저무는 열대 지방의 황혼 속에서, 그녀는 버스를 타고 만에 있는 저택으로 돌아갔다. 그녀가 도착했을 때는 이미 어두워져서 마지막까지 남은 불빛들을 배경으로 야자나무들이 시커멓게 보였다.

그녀는 물가에 잠시 앉아 있었다. 오늘 밤은 만에서 불어오는 바람이 수많은 유령들을 품고 있었다. 그녀가 그들의 상처에서 흘러나오는 피를 멈추려고 안간힘을 쓰는 동안 그녀의 품에서 살거나 죽었던 청년들, 여자들, 아이들, 같이 숨을 쉬고 살았던 사람들, 혹은 경련을 일으키다가 축 늘어져버린 사람들.

16 Thomas Harris

바람이 마치 키스의 추억, 그녀의 뺨을 스치는 누군가의 속눈썹의 추억, 그녀의 목에 닿는 달콤한 숨결의 추억처럼 가볍게 스치고 가는 밤도 물론 있었다.

가끔은 이런 달콤한 추억들을 실어오고, 가끔은 저런 유령들을 데려오지만 어쨌든 바람은 항상 뭔가로 가득 차 있었다.

카리는 밖에 앉아 개구리들이 부르는 노랫소리를 들었다. 연못에 활짝 피어난 연꽃들이 그녀를 지켜보고 있었다. 그녀는 나무 상자로 직접 만든 부엉이 집의 출입구를 지켜봤다. 구멍 밖으로 얼굴을 내미는 새는 아직 한 마리도 없었다. 청개구리들이 그녀를 몰래 훔쳐보고 있었다.

카리는 안데스 산맥에 사는 개똥지빠귀의 노랫소리를 휘파람으로 불었다. 거기에 대답하는 새는 없었다. 그녀는 마음이 조금 허해지는 걸 느끼면서 집 안으로 들어가 하루 중 가장 힘든 때인 밥을 혼자 먹어야 하는 시간을 맞이했다.

이 집 주인은 파블로 에스코바르(콜롬비아 마약왕)였지만 여기서 산 적은 한 번도 없었다. 그를 아는 사람들은 그가 미국으로 인도될 경우 가족이 쓰게 하려고 이 집을 샀다고 생각했다.

에스코바르가 죽은 후 이 집은 여러 번 법적인 문제에 휘말렸다. 그동안 돈 많은 한량들, 바보들, 부동산 투기꾼들이 이 집을 소유했다. 무모한 투기꾼들은 경매에 나온 이 집을 사서 자신의 행운이 오르락내리락하는 동안 붙들고 있었다. 그래서 이 집은 그들이 저질렀던 어리석은 짓들의 결과물로 가득 차 있었다. 영화 소품들, 금방이라도 달려들거나 움켜쥐려는 포즈를 취하고 있는 괴물 마네킹들. 패션 마네킹들, 영화나 연극 포스터들, 주크박스들, 공포영화 소품들, 섹스용 가구들도 있었다. 거실에는 싱싱 교도소에서 초기에 쓰던 전기의자도 있었다. 그 의자에서 사형당한 죄수는 딱 세 명이었는데 그 의자의 전류 세기를 마지막으로 조정한 사람이 토머스 에디슨이었다.

카리가 마네킹들, 웅크리고 있는 영화 속 괴물들, 플래닛 존에 나오는 거대한 엄마 외계인 피규어 사이를 지나 계단 꼭대기에 있는 자신의 침실로 올라가는 동안 저택 곳곳에 있는 조명이 켜졌다 꺼졌다. 그녀의 침실에서 마지막 불빛이 꺼졌다.

chapter

4

한스 피터 슈나이더는 펠릭스가 건넨 열쇠를 들고 소원대로 마이애미 해변에 있는 그 집에 몰래 숨어들어갈 수 있었다. 이층에서 섹시한 모습으로 잠들어 있을 그 여자, 카리 모라를 오싹하게 만들어줄 수도 있었다.

한스 피터는 마이애미 해변 북쪽에 있는 오래된 선터보트 골목 근처, 비스케인 만에 있는 아무 특징 없는 창고에 거처를 만들어 두었다. 그의 검은 보트는 가까이 있는 보트 창고에 넣어뒀다. 그는 타일을 붙인 샤워실 한가운데 있는 걸상에 벌거벗고 앉아서 사방에 있는 노즐에서 뿜어져 나오는 물줄기를 맞고 있었다. 그는 독일식 억양으로 노래를 부르고 있었다. "… 그냥 빗속에서 노래를 부르고 있어. 기분이 정말 얼마나 좋은지, 난 다시 행복해졌어."

액화 화장 기계(시신을 태우는 대신 녹이는 화장법)의 유리면에 그의 모습이 비쳤다. 거기에 애초 의도와 달리 일이 틀어져버린 칼라의 시체를 녹이는 중이었다.

사방에 뿌옇게 서린 김 때문에, 유리에 비친 한스 피터의 모습은 은판 사진법으로 찍은 사진처럼 보였다. 그는 로댕의 '생각하는 사람' 포즈를 취하면서 곁눈으로 자신의 모습을 슬쩍 봤다. 김과 함께 희미한 잿물 냄새가 올라왔다.

'생각하는 사람' 포즈를 취한 자신과, 기계 속 칼라의 시체가 잿물에 녹아 흐물거리기 시작하면서 서서히 드러난 뼈들이 유리면에 동시에 비치자 흥미로웠다. 기계가 앞뒤로 흔들거리면서 작동하자 속에 든 액체도 같이 출렁거렸다. 기계가 트림을 하자 사방에서 거품이 보글보글 올라왔다.

한스 피터는 자신의 액화 화장 기계를 아주 뿌듯하게 여기고 있었다. 요즘 일반 화장 때 발생하는 탄소발자국을 줄이고 싶어 안달인 생태학 마니아들 사이에서 액화 화장이 대단히 인기를 끌다 보니 웃돈을 얹어주고 이 기계를 장만했다. 이 액화 화장 기계는 탄소 발자국은 물론 그 어떤 흔적도 남기지 않는다. 장사하느라 데리고 있던 여자를 더 이상 팔아먹을 수 없게 되면 그녀를 이 기계에 넣어 녹여버리고 여기서 나온 액체는 화장실 변기에 쏟아 버리면 된다. 지하수에는 어떤 해로운 영향도 미치지 않는다. 그가 작업할 때 부르는 짧은 노래가 있었다.

"한스 피터를 불러주세요, 바로 이 이름을 불러주세요! 그러면 모든 골칫거리는 배수구로 흘러가버린답니다-한스 피터!"

칼라를 데리고 있으면서 손해만 본 건 아니었다. 그녀를 가지고 놀면서 실컷 재미를 봤고 그녀의 신장도 두 개 다 팔아먹을 수 있었다.

샤워실 맞은편에 놓인 그 화장 기계에서 기분 좋은 열기가 느

Thomas Harris

껴졌다. 그는 액화 화장 작업을 가능한 오랫동안 하려고 잿물의 온도를 섭씨 71도로 맞췄다. 그는 칼라의 해골이 살에서 떨어져 나와 수면 위로 천천히 솟아오르는 모습을 지켜보며 마음껏 만끽했고, 파충류처럼 거기서 뿜어져 나오는 온기에 끌렸다.

그는 그 저택에 몰래 들어갈 때 뭘 입을지 고르고 있었다. 판타지 컨벤션에서 새로 훔친 하얀 라텍스 전신 쫄쫄이는 그가 환장하는 옷이지만, 걸을 때 허벅지가 서로 부딪치면서 찍찍 소리가 나서 안 된다. 검은색에 움직이기 편해야 하고, 카리 모라가 자는 모습을 지켜보다가 그 앞에서 옷을 벗기로 결심할 경우 찍찍 소리가 나지 않아야 하니 벨크로가 달린 옷도 금지다. 혹시 몸이 젖거나 끈적거릴 경우를 대비해 갈아입을 옷 한 벌을 비닐봉지에 넣어야 하고 만약을 대비해 DNA를 없앨 표백제가 들어 있는, 화려하게 장식된 플라스크도 하나 넣어 가야 한다. 스터드 파인더(나무, 금속, 철근, 와이어, 케이블 탐지기)도 챙기고.

그는 독일어로 노래를 불렀다. 바흐가 골드베르크 변주곡에 삽입했던 독일 민요로 '사우어크라우트(독일식 김치)와 사탕무는 나를 화나게 만들어'라는 노래였다.

이제부터 하게 될 일을 생각하니 기분이 좋았다. 그 집에 몰래 숨어들다니. 지옥에서 잠들어 있을 파블로 에스코바르에게 보복한다고 생각하니…

한스 피터 슈나이더는 새벽 한 시에 저택 옆에 있는 생울타리 안으로 들어왔다. 피처럼 검은 야자나무 그림자가 환한 달빛으로 물든 땅 위에 드리워 있었다. 바람이 그 커다란 잎들을 흔들 때, 땅에 드리워진 이파리 그림자가 사람의 그림자처럼 보이기도 했다. 가끔은 그게 정말 인간의 그림자이기도 했고. 한스 피터는 바람이 불길 기다렸다가 야자나무 그림자들과 함께 움직이며 잔디밭을 가로질렀다.

저택은 아직도 한낮의 열기를 내뿜고 있었다. 한스 피터는 몸을 집 옆에 찰싹 붙이고 전신을 데우는 열기를 느꼈다. 몸을 비추는 달빛도 느낄 수 있었다. 대머리가 가려웠다. 그는 막 태어난 아기 캥거루가 따뜻한 아기 주머니가 달린 엄마 배를 향해 기어 올라가는 모습을 상상했다.

집은 어두웠다. 일광욕실의 색유리로는 아무것도 볼 수 없었다. 허리케인 차단용 금속 셔터가 내려져 있는 곳도 있었다. 한스 피터는 자물쇠 따는 장비로 텀블러를 두 번 긁어 자국을 남겼다.

그리고 펠릭스가 준 열쇠를 자물쇠 속으로 천천히 밀어넣었다. 순간 싸하면서 얼얼한 느낌이 들었다. 이렇게 따뜻한 집에 몸을 찰싹 붙이고 열쇠를 자물쇠 속으로 밀어넣으려니 가벼운 섹스를 하는 것 같은 쾌감이 일었다. 텀블러가 아주 미세하게 척척 소리를 내며 돌아가는 게 들렸다. 그건 죽은 여자를 덤불 속에 뒀다가 며칠 후 다시 찾아갔을 때 벌레들이 내는 소리 같았다. 여자는 그동안 아주 근사하게 데워져 있었다. 벌레들이 그녀의 몸에 낳은 알들이 부화하면서 살아 있을 때보다 더 따뜻해져 있었다.

타원형 활 모양의 열쇠는 이제 자물쇠에 꽉 물려 붉게 달아올랐다. 그가 이층으로 올라가면 그녀 옆에 있는 한스 피터도 이 열쇠만큼이나 붉게 달아오를 것이다. 그녀의 몸이 아주 차가워질 때까지 옆에 찰싹 붙어 있을 것이다. 애석하게도 그녀의 몸은 태양의 열기가 식어가는 이 집보다도 더 빨리 식어버릴 것이다. 방에 에어컨을 켜둔 상태로는 이불을 덮어주고 그녀 옆에 바짝 달라붙어 있어도 온기가 오래가지 못할 것이다. 그녀들은 항상 그랬다. 너무 빨리 축축해지고, 너무 빨리 차가워져버렸다.

지금 결정할 필요는 없다. 그는 그냥 마음 가는 대로 할지도 모른다. 그런 충동을 억제할 수 있을지 한번 보는 것도 재미있겠지. 이건 그야말로 심장과 머리, 머리와 심장의 격돌이다. 그는 그녀에게서 좋은 냄새가 나길 바랐다. *사우어크라우트와 사탕무는 날 화나게 만들어.*

그가 손잡이를 돌려서 문을 여는 순간 문틈에 붙인 문풍지가 쩍 하고 떨어지는 소리가 들렸다. 카펫 밑에 금속 경보기가 숨겨져 있다면 그의 신발 앞부리에 테이프로 붙여둔 스터드 파인더가 감지할 것이다. 그는 발바닥에 힘을 실어 바닥을 밟기 전에 먼저 신발을 신은 발로 일광욕실 바닥을 스윽 훑었다. 그런 다음 잔디밭에서 움직이는 나무 그림자들과 정수리를 비추는 달빛의 온기를 지나 서늘하고 어두운 실내로 들어왔다.

갑자기 뒤쪽 구석에서 바스락거리는 소리와 함께 비음 섞인 목소리가 들렸다.

"이게 대체 뭔 지랄이야, 카르멘?" 새 한 마리가 말했다.

꺼낸 기억도 없는데 어느새 그의 손에 권총이 들려 있었다. 그는 꼼짝 않고 서 있었다. 새가 새장 안에서 바스락거리면서 홰 위로 올라갔다 내려갔다 하며 뭐라고 중얼거렸다.

달빛이 비친 창문에 마네킹 그림자가 여럿 드리워졌다. 이 중에 하나라도 움직인 게 있나? 한스 피터는 어둠 속에서 마네킹들 사이로 움직였다. 석고로 만든 손 하나가 지나가는 그를 건드렸다.

그건 여기 있어. 그건 여기 있다고. 그 금은 여기 있어. 에스 이스트 히어! 그는 그걸 알고 있었다. 만약 금에도 귀가 있다면 지금

그가 서 있는 거리의 이 자리에서 금을 부르는 소리를 들을 수 있을 것이다. 거실에 놓인 가구와 피아노에는 흰 시트가 덮여 있었다. 그는 바로 들어갔다. 거기 있는 당구대에도 바닥까지 끌리는 긴 시트가 씌워져 있었다. 덜거덕 소리를 내며 제빙기에서 얼음이 떨어졌다. 그는 웅크리고 앉아서, 기다리면서, 주위에서 나는 소리를 들으며 생각했다.

그 여자에게는 이 집에 대한 정보가 많다. 그 여자에게 다른 짓을 하기 전에 먼저 그 정보부터 빼내야 한다. 그 여자를 팔아치우는 건 그다음에 언제든 할 수 있다. 죽여버리면 고작해야 몇 천 달러밖에 못 받아내고, 그마저도 시체에 드라이아이스를 써서 배로 날라야 한다.

자는 그녀를 건드리는 건 아무 의미 없는 짓이지만 테라스에서 본 그녀는 너무나 매력적이고 생각만 해도 마음이 따뜻해졌다. 그래서 자는 그녀를 지켜보고 싶었다. 그에게도 재미를 좀 볼 권리가 있잖아. 어쩌면 자는 그녀의 이불이나, 흉터가 있는 팔에 정액을 한 방울 정도 흘릴 수는 있지 않나. 그 이상은 안 할 테니까. 아, 자는 그녀의 뺨에 한두 방울 흘릴 수도 있지, 그럼 안 돼? 그게 그녀의 눈 속으로 흘러들어갈지도 모르지. 안녕. 나중에 눈물을 흘리게 될 테니 미리 연습시키는 거지 뭐.

바지 주머니에 넣어둔 핸드폰이 허벅지 위에서 윙 울렸다. 그는 쾌감이 느껴질 때까지 그 핸드폰을 여기저기 대고 문질렀다. 그러고 나서 펠릭스가 보낸 문자를 보니 기분이 더 좋아졌다. 문자는 다음과 같았다.

다 됐어요. 1만 달러에다 조금 더 얹어주기로 하고 그 작자가 가진 촬영 허가를 받아냈어요. 내일이면 우리 쪽 허가도 나올 거예요. 이제 들어갈 수 있어요!

한스 피터는 시트로 덮인 당구대 밑에 깔린 카펫에 비스듬히 앉아서 그가 아연집게라고 부르는 손가락으로 문자를 보냈다. 그의 검지 손톱은 그를 무모증으로 만든 유전 질환 때문에 뒤틀려 있다. 그는 의대에서 윤리적 이유로 퇴학당하기 전에 아연집게에 대해 배웠다. 다행히 그의 아버지는 당시 나이가 너무 많아서 그가 그런 실패를 했어도 너무 세게 때리진 못했다. 그의 손톱은 아주 날카로운데다 털이 하나도 안 난 콧구멍을 팔 때도 아주 쓸모가 많았다. 그리고 그것은 곰팡이와 포자와 가시가 있는 꽃과 강간에 아주 민감하게 반응했다.

카리 모라는 어둠 속에서 갑자기 잠이 깼지만 왜 그랬는지 알 수 없었다. 잠에서 깨자 반사적으로 숲속에서 들려오는 경고의 소리에 귀 기울였다. 그러다 정신을 차리고 고개는 별로 움직이지 않은 채 커다란 침실 주위를 둘러봤다. 침실에 있는 아주 작은 불빛들이 다 빛나고 있었다. TV 케이블 박스, 온도 조절 장치, 시계의 불빛까지 모두. 하지만 경보패드에 있는 등은 붉은색이 아니라 초록색이었다.
아래층에 있는 누군가가 경보 장치를 끄면서 삑 소리가 나는 바람에 잠이 깬 것이다. 이제 뭔가가 아래층 현관에 있는 동작 인식 센서를 통과하자 경보 장치의 불빛이 깜빡였다.
카리 모라는 추리닝을 입고 침대 밑에 둔 야구방망이를 꺼냈다.

핸드폰과 칼과 곰을 쫓는 스프레이는 주머니에 들어 있었다. 그녀는 복도로 나가서 구불구불한 계단 아래쪽에 대고 소리를 질렀다.

"거기 누구야? 누군지 어서 말하는 게 좋을 거야."

15초 동안 아무 소리도 들리지 않다가, 밑에서 목소리가 들렸다. "펠릭스야."

카리는 천장을 올려다보고 눈동자를 굴리면서 씩씩거렸다.

그녀는 방의 불을 켠 다음 나선형 계단을 내려왔다. 야구방망이를 손에 든 채.

펠릭스는 계단 밑에 있는 영화 **플래닛 존**에 나오는, 이빨을 다 드러낸 우주 육식조 피규어 앞에 서 있었다.

그는 술에 취한 것 같진 않았다. 손에 무기도 들지 않았다. 거기다 집 안에서 모자를 쓰고 있었다.

카리는 바닥까지 네 계단 남은 곳에 멈춰 섰다. 펠릭스는 평소처럼 돼지 같은 눈으로 그녀를 아래위로 훑어보진 않았다. 이건 좋네.

"밤에 올 때는 먼저 전화하라고 했잖아요." 그녀가 말했다.

"막판에 세입자를 구했어. 영화 찍는 사람들인데 보수는 두둑하게 준대. 당신이 이 집을 잘 아니까 계속 일하면서 요리도 좀 해주면 좋겠다는 거야. 자세한 건 나도 아직 잘 모르겠고. 내 덕분에 일자리가 생겼으니까 고마워해야지. 월급 많이 받으면 성의 표시 좀 해." 펠릭스가 말했다.

"어떤 영화인데요?"

"나도 잘 몰라. 관심도 없고."

"그 소식을 전하자고 새벽 다섯 시에 왔단 말이에요?"

"돈 낼 사람들이니까 자기들 마음대로 하고 싶다는 거지. 해 뜨기 전에 집을 보고 싶대서 말이야." 펠릭스가 말했다.

"이봐요, 펠릭스. 만약 그 사람들이 포르노를 찍을 거면 내가 뭐라고 할지 잘 알잖아요. 정말 포르노 영화면 그 길로 나갈 거야."

LA 카운티에서 포르노 영화를 찍을 때 배우들이 콘돔을 착용한 모습이 화면에 나와야 한다는 법이 통과되어 표현의 자유가 억압되는 바람에, 많은 포르노 영화 제작사들이 마이애미로 오고 있었다.

카리는 이전에도 이 문제로 펠릭스와 다툰 적이 있었다.

"그런 지저분한 영화 아니야. 뭐 리얼리티 드라마 비슷한 건가 봐. 집 안에 220볼트를 쓸 수 있는 배선과 소화기들이 있으면 좋겠대. 그런 것들이 다 어디 있는지 당신은 알잖아, 안 그래?" 그는 마이애미 해변에서 영화 촬영을 해도 좋다고 시에서 발행해준 꾸깃꾸깃해진 허가서를 꺼내면서 테이프 좀 갖다달라고 했다.

15분 후에 보트 한 척이 비스케인 만의 해안 가까이 다가오는 소리가 들렸다.

"부두의 전등들은 켜지 말고 그대로 둬." 펠릭스가 말했다.

한스 피터 슈나이더는 사람들 앞에 나설 때는 대단히 깔끔해 보이고, 그냥 알고 지내는 사람들이 느끼기엔 좋은 냄새가 난다. 하지만 카리 모라는 주방에서 그와 악수하는 순간, 그에게서 유황 냄새를 맡았다. 마치 집집마다 죽은 사람들이 있는 마을이 통째로 타는 것 같은 냄새였다.

한스 피터는 그녀와 악수하면서 그녀의 손바닥이 단단하니 힘이 있다는 점에 주목하고 늑대 같은 미소를 지어 보였다. "우리 영어로 대화할까요? 아니면 스페인어로?"

"좋을 대로 하세요."

괴물들은 자신의 정체가 발각됐을 때 본능적으로 알아차린다. 말이 많아 지겨운 사람들이 그런 것처럼. 한스 피터는 자신의 행동으로 정체가 노출될 때 사람들이 보이는 혐오감과 공포 반응에 익숙해져 있었다. 사람들은 아주 고통스런 순간이 닥치면 어서 빨리 죽여달라고 애걸하는 식으로 반응하기도 한다. 한편, 그의 정체를 다른 사람들보다 좀 더 빨리 알아차리는 사람들도 있다.

카리는 말없이 한스 피터를 빤히 바라봤다. 눈을 깜박이지도 않았다. 그녀의 검은 눈동자에서 영민함이 엿보였다.

한스 피터는 그녀의 눈에 비친 자신의 모습을 보려고 했지만 실망스럽게도 보이지 않았다. *아, 정말 끝내주는 미인이야! 게다가 본인은 자기가 얼마나 아름다운지 모르고 있는 것 같아.*

그는 머릿속에서 2행시를 쓰면서 잠시 몽상에 빠졌다. *당신의 눈에 있는 그 검은 웅덩이에 비친 내 모습이 보이지 않아요/당신을 무너뜨리긴 힘들겠지만, 그렇게만 된다면, 그 얼마나 멋질까요!* 시간이 있을 때 거기다 멜로디를 붙여서 독일어로 노래를 불러볼 것이다. 영어의 "브로큰" 대신 "호리히"를 써서 불러봐야지. 그렇게 바꾸면 '무너뜨리다'라는 뜻보다는 '노예로 만들다'라는 뜻에 더 가까워진다. 그 가사에다 "사우어크라우트와 사탕무" 멜로디를 붙여서 샤워하면서 불러야지. 만약 이 여자가 그때 마침 의식을 되찾고 몸을 깨끗이 씻게 해달라고 애걸한다면 그녀에게 이 노래를 불러줄지도 모르지.

하지만 지금은 이 여자의 호의가 필요하다. 공연을 시작할 때가 됐군.

"당신은 여기서 오랫동안 일했죠. 펠릭스 말로는 당신이 일을 아주 잘하고, 이 집 사정도 훤하다고 하던데요." 그가 말했다.

"5년 동안 불러주실 때마다 이 집을 관리해왔어요. 수리할 때 돕기도 했고."

"저기 수영장이 있는 건물은 물이 새는 곳이 있나요?"

"아뇨. 거긴 튼튼해요. 혹시 시원하게 하고 싶으면 할 수 있어요. 수영장에 에어컨이 있으니까. 회로 차단기는 정원 벽에 설치돼 있고요."

저쪽 구석에서 한스 피터의 부하인 바비 조가 카리를 뚫어져라 바라보고 있었다. 사람을 쳐다보는 것을 무례하게 생각하지 않는 문화권에서도 바비 조의 눈빛은 무례하다고 느꼈을 것이다. 그의 눈동자는 거북이 눈처럼 오렌지색 같은 노란색이었다. 한스 피터가 그를 손짓으로 불렀다. 바비 조는 다가와 카리에게 너무 바짝 붙어서 섰다. 감옥에서 깎았다가 이제 기른 머리 밑으로 드러난 목에 **남자는 힘!** 이라는 문구를 필기체로 새긴 문신이 보였다. 그의 손가락에는 **사랑과 증오**라는 문신이 새겨져 있었고 손바닥에는 **마누엘라**라는 문신이 있었다. 머리가 모자에 비해 너무 작아서 모자에 달린 끈이 옆으로 돌아가 있었다. 뭔가 나쁜 기억이 슬쩍 그녀의 마음을 쑤시고 들어왔다가 가버렸다.

"바비 조, 무거운 장비들은 지금 수영장에 갖다놔." 한스 피터가 말했다.

바비 조는 카리 뒤를 지나가면서 손등으로 그녀의 엉덩이를 슬쩍 스쳤다. 그녀는 목에 걸고 있던 펜던트 목걸이의 거꾸로 뒤집힌 성 베드로의 십자가를 만졌다.

"전기와 물은 집 전체에 다 나오나요?" 한스 피터가 물었다.

"네." 카리가 대답했다.

"여기 220볼트 쓸 수 있어요?"

"네. 세탁실과 주방 스토브 뒤에요. 차고 쪽 골프 카트 충전기도 220볼트고 그 위에 연장 코드 긴 게 두 개 달려 있어요. 검은 거 말고 빨간 걸 써야 해요. 검은 건 바깥쪽으로 나가 있는 선을 누가 잘라버렸어요. 그 옆에 220볼트 차단기도 있어요. 수영장은 다 누전 차단돼 있고요."

"이 집 평면도는 여기 있나요?"

"서재 캐비닛에 건축가의 도면과 전기기사가 제작한 설계도가 있어요."

"이 집 경보 장치는 경비 회사와 연결돼 있나요? 아니면 경찰과 연결돼 있나요?"

"아뇨. 이건 수동 장치라 거리에 사이렌이 울리는 정도로 끝나요. 문마다 달려 있고, 동작 인식 센서는 네 구역으로 나눠져서 설치돼 있어요."

"집에 먹을 건 있어요?"

"아뇨. 여기서 식사할 건가요?"

"그래요. 여기서 먹는 사람들도 있어요."

"여기서 잠도 자나요?"

"우리 일이 끝날 때까진. 우리 중 몇 명은 여기서 먹고 자고 할 거예요."

"거리에 점심을 파는 푸드트럭들이 있어요. 이 동네 건설현장에서 일하는 인부들을 대상으로 파는데 거기 음식들이 괜찮아요. 주중엔 좀 일찍 가서 사는 게 좋고요. 트럭이 지나가면서 경적을 울릴 거예요. 난 코미다스 디스팅귀다스가 제일 맛있더라고요. 살라자 브러더스 트럭 음식도 괜찮고. 지난번에 왔던 영화 촬영 팀은 거기서 식사했어요. 옆에 '따뜻한 음식'이라고 써 붙인 트럭이에요. 출장 요리를 부탁하고 싶다면 내게 전화번호가 있어요."

"당신이 요리를 해줬으면 좋겠는데. 하루에 한 번씩 장을 봐서 한 끼 정도는 제대로 요리해줄 수 있지 않아요? 식탁까지 차릴 필요는 없고 그냥 뷔페처럼 식탁에 놔두기만 하면 됩니다. 보수는 섭섭하지 않게 줄게요."

카리는 돈이 필요했다. 먹고살기 위해 마이애미의 부잣집에서 힘들게 일하는 여자들이 다 그렇듯 카리는 손이 아주 빠르고 음식 솜씨가 좋았다.

"그 정도는 할 수 있어요. 그럼 내가 식사를 준비할게요."

카리는 건설현장 인부들을 상대로 일한 적이 있었다. 십대 시절에는 한밤중부터 요리를 하고 점심 때는 무릎 위까지 자른 반바지를 입고 푸드트럭에서 손님들에게 음식을 팔았다. 그럴 때마다 목수들이 바글바글 몰려와서 장사가 아주 잘됐다. 카리가 겪어보니 거친 육체노동을 하는 남자들 대다수는 선량했고 정중한 사람들도 있었다. 그들은 그저 모든 것에 굶주려 있을 뿐이었다.

하지만 한스 피터 무리 세 사람은 첫인상부터 마음에 들지 않았다. 성냥 그을음으로 만든 잉크와 전동칫솔을 이용해 교도소에서 문신을 하고, 교도소를 제집 드나들 듯 들락거리는 남자들. 그들은 수영장 안에 묵직한 자기 드릴 프레스 하나와 휴대용 공기 착암기 두 대와 영화 카메라 한 대를 들여놓고 있었다.

몸을 쓰는 일을 하는 여자들에게는 고립된 장소에서 거친 남자들과 일할 때 지켜야 할 법칙이 있다. 경험에서 비롯된 그것은 정글에서도 맞았고, 이곳에서도 맞았다. 무리가 클수록 더 안전하다는 법칙이었다. 무리에 남자가 둘 이상 있을 때는 문명이 승리한다. 그들은 술에 취하지 않는 한 여자에게 해코지를 하려 들지 않는다. 하지만 이 남자들은 평소 카리가 보던 남자들보다 훨씬 거칠었다. 그들은 카리가 한스 피터를 높은 생울타리와 이 집의 경계가 되는 담 사이의 좁은 통로에 설치된 전기함으로 안내하는 동안 그녀를 빤히 보고 있었다. 그들이 무슨 생각을 하는지 느낄 수 있었다. **저 여자를 어서 자빠뜨리고 하나씩 차례로 올라타자, 하나씩 차례로 올라타자.** 카리는 그들의 멍청하고 음흉한 시선보다도, 뒤에서 자신을 따라 걸어오는 한스 피터가 더 마음에 걸렸다.

생울타리 뒤에서 한스가 그녀를 마주봤다. 그녀를 정면으로 보면서 싱글싱글 웃는 얼굴이 흰 족제비 같았다.

"펠릭스 말로는 가정부를 넷이나 갈아치우고 나서야 당신을 발견했다고 하던데요. 다른 가정부들은 이 집에 있는 소름 끼치는 물건들 때문에 여기를 무서워했다고. 하지만 당신은 무섭지 않죠? 그 이유가 흥미로울 것 같은데."

이자의 관심을 끌지 마, 대답하지 마, 그녀의 본능이 말했다.

카리는 어깨를 으쓱했다. "장 보는 비용은 선불로 줘야 해요."

"먼저 장을 봐오면 돈을 줄게요." 그가 말했다.

"선불로 현금을 주세요. 진지하게 말하는 거예요."

"당신은 심각한 사람이군요. 말을 들어보니 콜롬비아 사람 같은데. 스페인어는 참 예쁜 언어죠. 미국에는 어떻게 머물게 됐죠? '믿을만한 위험(미국 망명법의 개념 중 하나)' 조항을 이용했나요? 이민국에서 그걸 토대로 여기 머물게 해줬나요?"

"우선 250달러 정도면 장을 충분히 볼 수 있을 것 같군요." 카리가 말했다.

"믿을만한 위험." 한스 피터가 말했다. 그는 그녀의 얼굴 윤곽을 요모조모 뜯어보면서 이 얼굴에 고통을 가하면 어떻게 변할지 생각해보았다. "당신은 저 집에 있는 공포영화 소품들을 봐도 무섭지 않죠, 카리? 왜 그렇죠? 저런 물건들은 그저 쇼핑몰에서 죽치고 노는 아이들이 다른 아이들을 쫓아버리려고 상상해낸 허접한 것들에 지나지 않아 보이죠? 당신은 그렇게 보잖아요, 안 그래요? 당신은 그 차이를 알고 있어요. 당신은 남들보다 진실에 더 가까이 있어요. 진실이란 말 알아요? 라스 베르다데스(진실이란 뜻), 라 레알리다드(사실)? 둘의 차이를 당신은 어떻게 알게 됐죠? 정말 무서운 걸 어디서 봤죠?"

"퍼블릭스에서 신선한 갈비를 세일하고 있어요. 퓨즈도 몇 개 사야 해요." 카리는 그렇게 말하고 생울타리 뒤에 있는 거미줄 밑에 그를 세워둔 채 가버렸다.

"퍼블릭스에서 신선한 갈비를 세일하고 있어요." 한스가 카리의 목소리로 중얼거렸다. 그에게는 다른 사람의 목소리를 기가 막히게 흉내 내는 놀라운 능력이 있었다.

카리가 펠릭스를 한쪽으로 데리고 갔다. "펠릭스, 난 여기서 자진 않겠어요."

"화재보험 조항에 따르면-" 펠릭스가 그렇게 입을 열었다.

"그럼 당신이 여기서 자요. 저자들에게 엉덩이를 내주지 않으려면 똑바로 누워서 자는 편이 나을걸요. 식사는 내가 준비할게요."

"카리, 내 말은-"

"내 말 똑똑히 들어요. 만약 내가 여기서 자면 어리석은 일이 일어나겠죠. 그다음에 일어난 일은 당신이 싫어할 거고, 저 사람들도 싫어할 테니 알아서 해요."

5

"돈 에르네스토 씨가 파블로의 오래된 저택에서 무슨 일이 일어나고 있는지 알고 싶어 해요. 언제쯤 갈 수 있을까요?" 마르코 선장이 말했다.

초저녁, 소형 선박 수리소에 있는 사방이 뚫린 창고에 마르코가 다른 두 남자와 같이 앉아 있었다. 마이애미 강을 따라 줄줄이 묶여 있는 화물선 깃발들이 산들바람에 휘날렸다. 마르코의 보트는 게를 잡는 그물들이 쌓여 있는 부두에 기대어 삐걱거리고 있었다.

"클라우디오의 트럭에 시동이 걸리면 내일 아침 일곱 시에 정원사들과 같이 들어갈 수 있어. 그 집이랑 관리 계약이 되어 있어서 우리 정원사들이 2주마다 한 번씩 가서 가지치기한 것들을 솎아내고 잡초도 깎아야 하거든." 베니토가 말했다. 그는 나이가 많고 피부는 가죽처럼 질겼다. 하지만 눈빛은 형형했다. 그는 굵은 손가락으로 완벽하게 담배를 말아서 끄트머리를 구부린 다음, 부엌에서 쓰는 성냥을 엄지손톱으로 그어서 불을 붙였다.

"헤수스 비야레알이 그 집에 금이 있다고 주장하고 있어요. 자기가 1989년에 파블로를 위해 자기 보트에 금을 실어 날랐다고요. 돈 에르네스토 씨 말로는 지금 그 집에서 영화 촬영을 한다고 주장하는 작자들은 가짜고, 사실은 저택 밑을 파고 있다고 하더군요." 마르코 선장이 말했다.

"헤수스가 배 하나는 잘 몰았지. 우리 다 그 사람이 파블로랑 같이 죽은 줄 알고 있었는데. 나만 빼고. 나도 뭐 이젠 오늘내일하는 나이가 됐지만." 베니토가 말했다.

"아저씨는 죽기엔 너무 사악하잖아요." 안토니오가 테이블에 놓인 술병에서 술을 한잔 따라주며 말했다. 안토니오는 스물일곱으로, 입고 있는 수영장 관리 회사 티셔츠가 날렵한 몸매에 짝 달라붙었다.

세 남자는 카르타헤나(콜롬비아 북부의 항구 도시)에 사는 그들의 후원자를 위해 부업으로 마이애미의 상황을 주시하고 있었다. 셋 다 몸의 다른 부위에 같은 문신이 있었다. 낚싯바늘에 걸린 종 그림이었다.

하류 쪽에 있는 레스토랑의 음악소리가 여기까지 들려왔다.

"그 집을 파고 있는 놈들은 누구죠?" 안토니오가 말했다.

"한스 피터 슈나이더와 그 떨거지들." 마르코가 말했다.

"한스 피터 슈나이더란 인간은 예전에 본 적 있어." 베니토가 말했다.

"자네들은 그자를 본 적이 있나? 처음 보면 병자인 줄 알고 안쓰러워지지. 그러다 제대로 알게 되면 거시기에 안경을 씌운 것처럼 보이고."

"그자는 파라과이 출신이에요. 아주 악질이라고 다들 그러던데." 마르코가 말했다.

"본인도 그렇게 믿고 있어." 베니토는 담뱃가루 통을 작업복 앞 주머니에 다시 넣으면서 말했다.

"그자가 보고타 외곽에 있는 파블로의 저택에서 돈을 찾는답시고 땅을 파다가 어떤 남자 엉덩이에 총 쏘는 걸 본 적이 있어. 근처를 어슬렁거린다는 이유로. 미쳐도 더럽게 미친놈이야."

"한스 피터 슈나이더는 여기에 사업체가 있어서 왔다 갔다 해요. 마이애미에 그가 운영하는 사창굴이 몇 개 있고, 여기랑 공항 근처에 싸구려 모텔이 하나씩 있고 몰래카메라 동영상 서비스 회사도 있어요. 제일 재미있는 건 완전 변태 영업을 하는 바도 두 개나 있다는 거. 로우 그래이비와 콘그래스라는 바죠. 둘 다 위층에서 영국식 아침 식사를 팔다가 위생국에 걸려서 주류판매 면허가 취소됐어요. ICE(이민세관단속국)가 청소년 인신매매 혐의로 그자를 추방하려고 한 적도 있었고. 그자는 이제 공식적으로 어떤 회사에도 소속돼 있지 않아요. 마치 이 세상에 존재하지 않는 것처럼. 하지만 계속 이곳을 드나들면서 수금해가고 있어요." 안토니오가 말했다.

안토니오는 종종 젊은 경찰들과 같이 낚시를 해서 아는 게 제법 많았다.

그는 잔에 남은 술을 한 번에 비워버렸다.

"내일 아침 여덟 시 넘어서 수영장을 정비하러 갈 수 있어요. 거기 물이 새는 곳이 몇 군데 있으니까 고치면서 시간을 끌 수 있고요."

"그 집 부동산 중개랑 공사 감독은 아직도 펠릭스가 맡고 있나?" 마르코 선장이 물었다.

베니토가 고개를 끄덕였다. "펠릭스는 멍청이야. 그 인간이 쓰고 다니는 모자 하나가 세금까지 포함해서 550달러짜리야. 그것만 봐도 어떤 인간인지 알겠지? 둔하고 눈치가 꽝인 건 우리에게 유리하지만. 그 집에서 일하는 아가씨는 아주 착해. 사람이 굉장히 좋아."

"정말 그래요." 안토니오가 말했다.

"그 아가씨가 한스 피터 슈나이더와 그 집에 같이 있으면 안 되는데."

"제가 통화해봤는데 밤에는 거기서 안 잔대요." 안토니오가 말했다.

"그놈이 그 아가씨를 봤다는 것 자체가 좋지 않아." 베니토가 말했다.

"내일 그 집에 들어가세요. 내가 아홉 시쯤 선원들이랑 만 근처에 배를 대놓고 게를 잡고 있을게요. 게 덫을 하나 망가뜨려놓고 수선하는 척하면서 한동안 거기 있을게요. 베니토, 무슨 문제가 생기면 모자를 벗어서 그걸로 부채질을 하세요. 그럼 우리가 구하러 갈게요. 만약 손이 묶여 있으면, 우연히 그런 것처럼 손으로 모자를 쳐서 떨어뜨리시고. 상황이 급박해지면 우리가 쏜살같이 갈 테니 모터가 천천히 돌아가는 소리가 들리면 곧바로 준비하세요. 괜한 해병 놀이는 하지 마시고요. 돈 에르네스토는 지금 그 집에서 무슨 일이 일어나고 있는지 그것만 알고 싶은 거니까."

소나기구름들이 에버글레이드 습지에서 서쪽으로 몰려왔다. 구름 속에서 번갯불이 번쩍였다. 동쪽에 있는 마이애미의 스카이라인이 빙산처럼 번쩍였다.

부둣가의 게잡이 배 옆으로 바다소 한 마리가 수면 위로 떠올라 쌕쌕거리며 숨을 쉬었다. 그 바다소는 옆에 있는 새끼 바다소의 부드러운 숨소리를 들었다. 만족한 어미 소는 이내 물속으로 다시 들어갔다.

Thomas Harris

chapter

6

베니토는 계약을 맺은 정원사들과 아침 일찍 비스케인 만의 저택
으로 갔다. 오전이 절반쯤 지나서 투어 보트가 다가오는 소리를
들었을 때, 그는 방파제 쪽에 자란 잡초들을 베고 있었다. 노인은
순간 2층 테라스를 힐끗 봤다. 민소매 티셔츠를 입은 깡패 움베르
토도 보트가 다가오는 소리를 들었다. 그는 먼지투성이인 영화 촬
영 카메라를 테라스로 끌고 왔다.

베니토는 움베르토가 찬 AR-15 소음기가 테라스 난간 위로 2
인치 정도 올라와 있는 걸 볼 수 있었다. 늙은 정원사는 고개를 설
레설레 저었다. *젊은 것들은 저렇게 경솔해. 아니지, 이건 꼰대가
하는 생각이지. 저건 움베르토가 젊어서 그런 게 아니라 멍청해서
그런 거야. 저건 나이를 먹어도 고칠 수 없지.*

"반사 장치도 가져가." 에어컨이 나오는 실내에 앉아 있던 펠릭
스가 테라스에 있는 움베르토에게 소리쳤다. 펠릭스는 정말 에콰

도르에서 만든, 세금을 포함해 550달러나 주고 산 파나마 모자를 쓰고 있었다.

흐린 하늘 아래로 회색과 초록색이 뒤섞인 비스케인 만이 쭉 뻗어 있고 그 너머로 마이애미 시내의 고층건물들이 서 있었다. 마이애미 해변에 있는 이 저택에서 물 건너 4마일 떨어진 거리에 시내가 있다.

투어 보트는 지금 만조를 타고 세 집 밑에서 부자들이 사는 저택들을 하나씩 거슬러오고 있었다. 그것은 캔버스 지붕을 단 커다란 평저선으로, 스피커에서 팝송이 흘러나오고 있었다. 가이드는 젊었을 때 축제가 열리면 호객꾼으로 일했다. 마이크로 증폭된 그의 목소리가 해안가에 있는 저택들에 부딪쳤다가 그대로 튕겨 나갔다. 여름에는 덧문을 내려두는 저택이 많았다.

"왼쪽에 보이는 집이 바로 음악계의 거장인 그리니 파디의 집입니다. 자세히 보시면 골든 레코드들로 가득 찬 그의 서재 한쪽 벽에 햇빛이 반사되는 게 보이죠."

투어 보트는 이제 베니토와 거의 마주보는 지점까지 왔다. 보트 난간 너머에 있는 관광객들의 창백한 얼굴을 볼 수 있었다.

가이드가 영화 〈스카페이스〉에 나오는 음악을 틀어놓고 크게 말했다.

"이제 좀 어두운 분위기로 가볼까요? 왼쪽을 보시면 너덜너덜해진 초록색 차양들, 색이 바랜 풍향계, 잡초가 무성하게 자란 헬리콥터 이착륙장이 보이실 겁니다. 이 집이 한때 파블로 에스코바르의 소유였습니다. 그는 마약왕에 살인자이며 피에 얼룩진 갑부로 콜롬비아의 한 건물 옥상에서 경찰에게 사살됐습니다."

"이제 저 집에는 아무도 살고 있지 않습니다. 새 주인이 나타날 때까지 영화 촬영 장소로 임대를 놓고 있죠. 와우! 여러분은 운이 좋으시네요! 오늘 저기서 영화 촬영을 하고 있는 것 같은데요! 저기서 스타가 보이시는 분?"

가이드는 베니토에게 손을 흔들었다. 베니토도 손을 들어 진지하게 흔들었다. 관광객들은 그 노인을 봤다가 스타가 아닌 걸 알고 손을 흔들지 않았다.

거기서 조금 떨어진 잔잔한 초록색 물 위에서는 마르코 선장의 게잡이 배가 던져놨던 덫들을 끌어올리는 작업을 하고 있었다. 배의 디젤 엔진 소리가 가이드의 목소리에 묻혀서 들렸다 안 들렸다 했다.

테라스에서는 움베르토가 카메라의 윙너트(돌리기 쉽게 날개 같은 것이 붙어 있는 너트)를 돌려서 풀었다가 다시 잠그고 있었다.

"렌즈 뚜껑 열어봐. 기왕 하는 거 좀 그럴싸하게 보여야지." 펠릭스가 시원한 실내에서 말했다. 200달러짜리 선글라스를 쓴 꼬락서니라니.

보트가 저택 옆을 지나가는 사이에 가이드가 설명을 계속했다. "여러분이 원하신다면 저 에스코바르 저택을 살 수도 있습니다. 270만 달러만 내면 됩니다. 이제 여기서 네 집만 더 가면 포르노의 제왕인 레슬리 물렌의 대궐 같은 저택이 나옵니다. *80가지 방법의 세계 일주*란 제목 들어본 적 있으세요? 아이러니하게도 레슬리의 옆집 주인은 앨톤 플리트라고, TV 전도사이자 신앙 요법으로 유명한 사람이랍니다. 그 사람 방송을 보고 신앙 요법과 예배에 넋을 잃은 신자들이 전국적으로 수백만 명에 달한다죠." 보트가 멀어지면서 가이드의 목소리도 점점 작아졌다.

지하실에서 작동 중인 휴대용 착암기 때문에 에스코바르 저택

전체가 가볍게 흔들렸다. 테라스에서 먼지가 피어올랐고, 도마뱀들이 빈틈을 찾아 도망쳤다.

늙은 베니토는 카리 모라가 밖에 나와주길 빌었다. 그녀의 얼굴을 보고 목소리를 들으면 아주 행복할 텐데.

수영장에서 거품이 뽀글뽀글 올라오는 걸 보니 스쿠버 장비를 착용한 안토니오가 여전히 물속에서 물이 새는 곳을 찾고 있는 걸 알 수 있었다. 안토니오가 있으니 카리가 나올지도 모른다고 베니토는 생각했다. 몇 분 지나자 아니나 다를까 병원에서 입는 헐렁한 수술복을 입은 카리가 왔다.

그녀는 반투명 유리잔에 든 박하 차 두 잔을 가져왔는데 그중 하나는 베니토에게 주려는 것이었다, 오! 예! 그는 카리에게서 풍기는 기분 좋은 향기와 차의 박하향을 맡을 수 있었다. 그는 카리를 향해 쓰고 있던 모자를 들어올렸다. 그러다 모자 냄새를 맡고 바로 다시 썼다.

"안녕하세요, 베니토 아저씨." 그녀가 말했다.

"고마워, 카리. 항상 예쁘지만 오늘도 예쁘네." *카리의 사촌이 다른 데도 아니고 니키 해변 클럽에서 미스 하와이 트로픽에 뽑힌 이유를 알겠어. 카리도 팔에 흉터만 없었으면 그 대회에서 아주 쉽게 우승할 수 있었을 텐데. 사실 저 흉터도 황금빛 피부에 있는 구불구불한 선일 뿐인데. 흉터가 있어서 흉한 게 아니라 더 이국적으로 보여. 마치 동굴 벽에 그린 구불구불한 뱀 같아. 경험은 사람을 더 아름답게 해주지.* 베니토는 생각했다.

카리는 베니토를 보며 활짝 웃었다. 어쩐지 카리가 자신의 있는 그대로의 모습을 봐준다는 느낌이 들었다. 카리를 보면 살짝 숨이 막히는 것이, 꼭 알코올이 많이 들어간 럼을 마시거나 독한 대마

초를 한 모금 피웠을 때와 비슷한 기분이 든다. 40년 전 그의 연인이었던 루페를 볼 때 그랬던 것처럼.

베니토가 그녀의 얼굴을 찬찬히 뜯어봤다. "카리?"

"네, 아저씨."

"저 사람들하고 있을 때는 아주 조심해야 해."

그녀가 그의 얼굴을 똑바로 바라봤다. "알고 있어요. 고마워요, 베니토 아저씨."

카리는 수영장 옆에 멈춰서 거품이 뽀글뽀글 올라오는 걸 봤다. 그러더니 신발을 벗고 물속에 있는 안토니오의 머리에 발을 올렸다. 그는 호들갑스럽게 씩씩 소리를 내며 올라왔다. 물에 젖은 수영장 회사 티셔츠 차림에 왼쪽 귀에는 검은 고딕식 십자가 귀걸이를 한 안토니오.

카리는 수영장 옆 타일 바닥에 그의 박하 차를 내려놨다.

안토니오는 마스크를 밀어올리고 그녀에게 씩 웃어 보였다.

"안녕, 예쁜 아가씨! 이봐, 할 말이 있어! 있잖아. 내가 하드 락에서 하는 후아네스(2013년 그래미 어워드에서 최우수 라틴 팝 앨범 상을 받은 콜롬비아 가수) 콘서트 티켓을 구했어! 그것도 아주 명당자리야! 조금만 가까이 가면 후아네스하고 코가 닿을 만큼 가깝다니까. 저녁 먹고 공연도 보고, 어때?"

카리는 그의 말이 끝나기도 전에 고개를 살래살래 저었다.

"안 돼, 안토니오. 당신이랑 가려는 여자들이 줄을 설 텐데 뭐. 난 못 가."

"왜 못 가?"

"당신은 이미 아내가 있잖아."

"자기야, 이건 그런 게 아니라니까. 그 사람은 그저 영주권이 필요해서 나랑 같이 있는 거고. 우린 심지어 그것도 안-"

"어쨌든 부인은 부인이잖아, 안토니오. 고맙지만 안 돼."

그녀는 안토니오의 뜨거운 시선을 받으며 집으로 걸어갔다.

"차 고마워, 예쁜 아가씨." 안토니오가 말했다.

"아이고야, 우리 안토니오는 참 예의도 바르지. 잘했어." 베니토 가 멀리서 소리쳤다. 그는 싱글벙글 웃고 있었다. "자네에겐 예쁜 공주님이지!"

"맞아요! 고마워요, 예쁜 공주님!" 안토니오가 카리를 향해 소 리쳤다.

그녀는 웃었지만 돌아서서 그를 보진 않았다.

베니토는 차를 길게 한 모금 마시고 방파제 위에 잔을 내려놨 다. *카리를 보니 기분이 아주 상쾌해지네. 차도 맛있고.*

그의 뒤쪽에 있는 수영장 한가운데에 회반죽으로 만든, 목이 잘려나간 채 날개를 활짝 펴고 있는 *사모트라케의 니케* 복제본이 서 있었다. 이 가짜 조각상의 이전 주인은 루브르 박물관에서 파 는 진품을 샀다고 믿고 있었다.

베니토는 그 조각상을 보며 생각에 잠겼다. 그녀는 머리를 잃으 면서 날고자 하는 꿈도 잃은 걸까, 아니면 저 가물거리는 열기 속 에서 잘린 목 위에 있는 꿈을 볼 수 있는 건 아닐까, 아니면 우리 처럼 여전히 가슴에 그 꿈을 품고 있을까. 아무래도 이건 노인들 이나 하는 생각이니 그만해야겠어. 카리가 그 못 볼 것들을 본 후 에도 여전히 꿈을 간직하고 있을지 궁금하군. 나도 그런 참상들을 봤지. 카리가 나보다 담이 훨씬 크면 더 좋겠군.

오후 늦게 카리 모라와 식료품을 잔뜩 실은 우버 한 대가 저택 진입로로 들어섰다. 운전기사가 트렁크에 가득 실린 식료품 봉지

내리는 걸 도와 잔디밭 위에 내려놨다. 베니토는 재빨리 괭이를 내려놓고 가서 가장 무거워 보이는 봉지 네 개를 집어 들었다.

"고마워요, 베니토 아저씨." 카리가 말했다. 둘은 함께 저택 옆 문을 통해 새장에 커다란 앵무새 한 마리가 들어 있는 일광욕실로 들어갔다. 새는 사람들의 관심을 끌려고 홰에 거꾸로 매달린 채 새장 바닥에 깔아둔 신문지 가장자리를 부리로 물어서, 씨와 콩깍지 같은 모이를 어질러놨다.

베니토와 카리는 장 봐온 식료품을 주방으로 가져갔다. 주방 밑에서 작동하는 전기기구들 때문에 주방은 시끄러웠다. 빨간 전기기구용 연장 코드 하나가 세탁실에서 구불구불한 계단을 지나 지하실까지 이어져 있었다. 또 다른 코드는 스토브 뒤쪽 콘센트에 꽂혀 있었다. 베니토는 그 지하실을 보고 싶었다. 주방 벽에는 지하실로 가져갈 아세틸렌 탱크 몇 개가 기대어 있었다. 그가 들고 온 봉지 네 개를 조리대 위에 올려놓고 지하실을 내려다볼 수 있는 열린 문 쪽으로 가기 시작했을 때, 움베르토가 계단을 올라와 부엌으로 들어섰다.

"씨발, 지금 여기서 뭐하는 거야?" 움베르토가 말했다.

"장 봐온 것들을 가져왔는데." 베니토가 말했다.

"당장 꺼져. 집 안에는 아무도 들어오면 안 돼." 움베르토는 카리에게 돌아섰다. "우리가 말했잖아. 집에 아무도 들이지 말라고."

"난 그냥 장 봐온 거 가져왔다니까. 그리고 숙녀 앞에서 그렇게 험한 말 하지 마. 당신이 힘이 있다면 장 봐온 건 직접 들고 올 수도 있었잖아."

그런 말은 하지 말았어야 했는데. 베니토는 아무리 나이가 들었어도 앞뒤 생각 안 하고 하고 싶은 말은 다 해버리는 습관이 있었다. 베니토는 작업복 앞주머니에 손을 넣고 있었다.

움베르토는 베니토의 주머니에 뭐가 있는지 알 수 없었다. 사실 주머니에는 460 로우랜드로 개조한 1911A1 콜트 45구경 권총이 있었다. 그가 애지중지하는 조카가 선물한 것으로, 조카는 사격 연습장에서 그걸로 수박을 박살냈다. 베니토는 그 총의 공이치기를 당겨놓고 안전장치를 잠근 채 가지고 다녔다.

움베르토가 노인의 얼굴을 보니 살짝 돈 것 같았다.

"집에는 아무도 들어오면 안 된다니까. 영감을 집 안에 들여놓는 바람에 이 여자가 잘릴 수도 있어. 내가 보스한테 말하면 좋겠어?" 움베르토가 말했다.

카리가 베니토에게 돌아섰다. "고마워요. 아저씨. 괜찮아요. 나머진 제가 알아서 할 수 있어요." 그녀가 말했다.

"실례 좀 했다." 베니토는 움베르토의 얼굴에 대고 그렇게 쏘아주고 주방에서 나갔다.

오후가 저물어갈 무렵 전갱이 떼가 순식간에 밀려들더니 베니토가 잡초를 베고 있는 방파제를 따라 기차처럼 큰 소리를 내면서 숭어를 쫓아갔다. 베니토는 전갱이 떼의 냄새를 맡을 수 있었다. 그는 허리 높이에 있는 방파제 너머로 몸을 숙여서 그 힘센 물고기들이 세차게 헤엄치는 모습을 지켜봤다. 그들의 갈라진 꼬리가 순간순간 보였고 작은 물고기와 고기 조각들이 공중으로 날아올랐고, 그들이 지나간 물속에서는 기름기 섞인 지린내가 피어올랐다. *꼭 인간 같군. 죽여서 게걸스럽게 먹어치우는 꼴이 정말 인간 같아.* 베니토는 생각했다.

신발 밑창을 통해 저택 지하실에서 한창 작업 중인 착암기가 일으키는 진동이 느껴졌다.

그가 괭이로 방파제 가까이서 흔들리던 땅을 내려치자 그곳이 폭삭 무너지면서 흙이 와르르 떨어져 물이 튀겼다. 그는 방파제 가까이 있는 잔디밭에 새로 생긴 구멍을 내려다봤다. 구멍이 그의 모자만 했다. 잔디밭 밑의 아주 깊은 곳에 고인 검은 물이 햇빛에 반사되는 걸 볼 수 있었다. 그 물은 방파제 안에서 부풀어 올랐다가 다시 밑으로 떨어져 내렸다. 베니토는 뒤쪽으로 물러나 테라스의 콘크리트 가장자리로 올라왔다. 이번에는 구멍 속에 있는 물이 쏴쏴 소리를 내면서 방파제 밑에서 바닷물을 빨아들였다가 다시 내뱉는 소리를 들을 수 있었다. 그 구멍은 바다의 큰 너울과 같이 숨을 쉬면서 그 안에서 썩어가는 고기의 악취를 내뱉고 있었다.

베니토는 위쪽에 있는 테라스를 올려다봤다. 펠릭스가 정원을 등지고 선 움베르토에게 장광설을 늘어놓고 있었다. 베니토는 작업복에 있는 핸드폰을 얼른 꺼내서 카메라 플래시를 켠 다음, 구멍 옆에 무릎을 꿇고 앉았다. 노인치고는 아주 민첩하게 구멍 속으로 손을 넣고 거기서 나오는 악취에 고개를 돌린 채 자신이 볼 수 없는 구멍 속 사진을 두 장 찍었다.

펠릭스는 여전히 발코니에서 떠벌리고 있었다.

베니토가 수영장에 서 있는 안토니오를 아주 작은 소리로 불렀다. 안토니오는 얼른 마시던 차를 내려놓고 물속에서 나왔다. 그는 베니토와 함께 여분의 판석과 천장 타일을 쌓아놓은 수영장 뒤로 갔다.

"여기 있는 판석 하나를 가져가서 구멍 위에 덮어놓고 넌 일하러 가." 베니토가 말했다.

"마르코에게 전화할 거예요?" 안토니오가 말했다. 그는 만 저쪽에 있는 게잡이 배를 내다봤다. 선원들이 미끼가 든 통을 열어놔서 갈매기들과 펠리컨 한 마리가 보트를 따라다니고 있었다.

베니토와 안토니오가 판석 한 장을 들고 와서 구멍을 덮었다.

"잔디 쪽은 밟지 말고 테라스 쪽으로 서. 그러다 더 무너질 수도 있어. 그리고 얼른 수영장으로 돌아가." 베니토가 말했다.

늙은 정원사는 화분을 하나 가져와서 판석 위에 올려놨다. 그 주위에 흙을 긁어모으고 있을 때 등 뒤에서 펠릭스의 목소리가 들렸다.

"지금 뭘 하고 있는 거야?" 펠릭스가 말했다.

"빗물에 팬 구멍을 덮고 있지. 여기에 흙을 좀 더 가져와서-"

"어디 좀 봅시다. 그거 열어봐요."

구멍 주위에는 뿌리 여러 개가 얽혀 있었다.

"망할, 가서 쿠션 하나만 갖다줘요." 펠릭스가 핸드폰을 꺼내면서 말했다.

펠릭스는 린넨 바지가 더러워지지 않도록 쿠션 위에 무릎을 꿇고 핸드폰을 구멍 속에 넣어서 플래시를 켠 다음 사진을 한 장 찍었다.

"그거 가려놓고 화분 올려놔요." 그가 말했다.

"아까 내가 했던 것처럼?" 베니토가 말했다.

펠릭스는 핸드폰을 바지에 넣고, 누르면 날이 튀어나오는 아주 화려하게 장식된 칼을 주머니에서 꺼냈다. 400달러나 주고 산, 또 다른 비싼 액세서리였다. 그는 칼날을 꺼내 손톱 밑을 청소했다. 그 칼을 들고 베니토를 빤히 보다가 칼날을 다시 손잡이 속으로 밀어 넣고, 다른 손으로 반으로 접혀 있는 100달러짜리 지폐 한 장을 꺼냈다.

"입단속 잘해요."

Thomas Harris

베니토는 그의 얼굴을 물끄러미 봤다. 그리고 잠시 가만히 있다가 돈을 받아서 손으로 우그러뜨렸다.

"그러지."

"저기 앞마당에 있는 정원에 가서 거기 사람들이나 도와줘요."

안토니오가 수영장 옆에 놔둔 가방에서 물속에 푸는 염료를 꺼내고 있을 때 펠릭스가 다가와 말했다. "짐 챙겨서 그만 나가. 오늘 일은 끝났으니까."

"아직 물이 새는 곳을 못 찾았는데."

"어서 나가라니까. 필요할 때 다시 부를 테니까."

안토니오는 펠릭스가 등을 돌리고 갈 때까지 기다렸다가 오리발을 벗었다. 그의 발바닥에 낚싯줄에 걸린 종 모양의 문신과 그의 혈액형이 새겨져 있었다. 그는 얼른 신을 신었다.

집 안에서 카리는 커다랗고 흰 앵무새를 새장에서 풀어줬다. 그 새가 그녀의 손목에 앉아 그녀의 귀걸이를 보고 있을 때 초인종이 울렸다. 그녀는 시트들을 씌워둔 가구와 주크박스 옆을 지나 옆문으로 갔다. 손목에는 여전히 앵무새가 앉아 있었다. 안토니오가 문 옆에서 기다리고 있었다. 그는 재빨리 주위를 둘러봤다.

"내 말 잘 들어, 카리. 너 지금 당장 여기서 나와야 해. 지금은 집 안에 있고. 아무것도 보지 마. 놈들이 널 보내줄 때까지 아무것도 모르는 척하고 있어. 내 말 잘 듣고 있어? 만약 놈들이 오늘 일 끝내고 널 해고하지 않으면, 앵무새를 데리고 집에 가. 먼지 때문에 새가 아프다고 해. 집에 가서 감기가 걸렸다고 하고 다시는 돌아오지 마."

"나를 만져, 자기야!" 새가 말했다.

그때 펠릭스가 집 옆으로 들어왔다.

"내가 얼른 꺼지라고 했잖아. 어서 존나 꺼져." 그가 말했다.

안토니오가 그에게 대들었다. "너는 그런 지저분한 입으로 엄마한테 뽀뽀하냐?"

"나가." 펠릭스는 그렇게 말하고 핸드폰을 찾느라 주머니를 더듬거리며 성큼성큼 걸어갔다.

안토니오의 수영장 회사 트럭은 정원사들이 타고 온 밴 옆에 주차돼 있었다. 거기서 정원사 셋은 베어놓은 야자수 잎들을 쌓고 있었고, 네 번째 정원사는 저쪽 진입로에서 잡초 제거기를 돌리고 있었다. 안토니오가 마지막 남은 장비를 트럭 뒤쪽에 던질 때 카리가 저택 현관문에 서 있는 걸 봤다. 그녀는 아직도 새를 데리고 있었다. 그녀는 그에게 생긋 웃어 보이더니 잘 가라고 손을 흔들었다.

저택 뒤에서 펠릭스는 핸드폰에 대고 번호 하나를 눌렀다.

chapter

7

한스 피터 슈나이더와 노란 눈의 바비 조는 바비의 트럭을 타고 에스코바르의 저택에 도착했다가 정원사들이 타고 온 밴 때문에 진입로가 막혀 있는 걸 발견했다. 바비 조는 한스 피터를 태우고 잔디밭과 꽃밭 위를 그대로 지나서 현관 앞에 트럭을 세웠다.

바비 조의 트럭은 차체가 높았고, 플라스틱에 크롬을 씌운 모조 롤 바(차체를 튼튼하게 하기 위해 차체 위에 덧댄 철제 막대)가 설치돼 있었다. 트레일러 결합 장치에는 고무로 만든 가짜 고환이 대롱대롱 달려 있었다. 트럭 범퍼에 붙인 스티커에는 '깜둥이들이 해방될 줄 알 았으면 처음부터 목화는 내가 딸걸'이라는 문구가 찍혀 있었다.

펠릭스가 거기서 그들을 맞았다. 그는 얼른 모자를 벗었다.

"오셨군요." 펠릭스가 말했다.

"그건 누가 발견했어?" 슈나이더는 이미 물가에 있는 정원으로 걸어가고 있었다. 그는 한여름에 린넨 정장을 입고 손목시계 줄과 색을 맞춘 검은 가죽 끈 샌들을 신고 있었다.

"잡초를 베는 영감입니다." 펠릭스가 다른 정원사들과 같이 원예 도구들을 밴에 싣는 베니토를 가리키며 말했다. "저 노인은 아무것도 몰라요. 제가 미리 입단속을 시켰습니다."

방파제 근처에 있는 구멍 앞에서 펠릭스와 바비 조는 판석을 옆으로 끌어냈다. 한스 피터는 얼른 뒤로 물러서면서 손을 휘저어 악취를 쫓았다.

펠릭스는 한스 피터에게 아까 구멍 밑에서 핸드폰 카메라로 찍은 사진을 보여줬다. 사진을 미리 아이패드로 옮겨놨다.

바닷물이 방파제 밑으로 들어와 콘크리트 테라스 밑에서 거의 집까지 연결돼 있는 동굴을 침식시켰다. 나무뿌리들이 마치 비뚤어진 샹들리에처럼 동굴 천장에 축 늘어져 있었다. 따개비가 혹처럼 여기저기 달라붙은 말뚝들이 그 위에 있는 테라스를 받치고 있었다. 사진에 찍힐 당시 조수의 수위 때문에 물과 천장 사이에는 약 4피트 정도 공간이 남아 있었다. 침식 작용 때문에 테라스 밑에 가라앉은 자갈을 실은 강철 바지선 절반과, 매립 쓰레기 일부와 마이애미 해변을 지으면서 파낸 흙이 일부 드러나 있었다.

카메라 플래시의 희미한 불빛에 찍힌 검은 동굴 바닥은 해변 쪽으로 경사가 져 있었다. 거기에 냉장고보다 크고 반짝거리는 정육면체가 하나 있었는데, 저택의 토대와 거의 맞닿아 있었다. 펠릭스는 아이패드에 손가락을 대고 좍 펴서 사진을 확대했다. 정육면체 옆 물가 가장자리에 해골 하나와 절반으로 토막난 개의 하체가 있었다.

"우리가 죽어라 지하실에서 삽질하고 있을 때 바닷물이 우리를 위해 땅을 파줬군. 고트 미트 운스(신이 우리와 함께하시길)! 저기엔 금이 1톤도 들어갈 수 있겠어. 이거에 대해 아는 사람 있나?"

"아무도 없습니다. 다른 정원사들은 앞쪽 정원에 있었어요. 저 노인은 무식한 멕시코 노동자일 뿐이고."

"무식한 건 너겠지, 아니면 네가 무식한 건가? 영어 문법은 당최 아리송하단 말이야. 전에 저 지겨운 영감탱이를 본 적이 있어. 당장 잡아와. 나머지 정원사들은 집에 보내고. 저 영감한테 우리 일 좀 도와달라고 해. 집에는 우리가 태워다준다고 하고."

저택 바깥의 만에서 게잡이 보트가 시끄러운 소리를 내면서 물속에 던진 덫들을 다 끌어올리고, 다시 미끼를 넣은 덫들을 물속에 던지고 있었다. 갑판원 둘이서 규칙적으로 리드미컬하게 덫을 20미터 간격으로 배 밖으로 던지고 있었다.

마르코 선장은 조타실에서 에스코바르 저택의 정원을 쌍안경으로 뚫어져라 보고 있었다. 그는 한스 피터와 다른 사람들이 물가 정원에 모여 있는 걸 봤고 펠릭스와 바비 조가 베니토를 거기로 데려가는 것도 봤다.

"로드리고. 빨리 그 덫 물속으로 던져." 그는 그렇게 말하면서 턱짓을 했다. "구조 신호가 들어왔어, 젊은이들. 모두 정신 바짝 차려. 베니토가 물속으로 뛰어들 경우에 대비해 빨리 달릴 준비를 해야 해."

테라스에서 베니토가 한스 피터 앞에 섰다.

"난 당신을 알아." 한스 피터가 말했다.

"노인들은 다 비슷해 보이는 법이죠. 난 당신을 본 기억이 안 나는데."

"셔츠 벗어."

베니토는 그 말에 따르지 않았다. 바비 조와 움베르토와 펠릭스가 노인의 두 팔을 뒤로 꺾은 다음 손목을 플라스틱 끈으로 묶었다.

"셔츠 벗겨." 한스 피터가 말했다.

펠릭스와 움베르토가 베니토의 셔츠를 찢어서 작업복의 어깨띠 밑으로 휙 끌어내렸다. 바비 조는 베니토의 주머니를 손으로 쓸어서 무기가 있는지 확인했지만 그의 가슴은 건드리지 않았다. 그는 노인의 흉곽에서 아직 희미하게 보이는 문신을 쿡 찔렀다. 낚싯줄에 걸린 종 그림이었다.

한스 피터가 고개를 끄덕였다. "텐 벨스 절도단이군."

"젊었을 때 했던 바보짓의 결과지. 당신 눈에도 이 문신이 희미해진 게 보이잖아."

"펠릭스, 이 늙은이는 돈 에르네스토의 사람이야. 네가 고용했으니까 너와 바비 조가 데리고 드라이브를 갔다 와." 한스 피터가 말했다.

배에 있던 마르코 선장은 베니토의 셔츠가 찢겨지고, 바비 조가 권총을 꺼내는 걸 봤다. 그는 핸드폰을 꺼냈다.

저택에서 반 마일 정도 떨어진 거리에서 트럭을 타고 가던 안토니오가 전화를 받았다.

"안토니오, 슈나이더의 얼간이 하나가 베니토를 잡았어. 우리가 빼내야 해. 난 베니토가 물로 뛰어들 경우에 대비해 부두로 가서 기다리고 있을게."

"내가 베니토에게 가볼게요." 안토니오가 말했다.

안토니오는 낡은 트럭을 사정없이 밟았다. 거기서 얼마 떨어지지 않은 곳에 버스 정류장이 있었다. 지친 정원사들과 하녀들이 느릿느릿 달리는 버스를 타고 집에 돌아가려고 기다리고 있었다. 안토니오가 트럭에서 내리자, 버스를 기다리던 몇 사람이 그의 이름을 부르며 인사했다.

"트란스포르테 리브레! 에스토이 셀레브란도! 보이 아 트란스포르타르 카다 우노 데 우스테데스 아 수 카사! 벵간 콘미고! 바모스 아 파라르 엔 윰보 부페트. 포데모스 코메르 토도 로 케 케레모스! (공짜 교통편이 왔어요. 제가 합니다. 여러분을 집 앞까지 태워다드립니다! 날 따라와요. 집에 가는 길에 윰보 뷔페에도 갈 겁니다. 드시고 싶은 만큼 실컷 드세요)

"안토니오, 음주 운전했지?"

"아니, 아니에요. 술은 한 방울도 안 마셨어요. 와서 냄새 맡아봐요. 어서요!"

버스를 기다리던 사람들이 안토니오의 트럭에 모두 올라탔다. 두 사람은 그와 같이 앞쪽 운전석에 타고 나머지 셋은 트럭 뒤에 탔다.

"먼저 한 사람 더 태우고요." 안토니오가 말했다.

카리 모라는 저택 이층에서 여섯 개들이 화장지와 전구 몇 개를 가지고 일을 하고 있었다. 침실들이 돼지우리 같았다. 수건이 여기저기 널려 있었고 욕실 바닥에는 포르노 잡지 한 권이 떨어져 있었다. 침대 위에는 야한 만화책 몇 권과 다섯 개의 부품으로 분해된 AK-47이 흩어져 있었다. 침대보 위에 있는 장전된 탄창 두 개 옆에 놓인 윤활유 깡통에서 기름이 새어나왔다. 그녀는 손가락 두 개로 그걸 집어서 서랍장 위에 올려놨다.

그녀의 핸드폰이 윙 소리를 내며 울렸다. 안토니오의 전화였다.

"카리, 어서 숨었다가 튈 준비해. 놈들이 베니토 아저씨에게 총을 들이대고 있어. 내가 지금 아저씨에게 가는 중이야. 마르코가 부두로 올 거야." 그는 전화를 끊어버렸다.

카리는 높은 침실 창문에서 아래를 내려다봤다. 바비 조가 베니토를 권총의 총구로 쿡쿡 찌르는 게 보였다.

카리는 AK-47 소총에 척 척 소리를 내며 가스 튜브를 집어넣었다. 그리고 엄지로 공이치기를 밀어 내린 다음 방아쇠를 잡아서 거치적거리지 않게 한 후, 노리쇠와 노리쇠뭉치를 넣고 구불구불한 복좌용수철과 탄피배출구 커버를 맞춰 끼웠다. 그런 다음 제대로 됐는지 확인한 후 탄창을 끼우고 약실에 총알을 하나 넣었다.

다해서 45분 만에 조립과 장전을 끝냈다. 그녀는 창가로 가서 소총의 가늠쇠를 바비 조의 뒤통수에 맞춰 겨냥했다. 그때 정문이 열렸다.

안토니오가 트럭을 몰고 들어오면서 배에 있는 마르코 선장에게 전화를 건 다음, 핸드폰을 스피커폰 모드로 돌리고 셔츠의 가슴 주머니에 넣었다.

안토니오는 움베르토가 펠릭스의 트럭 뒤쪽에 콘크리트 블록 세 개와 철사 뭉치 하나를 넣는 걸 봤다. 베니토는 바비 조와 펠릭스와 함께 트럭 옆에 서 있었다. 베니토의 두 손은 등 뒤로 돌아가 있었는데, 수갑을 찬 것 같다는 생각이 들었다. 안토니오는 그들 가까이로 트럭을 몰고 가서 세우고 노인에게 다가갔다.

안토니오의 트럭에 잔뜩 탄 사람들이 와글거리는 모습을 본 바비 조가 엉덩이 뒤로 총을 숨겼다.

"헤이, 베니토 아저씨! 오늘 제가 집까지 태워다드리기로 했죠. 죄송해요. 제가 그만 깜빡했어요." 안토니오가 말했다.

"이분은 우리가 태워드릴 거야." 펠릭스가 말했다.

안토니오의 트럭에 탄 사람들 모두 그 광경을 지켜보고 있었다.

"그건 아니지. 아저씨를 술 한 방울 안 마신 맨 정신으로 집까지 모셔다드리겠다고 루페 아줌마에게 약속했는데." 안토니오가 큰 소리로 말했다.

트럭에 탄 사람들 사이에서 웃음이 터져 나왔다. 루페가 세상을 떠난 지 몇 년 된 걸로 알고 있는 몇 사람은 그 말에 어리둥절했다.

"내가 아저씨를 모시고 오지 않으면 아줌마가 날 죽일 거야." 안토니오가 돌아서서 트럭에 탄 사람들에게 물었다. "루페 아줌마가 날 죽일까요, 안 죽일까요?"

"맞아. 맞아. 루페가 분명 널 죽일 거야. 베니토가 술을 마시게 놔둔 인간들을 죄다 족친 것처럼 말이지." 트럭에 있던 몇 명이 말했다.

바비 조가 안토니오 옆에 와서 중얼거렸다. "빨랑 꺼져."

"저기 저 배심원단 앞에서 한번 쏴보시지, 이 새끼야." 안토니오가 조용히 말했다.

한스 피터 슈나이더가 현관문 앞에 있는 계단으로 나왔다. 바비 조와 펠릭스가 어떻게 할지 물어보는 표정으로 그를 바라보자 슈나이더가 고개를 살짝 흔들었다. 펠릭스는 옆걸음질로 베니토 뒤에 가서 플라스틱 수갑을 잘라냈다. 한스 피터 슈나이더가 계단을 내려와서 베니토에게 지폐 한 뭉치를 건넸다.

"2주 후에 다시 일하러 와요, 알았죠? 오면 또 이렇게 두둑하게 줄 테니까. 우리랑 같이 일하지 못할 것도 없잖아요."

베니토가 트럭 뒤쪽에서 앉을 자리를 찾는 동안 트럭에 먼저 타고 있던 사람들이 그를 놀리거나 툴툴거리는 소리가 들렸다.

안토니오는 주머니 속에 있는 핸드폰에 대고 마르코와 통화 중이었다. "카리는 어디 있어요?"

"카리는 내가 맡을게. 집 뒤쪽으로 나오기로 했어. 내가 부두에서 기다리고 있을 거야. 어서 가!" 마르코가 말했다.

안토니오는 정문 쪽으로 트럭을 후진시켰다. 한스 피터가 부하들을 향해 손바닥을 내밀어 제지하면서 말했다.

"다들 가게 놔둬." 그가 말했다.

카리는 소총을 들고 구불구불한 계단을 달려 내려왔다. 도중에 아무도 마주치지 않았다. 그녀는 새장에 있던 새를 꺼내 어깨에 올려놨다. "너 꽉 잡아야 한다. 그리고 내 귀걸이는 건드리지 마." 그녀는 그렇게 말하고 게잡이 배가 기다리고 있는 부두를 향해 마당 뒤쪽을 가로질렀다. 배는 부두가 흔들릴 정도로 뱃머리로 부두를 세게 누르고 있었다.

카리는 뱃머리에 있는 마르코에게 소총을 건네주고 어깨에 앉아 있는 새가 날개를 퍼덕거리는 동안 갑판을 향해 점프했다. 게잡이 배가 사정없이 요동치면서 서서히 물러나는 동안 총을 든 마르코가 저택의 뒤쪽 창문들을 겨냥하고 있었지만, 거기엔 아무도 보이지 않았다.

안토니오가 모는 트럭이 저택을 빠져나오자 사람들로 가득 찬 트럭 뒤로 저택의 정문이 덜컹거리며 닫혔다.

"자네는 어찌 망신스럽게 그런 너덜너덜한 셔츠를 입고 있나? 그 꼴을 해가지고 욤보 뷔페에 들어갈 수 있겠어?" 스페어타이어 위에 앉아 있던 남자가 베니토에게 말했다.

8

마르코 선장은 사방이 뚫린 창고에 베니토와 안토니오와 같이 앉아 있었다. 높은 곳에 설치된 투광 조명등 하나가 선박 수리소를 비추고 있었다. 5분 동안 퍼부은 빗발 때문에 사방에 젖은 흙냄새가 풍겼다. 지붕에서 흘러내린 빗물이 흙속에 있는 배관을 톡톡 치고 있었다.

"펠릭스가 양다리를 걸치고 있었을까요?" 마르코가 물었다.

베니토는 어깨를 으쓱했다. "아마도. 그 자식이 내게 입을 다물라고 부탁하면서 돈을 집어줬지만 칼도 꺼냈었거든. 그건 그 자식 똥구멍에 더 어울렸을 텐데. 거기다 선글라스도 박고 말이야."

"구멍 이야기가 나와서 말인데, 그 테라스 밑에 있던 구멍이 파블로의 저택 밑에까지 쭉 연결돼 있나요?" 마르코가 물었다.

"나도 잘 모르겠지만, 아주 깊긴 했어. 바닷물이 FBI는 건드리지도 않은 곳까지 파고들어갔거든. 그 구멍이 바닷물을 빨아들이는 소리가 났으니까. 거기서 방파제 밑에 있는 만까지 연결돼 있을 거야."

남자들 머리 위쪽에 걸린 알전구 주위로 커다란 나방들이 날아 다녔다. 한 마리가 안토니오 머리 위에 앉아 발로 이마를 간질이 자 안토니오가 손을 휘둘러 쫓아버렸다.

마르코 선장은 자기 잔에 럼을 조금 따르고 라임 한 조각을 쑤 셔넣었다.

"놈들이 그 저택을 얼마나 임대했죠?"

"문에 30일간 영화 촬영 허락을 받았다는 허가증이 붙어 있었 어요. 스뭇 프로덕션의 알렉산더 스뭇이란 사람 앞으로 허가가 나왔던데요." 안토니오가 말했다.

베니토는 잔 가장자리에 라임을 문질렀다. 그 럼은 플로르 데 카냐(사탕수수 꽃이라는 뜻의 럼주)18로, 베니토는 한 모금을 마시면 서 잠시 눈을 감고 행복한 순간을 음미했다. 오래전 루페의 입술 에서 그 럼의 맛을 봤던 것처럼, 지금 이 자리에서 다시 한 번 그 맛을 만끽했다.

베니토는 카리 모라가 선박 수리소 사무실에서 나오는 걸 보고 자기가 마시던 술과 똑같은 걸 한 잔 더 만들었고, 안토니오는 테 이블 옆에 등의자 하나를 더 가져왔다. 그녀의 어깨 위에는 새 한 마리가 앉아 있었다. 그 큰 앵무새는 그녀의 어깨에서 내려와 의 자 등 위에 앉았다. 카리는 테이블에 있던 그릇에서 포도 한 알을 집어 새에게 줬다.

"나를 만져, 자기야!" 앵무새는 지금까지 살아온 파란만장한 삶에서 배운 말을 했다.

"쉬잇." 카리는 그렇게 말하면서 포도 한 알을 또 줬다.

Thomas Harris

"카리, 그 집에는 이제 얼씬도 하지 마. 한스 피터가 널 팔아먹을 거야. 그거 알지? 놈은 네가 우리 편이 아니란 사실을 절대 믿지 않을 거야." 베니토가 말했다.

"알아요."

"네가 그 집 말고 어디서 사는지 놈이 알고 있어?"

"아뇨. 펠릭스도 몰라요."

"지낼 곳이 필요해?" 베니토가 물었다.

"나 남는 방 하나 있는데." 안토니오가 재빨리 말했다.

"괜찮아. 나도 갈 곳 있어." 그녀가 말했다.

마르코 선장이 테이블 위에 놓인 저택 설계도를 툭툭 쳤다.

"카리, 지금 여기서 무슨 일이 벌어지고 있는지 알아?"

"그들이 벽에 구멍을 몇 개 내고 있고, 뭘 찾느라 지하실을 온통 파헤쳐놓고 있어요. 그게 뭔지 짐작하기란 어렵지 않죠. 분명 당신들도 그걸 찾고 있고." 카리가 말했다.

"우리가 누군지 알아?"

"아마도요. 내게 여러분은 아주 친한 베니토 아저씨와 안토니오와 마르코 선장님일 뿐이에요. 그게 내가 알고 싶은 전부고."

"우리 편에 들어오든 안 오든 그건 마음대로 선택해." 마르코 선장이 말했다.

"들어가지 않겠어요. 하지만 여러분이 이기길 원해요. 아마 내가 아는 얼마 안 되는 정보를 여러분에게 말해주고, 내가 몰라야 할 비밀은 여러분도 굳이 말해주지 않는 편이 나을 것 같아요." 카리가 말했다.

"그 집에서 뭘 봤어?"

"한스 피터 슈나이더가 헤수스라는 남자와 전화하면서 몇 번

고래고래 소리를 지르면서 싸웠어요. 그 사람이 후불제 카드로 콜롬비아에 전화를 걸어서 말다툼을 엄청 하더라고요. 그는 계속 이렇게 물었어요. '그거 어디 있어?' 그들이 금속 탐지기를 가지고 다락부터 시작해서 온 집안을 다 뒤졌어요. 집 토대에 콘크리트 보강용 강철봉이 아주 많은데 거기에도 구멍을 몇 번 뚫었어요. 그들은 80파운드 정도 나가는 대형 자기 드릴 프레스랑 공기 해머 두 개를 가지고 있어요."

"그렇게 집을 절단 내면서 아무 설명도 안 해?"

"펠릭스가 걱정하지 말라고 했어요. 그건 부동산 중개인인 자기가 책임진다고. 그래서 내가 그 말을 적어두라고 했더니 싫다고 하더군요. 그랬더니 슈나이더가 내게 지폐 다발을 휘둘렀어요. 꽤 거액인 것 같았어요."

"그 자식한테 보수는 받았어?"

"아뇨. 지폐 다발을 실컷 흔들더니 내겐 장볼 돈만 줬어요. 펠릭스가 그새 문자를 보냈어요. 이렇게 보냈네요. 보스가 이제 당신이 일하러 오지 않아도 된대. 오늘까지 일한 보수는 와서 받아가. 당신 집 주소를 알려주면 우리가 수표를 보내줄 수도 있고. 아니면 내가 편할 때 만날 수도 있고… 어쩌고저쩌고. 나머지는 안 읽어도 될 것 같네요."

"그 집에서 네가 나오는 걸 본 사람은 있어?"

"없는 것 같은데 확실히는 모르겠어요. 다들 집 앞쪽에 있었던 것 같아요." 카리가 말했다.

"거기서 총이 한 자루 없어졌잖아. 그러니 나중엔 알아차리겠지." 마르코가 말했다.

"난 이제 갈게요." 카리가 말했다.

안토니오가 재빨리 일어났다. "잠깐 기다려, 카리. 당신 집이 어 딘지는 모르겠지만 데려다줄게. 당신이 정말 거기서 사는지 어쩐 지는 모르겠지만."

"저기 부두 쪽에 편하게 앉아 있기 좋은 곳이 하나 있는데 거기 서 기다리지 그래?" 마르코 선장이 카리에게 말했다.

안토니오가 그녀의 술을 그쪽에 갖다주고 다시 테이블로 돌아 왔다.

마르코 선장이 말했다. "슈나이더란 놈은 이제 몸 좀 사려야 할 걸요. 놈이 마이애미 해변에서 삽질하고 있는 걸 연방 수사 요원 들에게 들키면 모두 상어 떼처럼 덤벼들 테니까."

마르코는 건물 설계도를 테이블 위에 펼쳐놓고 술병과 코코넛 하나를 들어 서류 귀퉁이를 눌렀다.

"오래전에 그 테라스를 지을 때 시의 허가를 받으려고 파블로의 변호인단이 이 설계도를 제출했어요. 봐요, 이 테라스는 콘크리트 잔교 위에 지은 거예요. 그래서 바닷물이 그 밑을 파고 들어가도 무너지지 않았던 거죠. 펠릭스가 찍은 사진 봤어요?"

"그냥 놈의 어깨너머로 슬쩍 봤어. 그걸 부둥켜안고 있는 통에 제대로 볼 수가 있어야지. 나도 하나 찍었지만 고물 폴더폰으로 찍어서 화질이 영 글러먹었지." 베니토가 말했다.

"거기서 본 상자는 얼마나 컸어요?"

늙은 정원사는 뭉툭한 손가락으로 도면의 한 곳을 짚었다.

"이쯤에 있었는데. 사진이 워낙 흐리니 크기는 옆에 있는 해골 로 대충 가늠하는 수밖에 없지. 대형 냉장고보다 더 컸어. 카사블 랑카 수산 시장에 있는 대형 냉동고 정도라고 해야 하나."

"동굴이 크니까, 방파제 밑에 있는 구멍도 클 거예요." 안토니오가 말했다.

"대형 냉동고를 끌어낼 수 있을 정도로 클까?" 마르코 선장이 물었다.

"난초 네프리가 대형 윈치를 써서 바지선으로 끌어낼 수 있을 거예요. 난초는 윈치와 크레인을 써서 저것보다 더 큰 사석 조각들도 옮기잖아요. 난초가 그 일을 맡아준다면 말이죠." 안토니오가 말했다.

"방파제 밑에 있는 구멍을 우리가 직접 봐야 해. 만조일 때는 거기 물이 어느 정도까지 차지?" 선장이 물었다.

"한 2.5미터 정도. 내가 만 쪽 물속으로 들어가서 볼 수 있어요." 안토니오가 말했다.

"우리 배에서 들어갈래?"

"아뇨. 수영장 점검하는 물가로 들어갈 수 있어요. 거기서 방파제를 따라 들어가는 편이 나아요."

"내일은 해가 지기 30분 전에 간조가 시작될 거야. 일기예보에서 해가 쨍쨍하다고 했으니 수면에 햇빛이 반사돼서 눈이 어마어마하게 부실 거야. 거기다 물 위에 풀도 엄청 떠다닐 거고. 구멍 속에는 들어가지 마, 안토니오. 그냥 둥둥 떠 있는 풀들 밑으로 슥 들어가서 보기만 하고 나와. 네 산소 탱크에 산소는 남았어?"

안토니오는 고개를 끄덕이고 그만 가려고 일어났다.

늙은 정원사가 그에게 잔을 들어보였다. "안토니오, 오늘 태워다줘서 고마워."

"별거 아니에요." 안토니오가 말했다.

"욤보 뷔페에서 그 트럭에 탄 사람들 밥값을 떠넘긴 건 좀 심했어. 인간들이 다들 배때기가 터지게 처먹은 것도 모자라서 뻔뻔스럽게 집에 가져갈 것까지 시키더만, 거기다 콜라는 또 얼마나 마셔대는지. 안토니오… 내 말 잘 들어. 이제부터 정말 조심해야 해. 바비 조가 눈에 불을 켜고 널 찾아다닐 거야."

"놈이 나를 찾아내는 날이 바로 그놈 제삿날이죠." 안토니오가 말했다.

마르코 선장은 선박 수리소 근처에 있는 집으로 돌아갔다.

베니토는 낡은 픽업트럭에 시동을 걸고 덜덜거리는 소리를 내며 집으로 갔다. 그들은 소각로 불빛이 들어오게 문을 열어놓고 갔다.

루페의 영혼이 베니토의 집 뒤에 있는 작은 정원에서 그를 기다리고 있었다. 달빛을 받아 환하게 빛나는 활짝 핀 하얀 꽃들 위에서 반딧불이들이 반짝이는 동안, 베니토는 가까이 있는 그녀의 온기를 느꼈다. 그는 한 잔은 자신을 위해, 또 한 잔은 그녀를 위해 플로르 데 카냐를 따랐다. 그리고 루페와 같이 앉아 두 잔을 다 마셨다. 거기서 그녀와 같이 있는 것만으로 충분했다.

카리와 안토니오는 선박 수리소 부두에 세워둔 낡은 차 안에 앉아 하늘을 올려다봤다. 물가 맞은편에서 쿵쿵거리는 베이스 소리가 들려왔다.

"바라는 게 뭐야? 갖고 싶은 게 있어?" 안토니오가 물었다.

"내 집." 카리는 라임을 한 입 깨물었다가 다시 술잔에 뱉으면서 말했다. "내 손길이 닿는 구석구석이 다 깨끗한 집. 맨발로 걸어다녀도 발바닥에 스치는 느낌이 좋은 그런 집."

"혼자 살려고?"

그녀는 어깨를 으쓱하며 고개를 끄덕였다.

"만약 내 사촌에게도 좋은 집이 생기고 이모를 돌봐줄 사람이 생긴다면 내 집을 갖고 싶어. 문을 닫으면 기분 좋은 정적이 흐르는 곳. 나 혼자서 손질하고 가꿀 수 있는 집. 비가 와서 지붕에 빗물 떨어지는 소리가 들려도 그 빗물이 내 침대 발치로 떨어지는 게 아니라 정원으로 흘러들어가는 그런 집."

"어이쿠. 이제 정원까지."

"그럼 안 돼? 이것저것 심을 수 있는 작은 땅도 있으면 좋겠어. 집에 있다가 정원에 나가서 쑥쑥 자라는 채소를 뽑아 요리하고. 바나나 잎에 도미를 싸서 쪄먹고. 기분 내키면 부엌에서 음악을 크게 틀어놓고 술 한잔하면서 요리하고, 스토브 앞에서 춤을 추는 거지."

"남자는? 남자 생각은 없어?"

"그 집에 현관문이 있었으면 좋겠어. 그다음엔 누굴 초대할지도 모르지."

"내가 그 현관문 앞에서 노크를 한다면 어떨까? 예를 들어 싱글남인 안토니오가 나타난다면."

"싱글남이 될 작정이야, 안토니오? 총각 안토니오?" 럼주 맛이 꽤 좋았다.

"아니, 싱글이 될 생각은 없어. 당분간은. 내가 그렇게 하면 이 나라를 떠나야 하는 사람이 생길 테니까. 그런 짓은 못 해. 난 해병대에서 복무해서 시민권을 받았지만 내 친구는 그런 식으로는 이제 시민권을 딸 수 없으니까 기다려야지 뭐. 그녀는 내 친구니까 나도 그녀와 같이 기다리는 거고. 그녀의 오빠가 내 해병대 동기였어. 그런데 그 친구가 전사해버렸으니." 안토니오는 팔뚝에 새

Thomas Harris

긴 지구본과 닻 모양의 문신을 톡톡 쳤다. "언제나 충성(미 해병대 모토)."

"언제나 충성 좋네. 하지만 그건 당신 몸에 있는 문신 중 하나일 뿐이잖아."

"텐 벨스 문신 말하는 거야? 난 그때 철 없는 아이였어. 거긴 군대와는 다른 부류의 학교였지. 거기서 다른 종류의 기술을 배웠고. 당신한테 그걸 해명할 필요는 없을 것 같은데."

"그건 맞는 말이야."

"그냥 한번 해보는 말인데. 당신 뜻에 따라 내 가정사를 다 정리하면 어떨까? 그럼 현관문을 활짝 열어줘야 해, 알았지?"

강 곳곳에 떠 있는, 은은한 텔레비전 불빛만 보이는 어두운 배들에서 음악 소리가 흘러나왔다. 그중에 로드리고 아마란테가 부른, 드라마 〈나르코스〉의 기묘하고도 아름다운 주제가가 나오고 있었다. 그 멜로디보다 콩가 소리가 더 크게 들려왔다.

안토니오는 본인의 목소리가 꽤 좋다고 생각했다.

그는 카리를 똑바로 보면서 그 노래를 따라 불렀다.

나는 당신의 살을 태우는 불길이에요,
나는 당신의 갈증을 풀어주는 물이에요.
나는 성이자,
꽃이 피어나는 봄을 지키는 검이에요.

잠시 어떤 배에서 울리는 경적 소리에 그의 목소리가 묻혔다.

당신은 내가 숨 쉬는 공기

당신은 바다에 비치는 달빛

구름이 달 아래를 지나가면서, 철썩이는 강물의 여기저기를 검은색과 은색으로 칠했다. 강은 잠시 들어가서 물살을 아주 쉽게 헤치며 걸을 수 있을 것처럼 보였다.

소각로에서 나온 불꽃들이 하늘로 올라갔다.

카리는 일어나서 안토니오의 이마에 키스했다. 그는 고개를 들어 올렸지만 때를 놓쳐버렸다.

"난 집에 가야 해요, 안토니오 총각." 그녀가 말했다.

9

마이애미에 있는 카리의 가족이라곤 연로한 이모 재스민, 사촌 줄리에타와 줄리에타의 갓난아기뿐이었다.

입주 관리 일이 없으면 카리는 마이애미의 클로드 페퍼 웨이 근처에 있는 저소득층 임대주택 단지에서 이모네 가족과 같이 지냈다. 줄리에타의 남편은 정부에서 지시한 대로 자발적으로 이민자 등록을 하러 갔다가 ICE에 체포됐다. 그는 부도 수표를 발행한 혐의로 크롬 수용소에 갇혀서 국외 추방을 기다리는 상황이었다.

도보로 미국에 건너온 많은 마이애미 이주민들처럼, 카리는 자신의 개인사는 철저히 함구했다. 마르코와 안토니오만 그녀의 사촌에 대해, 혹은 줄리에타가 어디 사는지를 알고 있었다.

카리는 늦은 밤 열쇠로 임대주택 단지의 건물 뒷문을 열고 들어갔다. 이모와 사촌과 갓난아기는 자고 있었다. 그녀는 재스민 이모에게 별 이상이 없는지 살폈다. 아파서 누워만 있는 이모의 작은 체구와 갈색 피부가 흰 시트와 대비돼서 두드러져 보였다. 카리는 자는 이모의 얼굴을 바라봤다. 그때 재스민이 눈을 떠서 깊이를 헤아릴 수 없는 큰 눈동자로 그녀를 바라봤다. 이모의 시선이 자신을 집어삼킬 것 같았다. 이모의 이목구비에서 어렴풋이 엄마의 얼굴이 떠오르는 걸 볼 수 있었다. 가끔 구름 속에서 낯익은 얼굴들이 보이는 것처럼 말이다. 재스민 이모가 그녀에게 비밀을 말하려고, 뭔가 중요한 걸 떠올려서 말해주려고, 오직 나이 든 사람들만 이해할 수 있는 뭔가를 말해주려고 애를 쓰고 있다는 걸 알 수 있었다. 또한 이제 이모의 머릿속에 남아 있는 기억은 하나도 없다는 것도 카리는 알고 있었다.

카리의 손에서 권총 냄새가 났다. 그녀는 라임 즙과 비누로 손을 벅벅 문질러 씻은 후에 잠자는 갓난아기 옆에 앉아 아기가 숨쉬는 소리를 들었다. 권총의 기름 냄새를 맡거나, 혀 밑에 동전이 있는 것처럼 입속에서 전쟁의 구리 맛이 느껴지는 건 정말 오랜만이었다….

카리가 열한 살 때 그녀가 살던 마을에 FARC(콜롬비아무장혁명군)가 쳐들어와 총구를 들이대고 어린 그녀를 강제로 끌고 갔다.

FARC는 카리를 새로운 콜롬비아의 아동 군인으로 훈련시켜서 사진을 찍었다. 그들은 카리의 팔뚝 위쪽에 경막하 피임약을 주사하고, 써먹을 수 있는 곳이라면 어디든 실컷 써먹었다. 카리는 몸놀림이 민첩하고 손재주가 비상하고 강인했다. 그녀는 카케타 숲 속 깊은 곳에 있는 유격기지의 아이들 중에서도 아주 어린 축에 속했다.

FARC는 처음에 그곳을 어린아이들을 위한 캠프처럼 만들었다.

장교들은 아이들에게 군대가 마음에 들지 않으면 2주 후에 집에 보내준다고 말했지만, 아이들은 결코 집으로 돌아갈 수 없었다.

아이들은 훈련이 없을 때는 다 같이 모여 놀았다. 결손 가정 출신이 많아서 어른들이 관심을 가져주는 걸 고맙게 생각했다. 공습이 중단된 밤에는 캠프에서 춤을 추고 놀았다. 그들은 십대들이 섹스를 하는 건 못마땅해하지 않았지만 결혼과 임신은 금지돼 있었다. 임신하면 무조건 낙태시켰다. 장교들이 아이들에게 너희는 혁명과 결혼했다고 말했다.

시골의 외딴 마을에서 온 꼬마들은 거기서 듣는 음악과 색색의 불빛들을 마법처럼 생각했다.

거기서 지낸 지 한 달이 된 어느 날 밤, 다들 숲속에서 파티를 하고 있을 때 한 커플이 도망치려고 했다. 둘 다 열세 살이었는데 도망치다 잡힌 커플은 이번이 두 번째였다. 전초병들이 카케타 강의 얕은 곳을 걸어서 도망치던 그들을 붙잡았다. 망을 보던 병사들은 붙잡은 아이들을 손전등 불빛으로 계속 비추면서 캠프에 이 소식을 전했다. 모두 강둑에 집합했다.

모인 아이들 앞에서 연설을 하는 사령관이 쓴 작고 동그란 안경이 불빛에 반짝였다. 최근에 탈영병들이 몇 명 있었는데 이제 이런 일은 없어야 한다고 그가 말했다. 두 아이는 손전등 불빛 속에서 덜덜 떨며 서 있었다. 차가운 강물 속에서 다리는 사정없이 떨렸고, 옷은 강물에 흠뻑 젖었고, 두 손은 등 뒤에서 하얀 플라스틱 수갑에 묶여 있었다.

소녀가 입은 옷이 물에 흠뻑 젖어서 몸에 찰싹 달라붙는 바람에 작은 엉덩이가 드러나 보였다. 그들이 챙긴 음식 꾸러미 하나가 그들 옆에 떨어져 있었다. 둘 다 손이 묶여 있어서 서로 손을 잡을 수도 없었다. 그들은 서로 몸을 붙인 채 서서 머리를 맞대고 있었다.

사령관이 탈영이 얼마나 나쁜 일인지 말했다. 이들은 벌을 받아야 할까? "너희들이 판결을 내려라." 그가 말했다. "이들에게 벌을 줘야 할까? 이들은 너희들을 버리고 도망쳤고 너희들이 먹어야 할 음식을 훔쳤어. 이들이 벌을 받아야 한다고 생각하는 사람은 손을 들어."

모든 성인과 대부분의 어린 병사들이 이들에게 벌을 줘야 한다고 생각했다. 카리도 다른 아이들과 같이 작은 손을 들었다. 맞아요, 쟤들은 벌을 받아야 해요. 아마 엉덩이를 때리는 정도? 어쩌면 내일 아침을 굶기는 벌까지? 아니면 카리와 같이 주방 일을 하는 벌? 사령관이 손으로 신호를 내렸다. 보초들이 두 아이를 물가로 밀고 가서 총을 쐈다. 처음에는 다들 쏘길 망설이는 것처럼 보였고, 누구도 먼저 쏘고 싶어 하지 않았다. 그러자 사령관이 소리를 버럭 지르면서 명령을 내렸다. 누군가 한 발 쏐았고 두 발, 이어서 여러 발이 발사됐다. 아이들은 얼굴을 물속에 대고 그대로 쓰러졌다가 다시 고개가 수면 위로 떠올랐다가 다시 물속으로 떨어졌다. 그들은 피를 흘리며 물 위로 둥둥 떠내려갔다. 죽은 여자아이의 시체가 물속에 있는 뿌리에 걸려 멈추자 보초 하나가 발로 밀어버렸다. 이들의 작은 손목을 묶은 하얀 플라스틱 끈의 끄트머리가 물 위로 튀어나와 있었다. 그들은 얼굴을 숙인 채 마치 스카프를 감은 것처럼 물속에서 피를 흘리며 나란히 떠내려갔다. 카리는 울었다. 대부분의 아이들이 비명을 지르며 울었다.

저쪽 캠프에 있는 라디오에서는 여전히 댄스 음악이 흘러나오고 있었다.

그때 죽은 아이들의 손목이 얼마나 작아 보이던지. 그 작은 손목에서 삐져나온 하얀 플라스틱 끈은 또 얼마나 길어 보이던지. 카리는 그때부터 "끔찍하다"라는 말을 들으면 그 장면만 떠올랐다.

그 플라스틱 끈은 사방에 있었다. 한동안 게릴라 군과 그들의 적인 준군사조직 양쪽 모두에 그걸 쓰는 게 유행처럼 번졌다. 그들은 언제라도 포로를 잡으면 쉽게 묶을 수 있도록 벨트에 그 끈을 차고 다녔다. 그 끈은 썩지도 않았고 정글 바닥에 떨어지면 해골보다도 더 하얗게 반짝였다. 덤불 속에 있는 시체를 우연히 발견했을 때 카리의 속을 뒤집히게 만든 건 썩어가는 얼굴이나, 시체를 실컷 쪼아 먹고 배가 불러서 날개를 퍼덕이며 날아가는 독수리들이 아니라 시체의 손목을 묶은 그 하얀 플라스틱 끈이었다. 게릴라들은 아이들에게 그걸 쓰는 훈련을 시켰다. 한 손으로 포로의 손목에 끈을 묶는 법, 끈의 틈새 사이에 뭔가를 끼워서 풀고 탈출하는 법, 구두끈으로 끈을 자르는 법. 그 끈에 묶인 손목들은 카리의 꿈에 여러 번 나왔다.

마이애미의 사촌 집에서 갓난아기 옆에 앉아 있는 오늘 밤은 그때와 달랐다. 그녀는 창가에서 베니토의 손목에 묶여 있던 그 플라스틱 끈이 잘리고, 노인이 살아서 떠나는 모습을 봤다.

카리는 다른 것들은 생각하지 않았다. 그녀는 갓난아기가 숨을 쉬는 소리를 들으며 서서히 잠이 들었다.

10

콜롬비아, 바랑키야

헤수스 비야레알이 입원해 있는 천사 자선 병원은 사람들로 북적거리는 시장통에 있는 빈민 병원이다. 정오 무렵 검은 레인지로버 한 대가 병원 앞에 멈췄다. 거리는 인파로 시끄러웠고 수레를 끄는 노점상들이 레인지로버 주위로 몰려와 서로 자리다툼을 하며 몸싸움을 하느라 난리도 아니었다.

그때 레인지로버 앞쪽 조수석에서 체격이 산만하고 얼굴이 불그스레한 이시드로 고메즈가 내렸다. 그가 턱짓을 하자 연석에 주차할 자리가 생겼다. 고메즈가 차의 뒷문을 열자 그의 보스가 내렸다.

마흔네 살인 돈 에르네스토 이바라, 타블로이드 신문에 "테플론 씨"라는 별명으로 보도되는 그는 중간 키에 칼같이 다린 린넨 재킷을 입고 있었다.

그와 고메즈가 바닥에 닳고 닳은 리놀륨 장판이 깔려 있고, 칸막이로 분리된 침대들이 늘어서 있는 삭막한 1층 병실들을 지나가자 그를 알아본 환자 몇 명이 그의 이름을 불렀다.

헤수스 비야레알의 병실은 병동 끝에 단 두 개 있는 1인실 중하나였다. 고메즈는 노크도 안 하고 바로 들어갔다가 1분 후에 일회용 항균 물티슈로 손을 문지르며 나와서 돈 에르네스토에게 고개를 끄덕였다. 그가 들어갔다.

헤수스 비야레알은 침대에 누워 있었다. 여위고 쇠약한 노인은몸 여기저기에 튜브를 꽂은 채 침대에서 꼼짝 못하는 신세였다. 그는 쓰고 있던 산소마스크를 잡아당겨서 벗었다.

"자넨 항상 조심성이 많았지, 돈 에르네스토. 이젠 죽어가는 노인을 뒤지러 왔나? 덩치가 산만한 인간을 보내서 침대에 누워 있는 사람의 몸을 더듬기까지 하나?" 헤수스 비야레알이 말했다.

돈 에르네스토가 노인에게 피식 웃어 보였다. "칼리에서 당신이날 총으로 쐈으니까 그렇지."

"그건 그냥 비즈니스였잖아. 자네도 반격했고."

"난 아직도 당신이 위험한 사람이라고 생각해요, 헤수스. 이 말은 칭찬이에요. 우린 우정 어린 마음으로 이 일을 도모할 수 있다고요."

"자넨 교육자지, 돈 에르네스토. 교수나 마찬가지야. 더 잘 훔치는 방법들을 가르치니까. 하지만 텐 벨스 학교에서 우정을 가르치진 않지."

돈 에르네스토는 병원 침대 위에서 사정없이 쪼그라든 헤수스를 찬찬히 바라봤다. 마치 까마귀가 땅바닥에 떨어진 산딸기 하나를 이리저리 뜯어보듯 고개를 갸웃거리며 노인을 바라봤다.

"당신은 살날이 얼마 안 남았죠, 헤수스. 당신을 존경하니까 당신이 부른다는 말에 이렇게 왔어요. 당신은 파블로의 선장이었지만 절대 그를 배신하지 않았어요. 그런데 그는 당신에게 한 푼도 남겨주지 않았잖아요. 당신에게 얼마 안 남은 시간을 우리가 쓸 수 있게 해줘요. 우리 사나이답게 이야기합시다."

노인은 코에 끼고 있는 튜브에 산소를 채우려고 마스크를 다시 쓰고 몇 모금 들이마셨다. 그리고 방언이 터진 것처럼 이야기를 쏟아냈다.

"나는 1989년에 파블로를 위해 내 트롤선에 금을 싣고 마이애미로 갔지. 금 반 톤 위에 얼음을 올리고 그 위에 생선을 깔아서 운반했어. 주로 도미였고, 농어도 조금 있었고. 굿 딜리버리 등급의 골드바 서른 개가 있었는데, 바 하나가 400트로이온스로 일련번호도 다 찍혀 있었어. 25킬로그램이 나가는 납작한 바도 많았고. 하지만 그건 인리다의 광산에서 캐낸 도레(금과 은이 섞인 잉곳) 금이었지. 117그램짜리 톨라 골드바들을 넣은 커다란 자루도 하나 있었는데 거기 몇 개나 있었는지는 나도 몰라." 헤수스는 잠시 이야기를 멈추고 다시 마스크를 쓰고 숨을 쉬었다. "황금 1,000파운드. 그게 어디 있는지 내가 말해줄 수 있어. 요즘 금 1,000파운드면 얼마나 하는지 아나?"

"대략 미화 2,500만 달러 정도요."

"내게 뭘 줄 텐가?"

"원하는 게 뭡니까?"

"돈. 그리고 아드리아나와 내 아들의 안전."

돈 에르네스토는 고개를 끄덕였다. "좋아요. 내가 약속을 잘 지키는 사람이란 건 당신도 알죠."

"기분 나쁘게 듣지 말게, 돈 에르네스토. 나는 현찰만 믿자는 주의라."

"당신도 기분 나쁘게 듣지 말고 내 질문에 대답해주시죠. 이 정보를 한스 피터 슈나이더 말고 또 누구한테 팔았습니까?"

"지금 빌어먹을 숨바꼭질을 하고 놀기엔 너무 늦었어. 그 인간이 금이 들어 있는 금고를 찾아냈다고. 내가 방법을 알려주지 않는 한, 그걸 열었다간 목숨을 부지하지 못할 거야. 한스 피터 슈나이더는 아마 외딴 곳으로 금고를 옮기려 할 걸세."

"그걸 옮기고도 살아남을 수 있나요?"

"아마 아닐걸."

"금고에 수은 스위치가 있나요? 그게 움직이면 곧바로 폭발하나요?"

헤수스 비야레알은 말없이 입술을 오므렸다. 그의 입술은 여기 저기 터져 있어서 그렇게 오므리기만 해도 대단히 고통스러웠다.

"내게 금고를 여는 방법을 말해줄 수 있잖아요." 돈 에르네스토가 말했다.

"그렇지. 지금은 금고에 관련된 문제들을 말해줄 거야, 현금을 가지고 오면 그때 그 문제들을 해결하는 법을 알려주지."

11

아프리카에서부터 바람을 타고 날아온 먼지가 마이애미의 새벽을 핑크색으로 물들였다. 비스케인 만에서 멀리 떨어진 해변 가의 창문들이 오렌지색으로 타오르는 사이에, 태양이 들썩이다가 바다를 떠났다.

한스 피터 슈나이더와 펠릭스는 에스코바르 저택의 잔디밭에 생긴 구멍 옆 테라스에 서 있었다.

움베르토가 곡괭이와 삽을 가지고 구멍을 더 크게 파냈다. 그들 밑에 있는 어두운 곳에서 물을 빨아들이는 소리가 들렸다. 바닷물이 방파제 밑에 있는 구멍을 통해 요동치면서 그들 밑에 있는 동굴로 흘러가는 동안, 구멍이 숨을 내쉬면서 더러운 공기를 뿜어냈다. 그들은 악취 때문에 고개를 돌리고 있었다.

바비 조와 마태오가 수영장이 있는 건물에서 장비 몇 개를 가져왔다.

펠리컨 무리가 물고기 떼를 노리며 편대를 이뤄 날아갔다.

"헤수스가 돈 에르네스토에게 뭐라고 했는지 대체 내가 어떻게 알겠어? 저걸 앞으로 꺼내건 뒤로 꺼내건 난 쥐똥만큼도 관심 없어. 로더데일의 그 작자는 뭐래?" 슈나이더가 말했다.

"클라이드 하퍼. 엔지니어인데 그 사람한테 장비가 있어요. 그 사람이 우리랑 만나서 해결할 겁니다. 배에서 만나자고 하던데요." 펠릭스가 말했다.

"그 사람 번호가 이 전화기에 있나?" 한스 피터가 펠릭스의 차 트렁크에서 꺼낸 파란 대포 폰을 손바닥으로 두드리며 말했다.

"그게 뭐예요? 나는 모르는 건데." 펠릭스는 그렇게 말하면서 입술을 핥았다.

"이거 네 차 트렁크에서 꺼낸 거잖아. 이 핸드폰 비밀번호를 지금 불지 않으면 바비 조가 네 뇌를 날려버릴 거야."

"별표 6969예요. 이건 그냥 마누라 몰래 애인이랑 통화할 때만 쓰는 건데. 무슨 말인지 알잖아요."

한스 피터는 입술을 오므리면서 핸드폰의 화면을 꾹꾹 눌러 번호가 맞다는 걸 확인했다. 전화기 속 내용은 나중에 실컷 구경할 수 있겠지.

"좋아. 좋아. 어쩌면 저 빌어먹을 잡것을 끌어내지 않아도 될지 몰라. 저걸 뒤쪽에서 부수고 들어가는 방법이 있을지도 모르지. 자, 이제 그걸 보러 구멍 속으로 들어가자."

"누가 들어가는데요?" 펠릭스가 말했다.

펠릭스 뒤에 바비 조와 마테오가 서 있었다. 움베르토도 그들과 같이 서 있었는데 그가 잠수 장비를 들고 있었다.

장비에 걸린 줄은 구멍 위에 심어져 있는 바다포도나무 위의 도르래를 지나, 손으로 크랭크를 돌려서 관을 들어 올리는 윈치에 연결돼 있었다.

바비 조가 장비를 들어 보였다.

"저거 입어." 슈나이더가 펠릭스에게 말했다.

"난 이런 일을 하겠다고 한 적 없는데. 내게 무슨 일이 생기면 우리 사무실에서 가만 있지 않을 거예요." 펠릭스가 말했다.

"빌어먹을, 넌 내가 시키는 건 뭐든 다 해야 해. 네 사무실에서 내게 손을 내민 인간이 너 하나뿐이라고 생각해?"

바비 조가 펠릭스에게 장비를 입혀주고 줄에 연결시켰다. 펠릭스는 목에 걸고 있던 메달에 키스했다.

한스 피터는 펠릭스가 마스크를 쓰기 전에 그의 앞에 서서 펠릭스의 얼굴에 서린 공포를 아주 맛있게 한 모금 들이마셨다.

그 위험물질 처리용 마스크의 볼 부분에는 커다랗고 짙은 회색 필터 두 개가 달려 있었고, 헤드기어에는 비디오카메라 하나와 광부들이 이마에 다는 작은 등이 붙어 있었다. 그가 착용한 장비에는 커다란 손전등 하나와 커다란 권총집이 있었고, 거기에는 사운드용 배선도 장착돼 있었다.

마스크 필터를 통해 공기를 충분히 빨아들이기는 쉽지 않았다.

새들이 하늘을 가로질러 날아갔다. 까마귀들이 떼를 지어 매한 마리를 공격하고 있었다. 펠릭스는 하늘을 올려다보고, 참 마음에 든다고 생각했다. 이전에는 한 번도 그런 생각을 해본 적이 없었는데. 다리에 힘이 풀리는 게 느껴졌다.

"총을 줘요." 그가 말했다.

바비 조가 권총집에 커다란 리볼버(회전식 연발 권총) 하나를 찔러넣고 덮개를 덮었다. "땅 밑으로 가기 전까지는 권총에 손대면 안 돼." 그가 말했다.

그들이 펠릭스를 구멍 속으로 내려줬다. 다리에 닿는 땅 밑의 공기가 따뜻하게 느껴졌다. 그는 케이블을 꽉 잡은 채 몸을 살짝 돌렸다.

그의 머리가 잔디 밑으로 내려가자 날이 어두워지기 시작해서 주위를 둘러보기가 쉽지 않았다. 구멍을 통해 들어오는 햇빛은 방파제의 거친 콘크리트에 부딪쳐도 거의 반사되지 않았다. 동굴이 길어지면서 어둠도 한없이 길어졌다. 수면에서 동굴 천장까지의 높이는 물이 들어올 때와 나갈 때가 달라서 1.2미터에서 1.8미터로 들쭉날쭉했다. 그의 허리까지 물에 잠겼을 때 발이 바닥에 닿았다. 거기서부터 물이 불어났다가 빠지면서 엉덩이에서 가슴까지 몸이 올라갔다가 내려가길 반복했다. 바다포도나무의 구불구불한 뿌리들이 동굴 천장을 뚫고 내려와 있었다. 뿌리들이 너무 뻣뻣해서 옆으로 밀쳐낼 수도 없었다. 펠릭스의 머리에 달린 전등 불빛이 수면에 부딪혀 튀어 오르면서, 동굴 사방에 뿌리들의 거대한 그림자가 드리워졌다. 펠릭스는 콘크리트 테라스의 밑부분과 그의 머리 위에 매달려 있는 뿌리의 흙덩어리 일부를 볼 수 있었다.

한스 피터 슈나이더는 노트북으로 그 모습을 지켜봤다. 스피커에서 들려오는 펠릭스의 목소리가 개미소리만큼 작았다.

"여기 바닥은 상당히 평평해서 걸을 수 있어요. 물은 내 가슴까지 오고. 맙소사. 저기 개 몸뚱이가 반쪽밖에 안 남았어!"

"지금 아주 잘하고 있어, 펠릭스. 가서 그 망할 금고나 좀 봐. 어서 가라고." 슈나이더가 말했다.

펠릭스는 동굴 뒤쪽을 향해 천천히 움직였다.

테라스를 떠받친 말뚝들이 마치 물에 잠긴 사원의 기둥처럼 주위에 서 있었다. 펠릭스는 땀을 흘리고 있었다. 머리에 달린 전등 불빛이 완만하게 비탈진 물가에 있는 금속에 반사됐다. 그의 큰 손전등 불빛이 바닥 여기저기에 흩어져 있는 뼈들과 인간의 두개골 하나를 비췄다. 그 금고는 아주 컸다.

"이건 상자인데 세로로 길쭉한 모양이에요. 미끄럼 방지 처리를 한 바닥처럼 강철 줄무늬 판들의 가장자리를 용접해서 만들었고요."

"얼마나 커?" 슈나이더가 물었다.

"냉장고만한데, 더 커요. 식당에서 쓰는 대형 냉장고 정도."

"들어 올릴 수 있는 고리나 손잡이 같은 거 있어?"

"안 보이는데."

"그럼 가까이 가서 들여다봐."

펠릭스 뒤에서 쉭쉭 소리가 들렸다. 그가 그 소리를 향해 몸을 돌리니 관 모양의 작은 거품들이 동심원 모양으로 밑에서부터 올라오는 게 보였다.

그는 허겁지겁 위로 올라갔다.

"손잡이도 없고, 들어 올릴 고리도 없고, 문도 없고, 뚜껑도 없어요. 흙에 덮여 있는 부분도 있어서 다 보이진 않아요."

또다시 쉭쉭 소리가 나자 펠릭스는 들고 있던 손전등을 주위에 대고 휘둘렀다. 어두운 물속에서 빨간 눈 한 쌍이 떠올랐다. 펠릭스가 그 눈을 향해 권총을 쏘자 사라져버렸다.

"나갈 거야. 나간다고!" 그는 동굴 천장에 있는 구멍 밑으로 돌아가려고 허겁지겁 걸어갔다.

"날 올려줘! 올려달라고."

윈치가 돌아가자 줄이 조금씩 움직이면서 물 밖으로 나오기 시작했다. 윈치가 줄을 팽팽하게 끌어당기면서 펠릭스가 올라오기 시작했을 때, 뭔가가 어마어마한 힘으로 펠릭스의 옆을 쳐서 다시 물속으로 빠져버렸다. 그 바람에 그가 들고 있던 손전등이 날아갔고, 권총이 동굴 천장으로 발사됐다.

물 위 정원에서 윈치가 뒤로 돌아가면서 핸들이 바비 조의 손과 팔을 사정없이 후려쳐버렸고, 줄이 빠르게 구멍 속으로 미끄러져 들어갔다.

동굴 밑에서 그 줄이 주르르 미끄러지듯 움직여서 구멍을 빠져나와 방파제 밑에서 팽팽하게 잡아당겨지면서 물방울을 사방으로 튕겨냈다. 그러더니 동굴 바닥에서 다시 축 늘어져버렸다.

"윈치 돌려서 저 자식 끌어내!" 슈나이더가 소리를 꽥 질렀다.

슈나이더는 펠릭스의 머리에 달린 카메라를 통해 그의 발밑을 지나가는 동굴 바닥을 노트북으로 볼 수 있었다. 펠릭스가 머리에 쓰고 있던 전등 불빛이 바닥에 닿아 여기저기 튕기고 있었다. 마태오와 움베르토가 윈치를 잡아 돌려 펠릭스의 잠수 장비를 끌어올렸다.

그 구멍에서 끌려나온 장비에 펠릭스의 상반신 아래쪽과 하체가 축 늘어진 채 매달려 있었다. 상반신 위쪽으로 핑크색과 회색 창자들이 달려 있었다.

멀리 만 밖에서 펠릭스의 손이 수면을 뚫고 나와 마치 손을 흔드는 것처럼 물살을 가르며 떠다니다가 마침내 시야에서 완전히 사라졌다.

그들은 한동안 조용히 있었다.

"그거 내 총이었는데." 바비 조가 말했다.

움베르토가 펠릭스의 모자와 선글라스를 썼다.

"이 집은 어떻게 해요?" 움베르토가 물었다.

한스 피터는 움베르토에게서 선글라스를 뺏었다.

"펠릭스랑 같은 사무실에서 일하는 인간이 이 선글라스를 탐내고 있어. 모자는 네가 가져." 그가 말했다.

12

카리는 아침 일찍 줄리에타가 농산물 직판장에서 파는 살사 피칸 테 소스에 들어갈 양파를 강판에 갈고 있었다.

홰에 앉아 있던 흰 앵무새는 근처에서 꼬끼오 하고 울어대는 수 탉들 때문에 짜증이 나서 중얼거리고 있었다.

"추파 우에보스(쪼다 새끼)." 앵무새가 말했다.

줄리에타도 카리처럼 가정 간병인 면허가 있는데, 이제 그녀의 어머니가 의료보험도 없이 자리보전만 하고 있는 상태라 그 기술 을 아주 유용하게 쓰고 있었다.

이들은 줄리에타의 작은 아파트에 자신들이 마지막까지 보살 핀 고령 환자들의 가족들에게 받은 대형 가구들을 놓고 썼다. 환 자의 가족들은 카리와 줄리에타를 아주 좋아했다. 두 사람은 성 격이 쾌활한데다 환자를 들 수 있을 정도로 힘이 세고, 어떤 상황 에서도 아무 내색도 하지 않고 일을 했다. 유족들이 준 가구는 편했지만 집이 좁아서 가구 위로 넘어다녀야 했다.

거실 벽에는 1958년 텔아비브에서 열린 콘서트의 매력적인 포스터 한 장이 붙어 있었다. 줄리에타가 비키니를 입고 머리에 미스 하와이 왕관을 쓰고 콘서트홀에 서 있는 모습을 찍은 포스터였다.

뒤쪽 침실에서 줄리에타가 갓난아기의 우는 소리 너머로 카리를 불렀다. "카리, 젖병 좀 데워줄래?"

카리의 핸드폰이 울렸다. 그녀는 가방에 든 핸드폰을 꺼내기 위해 앞치마에 손을 닦아야 했다. 안토니오가 건 전화였다.

안토니오는 회사 트럭을 타고 있었다. "카리, 내 말 잘 들어. 오늘 400달러 벌어볼 생각 없어?" 그는 잠시 핸드폰을 귀에서 떼어 멀찍이 들고 있어야 했다. "뭐라고? 잠깐만, 아가씨. 이거 사기가 아냐. 완전 합법적인 일이라고. 투 사베스 케 소이 운 옴브레 데 미 팔라브라(내가 한 입으로 두 말 안 하는 거 알잖아). 나 좀 도와줘, 카리. 오늘 오후 느지막하게 내가 밑에 좀 봐야 할 게. 거 왜 있잖아. 내가 좀 볼 데가 있어서 그래. 와서 도와줘."

13

오후에 짭짤하게 돈을 벌 수 있는 일이 들어왔기 때문에 카리는 오래간만에 버스 대신 우버를 타고 노스 마이애미 비치로 가서 9불 21센트라는 거금을 내는 사치를 부렸다.

그 집은 스네이크 크리크 운하 근처에 있었다. 그곳은 사람들이 힘들게 번 돈으로 장만해서 깔끔하게 가꾼 작은 집들이 모여 있는 동네였다. 동네 사람들 대부분이 작은 정원에 망고 나무 한 그루, 파파야 한 그루, 메이어 레몬 한 그루 정도를 심어서 키웠다.

이 동네에서 이 집만 유일하게 허름한 빈집으로 남아 있었다. 집주인이 한밤중에 ICE에게 끌려가 추방되면서 은행 융자금 미상환 문제로 권리 관계가 복잡하게 얽히자 5년간 주인을 찾지 못한 채 방치돼 있었다. 이 부동산 분쟁의 당사자들은 서로 이 집을 수리하는 걸 법적으로 막고 있었다. 이 집 뒷마당에도 망고 나무가 한 그루 있었지만, 가지치기도 제대로 안 해주고 영양분도 공급해주지 않아서 한없이 시들어가고 있었다.

카리는 몇 달 전에 이 집을 발견하고 앞마당에 꽂혀 있는 매물 표지판의 정보를 베껴두었다. 그리고 이 일에 아무 관심도 없는 은행 말단 직원의 안내를 받아 처음 이 집에 들어갔다. 남자는 카리에게 현관문을 열어주고 자기는 차에서 트르무(초콜릿 음료수 브랜드)를 마시며 보드랍고 창백한 손가락으로 핸들을 툭툭 두드리며 기다렸다. 그는 이미 상사에게 카리가 "주택 융자를 받을 가능성은 거의 없다"고 말해둔 상태였다. 그는 카리에게 얼른 보고 나오라고 경적을 울려댔다.

이번에는 카리 혼자 집을 보러 왔다.

그녀는 홈데포(미국의 가정용 건축자재 제조 및 판매업체)에서 산 비고로 과일나무 비료를 가져왔다. 옆 마당으로 들어가는 문은 경첩 부분이 축 늘어진데다 그나마 잠겨 있지도 않았다. 그녀는 그 문을 밀어서 열었다.

카리는 잡초가 무성하게 자란 정원에 있는 플라스틱 우유 상자 위에 앉아 그 망고 나무를 바라보다가 손을 대보았다. 산들바람이 카리의 머리카락을 스쳐갔고, 망고 나무 속에서 속삭였다. 카리는 나무 몸통에 닿지 않게 조심조심 비료를 살포했다. 망고 나무 몸통에 비료를 뿌리면 좋지 않다.

옆집에 사는 여자가 문이 삐걱거리는 소리를 듣고 나와서, 카리가 울타리의 낮은 쪽에 있는 구멍으로 들어가는 모습을 지켜봤다. 그러다 카리가 나무에 비료를 주는 모습을 보고, 긴장해서 잔뜩 굳어져 있던 얼굴이 풀렸다. 그녀는 카리에게 이 집의 다락을 보고 싶으면 사다리를 빌려주겠다고 제안했다. 카리는 집 안으로 들어갔다.

지붕에 난 구멍을 통해 햇빛이 침실로 들어왔다. 두 번째 침실은 한쪽 벽에만 페인트가 말끔하게 칠해져 있었고, 두 번째 벽은 칠하다 만 채였는데 바닥에 뻣뻣하게 마른 페인트 붓 한 자루가 놓여 있었다. 술을 마시면서 페인트를 칠하다가 취해서 중단한 것 같은 자리에는 술병 하나가 놓여 있었다. 그 빈 병은 가장자리가 말려 올라간 칙칙한 색의 카펫 위에 페인트 붓과 나란히 놓여 있었다. 실내 바닥에는 근사한 타일이 깔려 있었다.

집의 내부는 조금 파손돼 있었다. 안쪽 벽의 아이 눈높이쯤 되는 높이에 **오갈비는 내 똥꼬에 키스할 수 있다**라는 글과 아마도 오갈비로 짐작되는 어떤 머저리를 묘사한 듯한 저속한 그림이 그려져 있었다. 하지만 바닥이나 주위에 널려 있는 음식 포장지 위에 크랙(강력한 코카인의 일종) 유리병은 보이지 않았다. 빗물 자국이 죽죽 그어진 인조 벽판 뒤에서는 곰팡이 냄새가 났다. 변기는 아랫부분이 흔들거렸다.

카리는 이 집이 근사하다고 생각했다.

하지만 다락에 골치 아픈 문제가 있었다. 트러스(지붕교량 따위를 버티기 위해 떠받치는 구조물) 일부가 썩어가고 있었다. 부엌 위쪽에 있는 다락의 한쪽 구석에는 풀과 단열재로 만든 새 둥지가 하나 있었다. 카리는 들보 위에 무릎을 꿇고 방치된 새 둥지를 들여다봤다. 쥐새끼들이 덮쳤을까? 아니, 포섬(주머니쥐) 짓이다. 확실해. 그 둥지에는 원래 만들어놓은 출입구 외에도 옆에 비상 출구가 있었다. 카리는 옛날에 식량이 다 떨어졌을 때 포섬으로 수프를 끓인 적이 있었다. 정글에서 지낼 때 백일해에 걸린 아이들에게 쓸 약으로 쥐를 잡아 수프를 끓이는 법을 배웠다. 그때 쥐가 아니라 포섬을 써도 수프에서 같은 맛이 난다는 걸 알았고, 마찬가지로 둘 다 아무 효과가 없다는 것도 알았다. 카리는 살면서 여러 가지 일을, 그것도 아주 잘 배웠다. 트러스를 교체해서 지붕을 올리고 지붕 타일을 깐 적은 한 번도 없었지만 자신이 잘 배울 수 있다는 걸 알고 있었다.

그녀가 들보 위에 무릎을 꿇는 사이에 여우비가 퍼붓기 시작하면서 머리 위 지붕을 사정없이 두들겨댔다. 빗물이 지붕에 나 있는 구멍으로 들어와 밝은 햇살 속에서 반짝이며 수직으로 쏟아져내렸다. 카리는 이렇게 하면 집 안에 빗물이 들이치지 않을 것처럼 빗속에 손을 들이밀었다. 몇 분 후에 비가 그쳤다. 카리는 집 밖으로 나와 김이 피어오르는 땅으로 가면서 무지개가 나왔기를 빌었다. 정말 하늘에 무지개가 떠 있었다.

이웃집 여자는 체구가 아주 작고 주름이 자글자글했다. 그녀의 이름은 테레사였고, 카나리아 제도에 있는 라고메라 섬에서 미국으로 왔을 때부터 이미 나이가 아주 많았다. 그녀는 여기서 두 블록 떨어진 곳에 사는 사촌과 의사소통을 할 때 실보 고메로 휘파람을 불어 핸드폰 통화 시간을 아낀다고 말했다. 테레사는 카리에게 자기 집 망고 나무에서 딴 망고 두 개를 줬다. 카리는 사보르 트로피컬 슈퍼마켓에서 받은 환한 오렌지색 봉투에 그 망고를 넣었다.

테레사는 이 동네에서 쿠바 출신 사람들, 예를 들면 아들이 치대에 다니는 바르가사스 같은 집에서는 프리에토 망고가 가장 인기가 좋다고 천천히 설명했다. 마담 프란시스 망고는 아이티 출신들이 좋아한다고 했다. 예를 들어 모퉁이에 있는, 딸이 이제 막 법대에 입학한 투쌍 집이 그랬다. 닐람 망고는 이 거리 끝에 사는 힌두교 신자인 비다야파티스 가족이 잘 먹는다고 했다. 그 집 아저씨는 마권 사무소 직원으로 일하고, 그 집 아들은 의대생이라고 테레사는 끝도 없이 이야기를 이어갔다. 자메이카 사람들은 아주 독선적이라서 누가 홀리에 망고가 맛있다고 하면 콧방귀를 뀐다고 했다. 그들은 히긴스 가족이고, 그 집 딸은 지금 약사라고. 중국인들은 식구마다 모두 입맛이 달라서 163번가에 있는 광둥 카페에서는 여지(열대성 과일의 일종) 같이 온갖 다양한 망고를 섞어서 만든 음식을 판다고 했다. 동네 사람들은 그 집 아들 웰든 윙을 바보로 생각한다고도 했다. 그는 하루 종일 노래를 부르며 돌아다니고 아무나 무대 위로 올라가서 노래를 부를 수 있는 행사에 항상 나가서 자신을 래퍼 '러브 존스'라고 소개하며 꽥꽥 소리를 질러대니까. 하지만 웰든 윙인지 러브 존스인지가 뽀빠이스의 프라이드치킨 프랜차이즈를 확보해서 가게를 차리자 그 집 식구들은 모두 그를 대견하게 여겼다. 이웃 사람들은 그 프랜차이즈 이름을 마이애미 식으로 "포빠에즈"라고 부른다.

그때 아주 먼 곳에서 가늘고도 또렷한 휘파람 소리가 들렸다. 그 소리는 올라갔다 내려갔다 하면서 몇 초 동안 울려퍼졌다.

"참나. 내게 진공청소기 봉투가 있단 말이야!" 할머니가 말했다.

그 할머니가 입속에 손가락 두 개를 쑤셔넣고 갑자기 아주 큰 소리로 휘파람을 불어대자, 깜짝 놀란 카리가 한 발자국 뒤로 물러섰다.

노파가 말했다. "저건 틈만 나면 내 청소기 봉투를 빌려간다니까. 그래서 월마트에 가보라고 했어. 거기서 봉투를 세일하고 있다고. 처녀는 이 집이 갖고 싶어? 내가 기도해줄게. 내가 여기 울타리에 있는 구멍으로 분무기를 넣어서 망고 나무에 물도 줄게."

해가 지기 30분 전에 안토니오가 다니는 수영장 관리 회사 트럭이 에스코바르 저택에서 한 블록 반 정도 떨어진 곳에 있는 어떤 집의 진입로로 들어왔다. 카리가 운전을 하고 있었다.

"나는 매주 이 집에 와서 수영장을 관리하고 있어. 이 집 식구들은 9월 말까지는 마이애미 해변에 돌아오지 않을 거야." 안토니오가 말했다.

그는 트럭에서 내려 정문의 비밀번호를 눌렀다.

문이 아주 천천히 열린다고 카리는 생각했다. 그녀는 안토니오 없이 자신이 직접 이 문을 열어야 할 경우를 대비해 비번이 뭔지 물어보고 싶었다. 한편으로는 물어보고 싶지 않은 마음도 있었다.

안토니오는 그녀의 표정에서 그 마음을 알아차렸다. "집 안으로 들어온 후에 차를 몰고 가까이 다가가면 문이 자동으로 열려." 그는 들어오라고 손을 흔들었다. 그녀는 들어가서 마당에서 차를 돌린 다음, 정문이 마주 보이는 곳에 세웠다.

"내가 보일 때까지, 아니면 내가 전화할 때까지 기다려."

그녀는 트럭에서 내려 안토니오와 같이 섰다.

"당신한테 문제가 생기면 어떡해? 내가 도와줄 수 있어. 내가 당신이랑 같이 물에 들어가서 수영할게. 지퍼 백에 권총을 넣고 들어가서 부두 밑에 있는 그 옆집에서 당신을 경호해줄 수도 있고. 그들이 당신을 발견해도 방조제에 가까이 못 오게 내가 막을 수도 있어."

"고맙지만 안 돼, 카리. 나를 도와달라고 당신을 부른 사람은 나니까 이건 내 식대로 해. 알았지?" 안토니오가 말했다.

"안토니오, 내가 당신을 보호하는 편이 훨씬 나아."

"이 일은 내 방식대로 할 거야, 아니면 그냥 지금 집에 가고 싶어? 당신은 당신 일만 생각하고, 난 내 일만 생각하자. 트럭 안에서 꼼짝 말고 있어. 내 말 잘 들어. 내가 저쪽 물가 밖으로 나와야 할 일이 생기면 전화할게." 그는 지퍼 백에 넣어둔 핸드폰을 들어보였다. "만약 내가 길거리에서 남자들과 같이 있으면 빨리 와서 트럭 짐칸이 있는 쪽을 내 옆에 바짝 붙여 세워. 내가 곧바로 올라탈게. 그러면 곧바로 출발해서 거길 빠져나오면 돼. 걱정할 것 없어. 늦어도 30분 안에 돌아올게."

그는 트럭 뒤에 있는 스쿠버 장비를 집어들었다.

안토니오는 카리를 보다가 그녀의 뺨이 달아오르는 걸 봤다. 그러자 글러브 컴파트먼트에 손을 넣어서 봉투 하나를 꺼냈다.

"이거 하드 록에서 하는 후아네스 콘서트 티켓이야. 나랑 같이 안 갈 거면 사촌이랑 같이 가." 그는 그녀에게 윙크를 하고 집 앞으로 돌아간 다음, 뒤도 한 번 돌아보지 않고 멀어져갔다.

안토니오는 울타리 옆에 숨어서 산소 탱크를 차고 산소마스크를 썼다. 멀리 가버먼트 컷(마이애미 해변과 피셔 섬 사이에 만든 인공 대형 선박용 운하)에서 신혼부부들을 태운 유람선들이 내뿜는 연기가 보였다. 카리와 같이 있으면서 후끈 달아오른 안토니오는 저 유람선들의 엔진은 아마 지금 공회전을 하고 있고, 저 연기는 수많은 침실에서 타오르는 열기 때문에 나오는 거라고 상상했다.

서쪽 하늘은 눈부시게 환한 오렌지색으로 빛나고 있었다. 물에 반사된 빛이 물속에 있는 바다포도나무 아래를 여기저기 비추고 있었다.

안토니오는 텅 빈 집의 부두에 있는 사다리를 타고 내려가 물속으로 스윽 들어갔다. 그는 마스크 속에 침을 뱉은 후 손으로 문질렀다. 카메라는 허리띠에 차고 있었다.

그는 방파제를 따라 150미터 정도를 헤엄쳐서 부두 밑으로 들어가, 수면 아래 약 1.8미터 정도 되는 지점에 머물러 있었다. 그러다 에스코바르 저택 바로 옆집의 부두 밑에서 위로 올라왔다. 수면에 비친 저물어가는 햇빛이 부두 밑에서 흔들렸다. 그는 나무판자를 뚫고 밑으로 뾰족하게 튀어나온 못들을 조심해야 했다. 거미집 하나가 그의 머리카락에 걸렸다. 거미가 자신의 머리 위에 있을지 몰라 잠시 물속으로 깊숙이 들어갔다. 풀잎더미, 조수에 밀려온 스티로폼 컵과 플라스틱 물병들이 사방에 널려 있었고 악어만큼 긴 종려나무 잎 하나가 물속에서 간닥거리고 있었다. 냉장박스의 뚜껑 하나가 둥둥 떠내려와 그의 옆을 스쳐가면서 작은 물고기 몇 마리를 덮었다.

마테오와 그의 팀원들은 에스코바르 저택 지하실 벽에서 회반죽과 시멘트를 벗겨내고 있었다. 만만치 않은 공사였다. 그들은 공기 해머, 끌, 쇠지레, 쏘줄 전기톱을 가지고 작업을 했다. 공기 중에 먼지가 자욱했다.

한스 피터 슈나이더는 계단에 서서 그 광경을 지켜보며 수가 새겨진 손수건으로 창백한 머리를 닦고 있었다.

그들은 반나절 만에 육지 쪽으로 향해 있는, 정육면체 금고의 상단부터 시작해서 후광에 이어 거기 그려진 성스러운 여인의 얼굴까지 드러날 정도로 벽에 바른 시멘트를 벗겨냈다. 그 여인은 여기저기 금이 간 회반죽과 시멘트 벽 너머로 그들을 물끄러미 바라봤다. 마태오가 그녀를 알아보고 성호를 그었다. "누에스뜨라 세뇨라 델 라 카리다드 델 코브레(쿠바의 수호성인)." 그가 말했다.

에스코바르 저택의 물가 쪽 정원에 있던 바비 조는 저무는 햇살에 눈이 부셔서 이마에 손을 대어 햇빛을 가리지 않고는 서쪽 물가를 바라볼 수 없었다. 따오기 무리가 그곳을 지나쳐 버드 키 섬에 있는 서식지로 돌아가고 있었다. 바비 조는 새들을 향해 공기총을 몇 번 쏴서 날개를 부러뜨린 다음 가지고 놀려고 했지만, 하나도 명중시키지 못했다. 2층 테라스에 있는 움베르토는 의자에 앉아 테라스 난간에 두 팔을 걸치고 있었다. 그의 AR-15 소총은 바로 옆에 있었다.

지는 햇살을 받은 저택이 오렌지색으로 은은하게 빛났고, 하늘 여기저기 떠 있던 구름도 환해지기 시작했다.

바비 조는 석궁으로 물고기를 잡으려 했지만 물고기가 풀잎 속으로 쓱 피해버렸다. 그는 지는 햇살에 대고 욕을 퍼부었다.

물속에 둥둥 떠다니는 풀잎들 밑에서 안토니오는 에스코바르 저택의 방파제에 접근한 다음, 사석과 세사가 깔려 있어 거친 바닥에 선 채 어둠 속에서 가만히 있었다. 그는 수면 아래 약 1.8미터 정도 되는 곳에 있었다. 숭어 떼가 그의 옆을 지나갔다. 그들은 그늘에 있을 때는 어두운 은색 무리였다가 다시 수면 위로 올라가자 환한 은색으로 빛났다. 가마우지 두 마리가 숭어 떼를 쫓아 열심히 헤엄을 치면서 그의 위쪽으로 지나갔다.

약 50미터 정도 떨어진 곳에서 커다란 유람용 순항선 한 채가 다가오고 있는데 바다소가 있는 지역을 휙 지나가면서 커다란 항적을 남겼다. 앞쪽 갑판에 여자가 둘 있었고, 고물에 하나 있었다. 앞 갑판에 있던 여자들은 비키니 하의만 입은 채 상의는 홀딱 벗고 있었다.

움베르토가 이층 테라스에서 그 광경을 지켜봤다. 그는 한 손에 든 쌍안경의 초점을 거기에 맞추고 들여다보면서 다른 손으로는 자신의 은밀한 부위를 문질렀다.

그러면서 지상에 있는 바비 조에게 휘파람을 불었다.

물속에 있던 안토니오는 낮게 둥둥 울리는 그 유람선 소리를 들었다. 그는 바닥을 꽉 잡고 버텼다. 그때 배가 지나간 자리에 생긴 세찬 물살이 밀려와 순간 거기에 휘말린 안토니오는 물속에서 곤두박질쳤다. 물풀들이 마치 여기저기 두들겨 맞는 카펫처럼 위로 치솟았다가 내려온 사이에 안토니오의 오리발 하나가 물풀 사이를 뚫고 수면 위로 불쑥 튀어나왔다.

움베르토가 그 오리발을 보고 손가락 두 개를 입에 넣어 바비 조에게 휘파람을 불면서 가리켰다. 그리고 무전기에 대고 말했다. 그는 공격용 소총을 낚아채서 계단을 뛰어 내려왔다.

바비 조는 배에 탄 여자들이 자신을 보길 바라면서 방파제에 대고 오줌을 갈기고 있었다. 그러다 휘파람 소리를 듣고 허겁지겁 바지 지퍼를 올리면서 땅 쪽으로 뛰어 올라왔다.

안토니오는 물속에서 방파제 밑에 있는 구멍으로 다가갔다. 그게 보였다. 물이 고동치듯 구멍 속으로 들어왔다 나갔다 하면서 거기에 실린 세사와 모래가 구멍 속으로 들어갔고, 근처에 있던 바닷속 식물들이 하늘하늘 흔들렸다. 그 구멍 앞에 오렌지색 해면 하나가 자라고 있었다. 안토니오는 사진을 두어 장 찍었다.

그때 총알들이 물속을 뚫고 핑핑 소리를 내며 날아와 그의 옆을 스쳐가는 게 보였다.

움베르토와 바비 조가 방파제 위에 서 있었다. 그들이 물풀 속에 대고 쏜 총알들이 핑핑 소리를 내며 날아다녔고, 총이 발사되면서 딸깍거리는 소리가 아주 크게 들렸다. 바비 조는 석궁을 가지러 달려갔다.

안토니오는 다리에 총을 맞아 피를 흘리고 있었다. 물속에서 붉은 피 구름이 퍼졌다가 회색으로 변했다. 그의 앞에 있던 구멍이 흐릿하게 보였다. 물속에서 총알들이 여기저기 날아다니고 있었다. 그는 몸을 옆으로 돌리면서 좀 더 물속 깊이 들어가 있으려고 애를 썼다.

방파제 위에 있던 바비 조가 물풀 사이로 거품이 보글보글 올라오는 걸 봤다. 신이 난 그는 거기에 대고 석궁을 겨냥해 활을 쐈다. 활시위가 팽팽해지면서 화살이 뚫고 들어간 수면에 물방울이 튀었다.

안토니오의 오리발들은 더 이상 움직이지 않았다. 그의 위에 떠 있던 풀 더미는 마치 안토니오의 가슴처럼 물결 위에서 크게 들썩거렸다.

카리는 한 블록 반 정도 떨어진 거리에 세워둔 트럭 안에서 시계를 뚫어져라 보며 기다리고 있었다.

40분이 지났을 때 안토니오의 핸드폰으로 전화를 걸었다. 그는 받지 않았다. 다시 걸었다.

에스코바르 저택의 수영장 안에 있는 테이블에, 피가 묻어 끈적거리는 쏘줄 전기 톱이 놓여 있었고 그 옆에는 피가 잔뜩 묻은 비닐봉지가 있었다. 그 안에는 핸드폰 하나가 들어 있었다. 핸드폰이 윙 소리를 내면서 봉지 속에서 좌우로 움직였다.

바비 조가 피투성이 손으로 전화를 받았다. 그는 봉지 속으로 손가락 두 개를 넣어서 핸드폰을 집었다.

"여보세요." 바비 조가 말했다.

"안토니오? 여보세요?" 카리가 말했다.

"안녕. 안토니오는 방금 자리를 비웠는데. 우리한테 머리를 주고 갔어. 메시지 남기고 싶어, 자기?" 바비 조가 말했다.

그리고 웃으면서 전화를 끊었다. 주위에 있던 남자들도 웃었다. 바비 조는 안토니오가 입고 있던 수영장 관리 회사 티셔츠로 손에 묻은 피를 닦았다.

잠시 여우비가 내리면서 굵은 빗방울들이 후드득 떨어지더니 안토니오의 트럭 지붕을 두들겼다. 뒤를 이어 잠깐 무지개가 떴다 사라졌다.

카리는 트럭 안에 있었다.

그녀의 손목시계에서 째깍째깍 소리가 났다. 사실 초침에서 실

Thomas Harris

제로 똑딱 소리가 나진 않았고 그냥 획획 넘어가기만 했다. 그 째 깍 소리는 그녀의 머릿속에서 들리고 있었다. 그 작은 트럭의 창 문은 수동식으로, 손잡이를 손으로 돌려서 내리거나 올려야 했 다. 그녀는 창문을 내렸다. 차갑고 축축한 바람이 불어왔다.

눈이 따끔거리는 게 느껴졌지만 울지 않았다. 그녀가 안토니오 를 기다리던 큰 건물의 담벼락에 오렌지 재스민이 자라고 있었다. 비가 내린 후라 재스민 향기가 진하게 풍겼다.

그러다 재스민 향기가 사라지면서 카리는 그녀의 약혼자가 신 랑 들러리들과 함께 도로에서 죽어 있는 모습을 봤다. 그들은 모 두 차 속에 있었고 그 차는 총을 든 남자들이 지른 불길에 휩싸 여 활활 타오르고 있었다. 이웃 사람들이 그녀가 재스민 꽃다발 을 들고 기다리고 있는 교회로 왔다. 그들이 그녀에게 그 소식을 전했고 그녀는 약혼자에게 달려갔다. 그 빨간 머리 소년은 하얀 레이스가 달린 구아이아베라 셔츠를 입고 핸들 뒤에 앉아 있었다. 그는 도로 한가운데에 있는 차 속에서 시체가 되어 있었다. 창문 들은 무수한 총알 때문에 벌집이 돼 있었다. 그녀는 길가에서 돌 멩이 하나를 가져와 창문을 깨고 그를 끄집어내려고 애를 썼다. 그녀는 깨진 창문 속으로 팔을 집어넣어 그를 껴안고 밖으로 끌 어내려고 했다. 군중 사이에 있던 용감한 사람들이 그녀를 떼어내 려 했지만 그녀는 그를 꽉 붙잡고 매달렸다. 그들이 그녀를 억지 로 끌어당기는 와중에 그녀의 두 팔이 깨진 유리에 긁혔고 길게 골이 파였다. 그때 연료 탱크가 폭발하면서 그녀는 허공으로 튀 어올랐다. 그녀가 입고 있던 웨딩드레스에 묻은 피는 갈색으로 말 라붙었다.

카리는 자신과 안토니오가 시장해질 경우에 대비해 허리 벨트에 매는 지퍼 달린 작은 주머니에 고기와 치즈를 넣은 토르틸라 두 개를 싸왔다. 그녀는 토르틸라를 바라봤다. 아직 따뜻한 음식에서 김이 나와 지퍼 백 안이 뿌옇게 변했다. 그녀는 토르틸라를 꺼내서 트럭 바닥에 던졌다. 그리고 의자 밑에 손을 넣어 시그 사우어 40구경을 꺼내서 주머니에 넣었다. 카리는 트럭에서 내렸다. 그녀는 재스민 향기를 맡으며 기운을 내려는 듯 심호흡을 몇 번 했다. 순간 살짝 어지러워졌다.

그녀는 한 블록 반을 걸어서 에스코바르 저택의 정문으로 갔다. 거기 있는 우편함에서 광고 전단지 한 뭉치와 광고 메일을 집었다. 그들에게는 급료를 받으러 왔다고 둘러댈 생각이었다.

카리는 보행자 전용 정문에 비밀번호를 입력했다. 높은 생 울타리와 저택 담벼락 사이에 좁은 틈이 있었다. 전기 도관이 돌담을 따라 설치돼 있었고 마당용 전등과 용수로 작동을 통제하는 두꺼비집들도 거기 있었다. 그녀는 울타리와 담벼락 사이로 걸어갈 수 있었다.

카리의 머리 위에서 스팽글같이 반짝거리는 빗방울들이 맺힌 거미줄이 붉은 하늘빛을 받아 빛나는 동안, 카리는 벽에 착 달라붙어서 그 밑을 지나갔다.

마태오는 진입로에서 한스 피터 슈나이더의 캐딜락 에스컬레이드의 세 번째 좌석을 분리해서 접고, 짐칸 바닥에 대형 비닐봉지를 깔고 있었다. 그는 카리를 보지 못했다.

카리는 집 뒤쪽의 물가 정원에 다다를 때까지 울타리 뒤에서 나오지 않았다.

불 켜진 수영장 건물의 문턱은 뭔가를 질질 끌고 간 핏자국으로 온통 얼룩져 있었다. 카리는 울타리에서 나와 사방이 탁 트인 정원을 가로질러 갔다. 그리고 수영장 문을 밀어서 열었다. 먼저 다리가 보이고, 이어서 오리발이 보였다. 실내에 있는 연회용 식탁 위에 시체가 누워 있었다. 시체가 신은 오리발이 그녀 쪽으로 뻗어 있었다. 그녀는 안토니오가 수영장에서 일할 때 그의 다리를 수없이 봤고, 그의 다리도 많이 생각했다. 그것은 안토니오의 다리였다. 그리고 안토니오의 상체였고. 하지만 안토니오의 머리가 없었다.

그녀는 그의 머리를 찾아 바닥을 살폈지만 거기엔 가장자리가 진한 핏빛으로 굳어가는 피 웅덩이밖에 없었다.

그녀의 얼굴이 멍해졌지만, 손은 그렇지 않았다. 그녀는 안토니오의 등에 손을 댔다. 아직 따뜻했다.

바비 조가 들어왔다.

그는 돌돌 만 플라스틱 시트 한 뭉치, 노끈, 안토니오의 손가락을 잘라내는 데 썼던 정원용 가위를 가져왔다. 그는 스크린 도어(철망으로 된 문)에 걸린 물건들을 떼어내느라 순간 카리를 보지 못했다.

바비 조의 몸 앞쪽은 온통 피투성이였다. 그는 카리를 보자 플라스틱 시트를 바닥에 떨어뜨리고 씩 웃어보였다. 바비 조의 노란 눈동자에 그녀가 가득 찼다. 그는 그녀를 뚫어져라 바라봤다. 그녀가 비명을 지르지 못하게 입을 막을 수만 있다면, 다른 놈들이 그녀를 발견하고 한스 피터가 그녀를 죽이자고 주장하기 전에 몇 번 따먹을 수 있을 것이다. 그렇다, 그녀의 몸이 아직 탱탱하고 따뜻할 때 기절시켜서 얼른 한 번 해치우고, 남은 놈들은 지들 거시기에 침을 뱉은 후에 원한다면 그녀가 죽을 때까지 떡을 칠 수도 있겠지.

그가 전신에 기분 좋게 서늘한 쾌감이 이는 걸 느끼면서 가위를 치켜든 채 그녀를 향해 한 발자국을 성큼 뗐을 때, 그녀가 그의 가슴에 총을 두 발 쐈다. 바비 조는 얼굴에 총을 맞기 전까지 깜짝 놀란 표정이었다.

쓰러진 그에게 다가가 내려다보니 아직 그의 다리가 움직이고 있었다. 집에서 고함 소리들이 터져 나오는 걸 들으면서 그녀는 벨트에 찬 주머니에 총을 집어넣고 방파제 위에서 아주 근사하게 다이빙을 했다. 물속으로 뛰어든 그녀 밑에서 풀과 스티로폼이 마치 비누거품을 칠한 가죽처럼 들썩거렸다. 그녀가 온몸으로 물속으로 뛰어드는 순간 허리에 찬 주머니가 그녀의 몸을 후려쳤고, 그녀가 물속으로 들어갔을 때 풀이 머리카락에 달라붙었다.

그녀는 초록색 표류물 사이로 뭔가 움직이는 걸 보고, 있는 힘껏 헤엄을 쳐서 옆집 부두 밑으로 가기 전까지는 물 위로 올라가지 않았다. 거기서 숨을 힘껏 두 번 들이쉬고 다시 물속으로 들어갔다. 카리는 자신의 왼쪽 아래의 흐린 물속에서 뭔가 길고 어두운 게 움직이는 걸 봤다. 그녀는 사력을 다해 헤엄쳤지만 허리에 찬 주머니 때문에 속도가 나질 않았다. 그녀가 다시 물 위로 올라와 숨을 쉬려고 했을 때 뭔가가 발목을 잡는 게 느껴졌다. 그녀는 얼굴과 머리카락에 풀이 달라붙은 채로 물속으로 끌려갔다. 그녀는 몸을 돌리면서 얼굴에 달라붙은 풀을 팔로 쳐서 떼어냈지만 또 다른 발목이 잡힌 채 물 밑으로 끌어당겨졌다.

그녀는 숨을 쉬어야 했기 때문에 정체가 보이지 않는 상대와 싸우며 위로 올라갔다가 다시 밑으로 끌려갔다. 눈에 달라붙은 풀을 떼어냈다. 가슴이 들썩이기 시작했다. 이러다 곧 물을 마시게 생겼다. 무성한 풀 사이로 빛이 한 점 들어오더니 마침내 스쿠버 장비를 입고, 넓적한 마스크를 쓴 움베르토가 보였다. 그의 마스크 위로 거품이 보글보글 올라오고 있었다. 그가 그녀를 익사시키려고 했다. 그는 그녀와 직접적인 충돌을 피하면서 그녀가 숨을 쉬기 위해 올라가려고 할 때마다 발목을 잡아당겨서 막았다. 카리는 주머니 안에 손을 집어넣었다. 움베르토가 그녀의 발을 낚아챘을 때 다리를 잡고 있던 그의 손힘을 이용해 몸을 V자로 구부리자 그는 매고 있던 탱크 무게 때문에 천천히 몸을 돌렸다.

카리는 그의 몸에 주머니를 대고 세게 누른 후에 총을 두 발 쐈다. 그의 몸속에 마치 뱅 스틱(다이버가 상어 따위에게 사용하는, 끝에 폭약을 넣은 막대)이 들어간 것처럼 가스가 폭발했다. 그녀는 물 위로 올라가려고 그의 몸에 발을 대고 힘껏 밀었다. 가슴이 타는 것 같은 통증을 느끼며 물 위로 올라와 공기를 들이마시고 기침을 하며 헉헉거렸다. 그리고 부두에 있는 사다리를 꼭 붙잡고 거기 달라붙은 따개비들에 손을 문지른 후에, 계속 헉헉거리며 숨을 쉬었다.

거기서 100미터를 더 가서야 마침내 트럭을 세워둔 곳이 나왔다. 그녀는 트럭에 앉아 온몸을 덜덜 떨었다. 두 손은 조수석 시트를 꽉 움켜쥐고 있었다. 그것이 마치 갈색 피가 묻은 레이스 달린 구아이아베라 셔츠처럼 느껴졌다.

카리는 진한 재스민 향이 풍기는 공기를 한껏 들이마셨다. 그녀는 울지 않았다.

15

카리 모라에겐 비닐봉지에 든 고기와 치즈를 넣은 토르틸라 두 개, 작은 물병 하나, 총알 일곱 발이 들어 있는 안토니오의 시그 사우어 P229 한 정과 총알 한 세트가 있었다. 지갑에는 110달러와, 버스에서 손톱 정리할 때 쓰는 도구들이 있다. 염소 탱크에서 떼어낸 납으로 만든 나사받이로 보강한 손잡이가 끼워진 짧은 양산도 하나 있고. 밤에 버스 정류장에서 버스를 기다리는 경우가 많았기 때문에 안토니오가 양산에 묵직한 나사받이들을 달아준 것이다.

카리는 스트립몰(번화가에 상점과 식당들이 일렬로 늘어서 있는 곳) 주차장에서 트럭 안을 구석구석 닦아냈다. 그렇게 닦다가 거울에 비친 자신의 모습을 보았다. 얼굴에서는 아무 표정도 읽을 수 없었다. 혹시 감시 카메라에 찍힐 경우에 대비해 그녀는 안토니오의 후드 티를 입었다. 티에서 안토니오의 냄새가 났다. 발한 억제제와 염소 냄새도 살짝 풍겼다. 후드 티 주머니에 콘돔이 몇 개 있었다.

그녀는 트럭 거울에 달린 종교적 상징인 메달을 떼어내 콘돔이 들어 있는 주머니에 넣고 트럭에서 내려 버스를 탔다.

버스 정류장 근처에 제닙(무환자나무과 과수) 한 그루가 자라고 있었다. 그 과일나무 주인은 이게 뭔지 몰랐거나 혹은 이게 먹을 수 있는 건지 모르는 모양이었다. 마이애미에선 흔한 일이었다. 제닙 열매들이 버스 정류장 뒤쪽의 풀과 보도에 흩어져 있었다. 땅바닥에는 떨어진 망고 여러 개가 썩어가고 있었다. 아깝게도. 하지만 그건 담장 너머에 있어서 손이 닿지 않았다. 카리는 작은 제닙 열매들을 한 주먹씩 두 번 집어서 가방에 넣었다. 그리고 껍질을 하나 벗겨서 과육을 쪽 빨아먹었다. 달콤하면서도 시큼한 익숙한 맛과 여지 같은 질감이 느껴졌다.

그때 그녀의 핸드폰이 한 번 울렸다. 화면에 안토니오의 번호가 떴다. 방금 안토니오의 목이 잘린 시체를 보고 왔는데도 여전히 전화를 받고 싶은 강한 충동이 들었다. 그녀의 주머니 속에서 핸드폰이 진동했다. 그녀의 핸드폰은 살아 있었다. 수영장 건물에서 카라가 안토니오의 등에 손을 댔을 때 축 늘어져 미동도 하지 않던 근육과 달리 그것은 살아 있었다.

카리는 핸드폰 위치를 알려주는 기능을 확실히 꺼놨다. 그녀는 기운을 내기 위해 제닙 여섯 개를 더 먹었다. 버스를 타고 사촌의 아파트로 돌아가는 기나긴 시간 동안 생각할 시간은 충분했다.

만약 경찰이 에스코바르 저택에 오지 않는다면 한스 피터 슈나이더는 그녀가 경찰에 신고할 수 없다는 걸 알게 될 것이다. 그는 그녀도 텐 벨스 일당과 한편이라고 생각할 것이다. 카리는 슈나이더가 용건을 다 처리할 때까지는 자신을 일부러 쫓지 않을 거라 믿었다. 하지만 일이 끝나면 자기 나름의 페이스에 맞춰 그녀를 죽이거나 결코 돌아올 수 없는 곳으로 그녀를 팔아넘길 것이다.

그날 저녁 늦게 그녀는 클로드 페퍼 웨이 근처에 있는 아파트 건물의 뒷문으로 들어왔다. 카리의 이모와 사촌 줄리에타와 갓난아기는 자고 있었다.

그녀는 손에 라임 즙을 묻혀서 벅벅 문질러 씻었다. 그리고 아기 방에서 아이가 숨 쉬는 소리를 들었다. 아기가 칭얼거리자 침대에서 안아 올려 그대로 품에 안았다. 지친 사촌이 아기 소리를 듣고 잠에서 깼다.

"내가 볼게. 넌 더 자." 카리가 말했다.

그녀는 아기에게 먹일 분유를 탔다.

오줌을 싸면 몸을 씻기고, 파우더를 발라준 후에 다시 잠이 들 때까지 안고 얼렀다.

그날 밤 늦게 아이가 다시 칭얼거리자 카리는 자신의 젖을 물렸다. 젖이 나오지 않는데도 아기는 카리의 가슴에 머리를 비비면서 조용해졌다. 카리가 그렇게 한 건 처음이었다. 젖을 물리고 있자니 아까 바비 조의 얼굴에 총을 쏠 때 봤던 그의 표정이 계속 떠오르던 게 어느 정도 진정됐다. 바비 조는 뒤통수가 날아간 채 바닥에 얼굴을 박으며 쓰러졌다. 그가 쓰고 있던 모자 끈이 뒤로 삐져나와 있었고, 그의 다리는 여전히 움직이고 있었다.

아이를 부드럽게 어르면서 그녀는 천장에 묻은 콜롬비아를 연상시키는 얼룩을 바라봤다. 시인의 말은 틀렸다고 그녀는 생각했다. 아니다. 갓난아기는 그저 "죽음을 품은 작은 집"이 아니다.

카리는 눈을 감았다. 안토니오와 같이 물속에 들어가겠다고 고집했어야 했는데. 마음이 끌릴 때 안토니오와 실컷 섹스를 했으면 좋았을 거라고 생각했다. 남자라고 쓸데없는 자존심을 부리며 내뱉는 헛소리는 무시하고 그와 같이 물에 들어가겠다고 말했어야 했는데. 그런데도 그녀는 안토니오가 그러면 안 된다는 걸 그보다 더 잘 이해하면서도 그가 혼자 전술을 쓰다가 위험한 상황에 빠지게 내버려뒀다. 그는 빌어먹을 해병대였다. 그러니 그런 바보짓은 하지 말았어야지.

열두 살의 어린 군인 카리는 교화 시간에 집중하지 않았다고 벌점을 받았다. 카리가 생각하기에 그 수업은 주일학교 수업만큼이나 말이 안 되는 말만 하는데도 말이다. 하지만 전술학 수업은 아주 빠르게 이해했다. FARC는 카리가 여러모로 쓸모가 많다는 걸 알았다.

카리는 부상당한 사람들이 중요하다고 생각했고 응급 진료를 금방 배웠다. 카리는 한 손으로 지혈대를 고정시키면서 다른 손으로 부상당한 병사의 얼굴에 손을 대고 그를 진정시켰다.

카리는 무기와 장비도 아주 잘 관리했다. 규칙에 고분고분 따르지 않아서 종종 야외에서 요리를 하는 벌을 받기도 했다. 부대에 고기가 있을 때는 사이즈가 20갤런 정도 되는 냄비 여러 개에 황소고기 스튜를 끓였다. 흙을 긁어낸 땅바닥에 모닥불을 피우고 그 위에 냄비를 걸고 수프를 끓였다. 위장한 양철 헛간에서는 아일랜드인이 병사들에게 코산 가스용기로 박격포를 만드는 법, 수류탄 위에 지뢰선을 설치하는 법, 박격포에서 제대로 작동하지 않는 탄환을 처리하는 법을 가르쳤다.

그들은 게릴라 부대를 유지하기 위해 납치와 강탈을 일삼았다. 카리가 맡은 임무 중 하나는 FARC가 납치한 늙은 교수 한 명을 보살피는 것이었다. 그는 동식물 연구가이자 교사, 가끔은 정치인으로 활동했는데, 보고타에 있는 부유한 가문 출신으로 병약한 체질이었다. 그녀는 3년 동안 노교수를 보살폈다. 가족이 그를 위해 돈을 보내는 동안은 FARC 관리자들이 노인을 상당히 잘 대우했다. 그들은 반대파의 저택에서 약탈해온 책들을 교수에게 줬다. 교수가 눈이 피곤해져서 셔츠 주머니에 안경을 접어 넣을 때면 카리가 그에게 책을 읽어줬다. 교수에게 가지라고 허락한 책들은 정치 책은 아니라고 그들은 생각했다. 그것은 시와 원예와 자연에 관한 책들이었다. FARC 장교 하나는 노교수에게 병영에 있는 어린 훈련병들에게 다윈에 대해 설명하라고 지시했다. 아이들이 공산주의를 지지하게 만들려는 의도였다.

FARC 야영지는 구세계와 신세계가 합쳐진 기묘한 곳이었다. 카리가 명령에 따라 백일해에 맞서 싸우기 위해 들판에서 잡은 쥐로 수프를 끓이는 동안 사령관은 노트북을 썼다.

카리의 임무 중 하나는 노트북 배터리를 다시 충전하는 것이었다. 그녀는 가장 가까이 있는 전기 시설까지 그 무거운 배터리를 힘겹게 들고 가거나 아니면 작은 손수레에 실어서 끌고 갔다. 만약 그 시설이 야영지에서 가깝고 안전하다면, 노교수도 심부름을 가는 카리와 같이 산책할 수 있게 허락을 받았다.

어느 따뜻한 봄날, 열두 살 카리와 납치된 교수는 함께 흙길을 걷고 있었다. 배수로 둑 위에 꽃들이 활짝 피어 있었고, 주변에서 벌들이 바쁘게 일하고 있었다. 두 사람은 교수의 가족이 FARC에게 많은 돈과 함께 건넨 교수의 인슐린을 가지러 가는 길이었다. 최근에 대학살이 일어나서 불타버린 마을을 가로질러야 했는데, 그 마을은 반대파의 편이었다. 두 사람은 여러 오두막을 지나가면서 집 안에 뭐가 있을지 두려워 아예 그쪽으로는 눈길도 돌리지 않았다. 독수리 한 마리가 양철 지붕 위에서 날개를 퍼덕이며 뭔가를 뜯어내느라 요란한 소리를 내고 있었다. 어떤 집에는 사람들이 집 안에 있던 물건들을 마당으로 끌고 나오려고 애를 쓴 흔적이 남아 있었다. 덤불 속에 모기장 하나가 엉켜 있었다. 노교수는 모기장을 한참 바라보다가 이어 길가에 핀 꽃들을 보더니, 모기장을 잡아당겨서 접었다.

"이건 가져가도 될 것 같은데, 그렇지 않니?" 노인이 카리에게 말했다. 그가 지치면 카리가 모기장을 들고 갔다.

오후에 카리가 그에게 인슐린 주사를 놓은 후에, 노인은 어린 신병들에게 다윈을 가르쳤다. 그 수업에서는 진화의 법칙들을 다루었는데, 그 이론은 공산주의가 자연계의 질서라는 식으로 왜곡될 여지가 얼마든지 있었다. 교수가 자신의 의견을 아이들에게 드러내는지 여부를 감시하기 위해 모니터 하나가 설치돼 있었다.

두 사람은 카리가 부대원들의 저녁 식사를 준비하러 가기 전까지는 자유 시간을 가질 수 있었다. 그날 저녁은 사순절을 지키기 위해 카피바라(중남미의 강가에 사는 큰 토끼같이 생긴 동물)를 요리할 예정이었다. FARC는 병사들에게 약간의 종교적 자유를 허용해야 했고, 바티칸에서 그 설치류는 물고기라고 판결을 내렸기 때문에 사순절 기간 동안 카피바라는 먹을 수 있었다.

"너에게 보여주고 싶은 게 있어. 이 모기장을 두 개로 자르자. 우리에게 챙이 둥근 모자가 있잖니. 그걸 가지고 나랑 어디 좀 가자." 노교수가 카리에게 말했다.

노인은 그의 오두막 뒤에 있는 숲을 천천히 가로질렀다.

개울 근처에 있는 언덕 비탈길 위에 벌집이 하나 있었다. 그것은 속이 텅 빈 어떤 나무의 몸통 절반을 차지하고 있었다. 카리와 노교수는 쓰고 있던 모자에 그 모기장을 둘러서 묶고, 소매 단추는 모두 단단히 잠갔다. 걸레쪼가리로 바짓단도 확실히 묶었다.

"만약 벌들이 너무 난리치면 다음에 다시 와서 연기를 피워서 쫓아내도 돼." 노인이 말했다. 납치되는 바람에 그동안 살아오던 인생이 중단되기 전까지 노인은 취미로 양봉을 했다.

벌들은 바빴다. 카리와 노교수는 벌집 가까이, 하지만 너무 가깝지는 않게 서 있었다.

"벌들의 임무는 나이가 들면서 바뀐단다. 일벌들은 다 암컷이지. 처음에는 부화된 방을 치우는 일부터 시작한단다. 그다음엔 벌집을 청소하고 유지하고, 그다음엔 꽃에 날아가서 꿀과 꽃가루를 날아오는 벌들에게 건네받고, 마지막으로 지쳐서 쓰러져 죽을 때까지 밖에서 먹이를 찾지. 그렇게 먹이를 찾아다니는 벌들 중엔 새끼도 있어. 새끼 벌들에게는 새롭고 낯선 일이란다. 봐라, 몇 마리는 그냥 출구를 빙빙 돌면서 여길 다시 찾아올 수 있게 기억하고 있잖니. 먹이를 찾아서 돌아온 벌들이 어디로 들어가는지 출입구가 보이니? 들판에서 일하고 오는 벌들도 있단다. 저기서 그 벌들을 맞아서 쓰다듬어주고 있는 벌들도 보이니? 만약 새로 먹이를 찾으러 간 일벌이 꽃가루나 꿀을 아주 조금이라도 모아 오면 저들이 그 벌을 어마어마하게 칭찬해준단다. 왜일까?" 교수가 말했다.

"저 벌이 다시 일을 하고 싶게 만들려고요." 카리가 대답했다.

"그렇지. 그래서 그 벌은 벌집으로 먹이를 실어 나르느라 죽을 때까지 일하게 되는 거야. 저 벌은 속고 있는 거지." 노인은 형형한 눈으로 오랫동안 카리를 바라봤다. "저 벌은 이용당하고 있어. 저 벌은 어딘가에 있는 꽃 아래에 떨어져 죽을 때까지 계속 밖에 나가서 일할 거야. 날개는 마모돼서 결국 작고 검은 덩어리가 되어버리겠지. 저 벌이 사라져도 아무도 관심 없어. 벌집에 있는 벌들은 저 벌의 죽음을 슬퍼하지 않아. 먹이를 모아 오는 벌들이 어느 정도 죽으면 또 새로운 일벌을 만들 거니까. 저들에게 개인의 삶이란 존재하지 않지. 그냥 하나의 기계일 뿐이야."

노인은 카리가 자신을 상부에 보고할지 궁금해 하면서 그녀를 지켜봤다. "이 야영지도 마찬가지야, 카리. 이 시스템도 마찬가지로 하나의 기계라고. 카리, 넌 머리가 좋고 독창적으로 사고하는 아이지. 그들에게 속아 넘어가지 마라. 너의 인생에서 몇 분을 훔쳐내 누군가와 숲속에서 잠깐 같이 있는 게 전부인 식으로는 살지 마. 너 스스로를 위해 네 날개를 써야 하는 거야."

카리는 이 대화가 부대에서 가장 철저하게 금지하는 체제 전복적인 이야기라는 걸 알아차렸다. 원래 임무대로라면 사령관에게 이 대화를 보고해야 했다. 그러면 상을 받을 것이다. 아마 남자들과 같이 목욕하는 대신 그녀가 생리를 시작하면 일찍 일어나 혼자서 목욕할 수 있게 허락할지도 모른다. 사령관의 여자 친구들이 그런 것처럼. 그녀는 상을 받을 것이다. 카리는 자신을 따뜻하게 받아준 게릴라 그룹, 그들이 자신에게 보여준 애정과 동료애를 생각했다. 그녀가 그토록 간절하게 원했던 가족 같은 느낌.

그들은 그녀가 파티에서 술을 마실 수 있게 허락해주는 가족이다. 사령관에게 먼저 허락을 받는다면 섹스에도 관대한 가족이다. 그들은 또한 부대에 충성하지 않거나 도망치는 자들은 그녀에게 죽이라고 명령하는 가족이다. 그들은 도망자들 중에서 누구를 죽일지 투표한다. 모두 죽이는 쪽에 표를 던진다. 카리는 어렸을 때 다른 사람들처럼 죽이는 쪽에 한 번 투표했지만 그 후로 다시는 그러지 않았다. 처음에는 무슨 일이 일어날지 몰랐기 때문에 그랬다. 하지만 그들이 강물 속에 서 있는 도망자들을 죽이는 걸 봤다. "속이다"라는 말이 그녀의 뇌리에 박혔다. 스페인어로는 "엥가냐르"라고 한다. 그녀가 두 개의 언어를 자유자재로 구사할 수 있게 되자 두 단어 모두 뇌리에 깊숙이 박혔다.

그날 늦게, 벌들을 보고 온 후에, 카리가 카피바라를 요리하고 있을 때 사령관이 그녀를 호출했다. 그의 사무실은 FARC가 징발한 작은 집에 있었다. 사무실에는 여자 셋이 있었다. 언뜻 봐선 그들이 맡은 일이 뭔지 알 수 없었다. 모두 자신들이 만든 쿠션 위에 앉아 있었다.

카리는 그의 책상 앞에서 차려 자세를 취했다. 무장은 하지 않았기 때문에 모자를 벗었다.

"교수는 어때?" 사령관이 물었다. 그는 얼추 서른다섯 정도 됐고, 관리자로는 아주 엄격했지만 전투에선 꾸물거리며 뒤로 빠지는 타입이었다. 공산주의 이론가이기도 했다.

그는 학생 때 끼던 동그란 철테 안경을 계속 쓰고 있었다.

"전보다 좋아졌습니다, 사령관님. 몸무게도 조금 늘었고. 혈당이 높아지지 않도록 덜 익은 플랜테인(채소처럼 요리해서 먹는, 바나나 비슷한 열매)을 먹습니다. 그의 검사 테이프들을 봤습니다. 잘 때도 숨을 더 편하게 쉬고요." 카리가 대답했다.

"잘됐군. 계속 교수의 건강 관리를 해야 해. 2주 더 기다렸다가 다음 몸값을 요구할 예정이야. 교수더러 가족에게 다시 편지를 쓰라고 해. 몸값을 내지 않으면, 다음번 편지에는 교수의 귀를 넣어서 보낸다고. 카리 네가 교수의 귀를 자르게 될 거야." 사령관은 연필 끝에 종이 클립을 걸어서 빙빙 돌렸다.

"그건 그렇고, 카리. 호르헤가 그러는데 네가 그 교수와 같이 숲속에 있는 걸 봤다는군. 노인이 마스크인지 위장 장비인지 뭔지를 쓰고 있었고 너도 그걸 쓰고 있었다던데. 호르헤는 교수가 너를 설득해서 뭔가 꿍꿍이를 꾸미는 게 아닌가 걱정하고 있어. 그래서 너에게 권총을 들이대서 내게 끌고 올까도 생각했대. 카리, 거기서 뭘 하고 있었지?"

"사령관님. 교수님은 사령관님이 베풀어주시는 친절에 고마워하고 있습니다. 그리고 약을 받을 수 있어서 감사하게 생각하고 있고요. 교수님은-"

"그런데 그 고마운 마음을 숲속에서 마스크를 끼는 식으로 표현하나?"

"교수님은 꿀을 채집하는 방법을 보여주고 있었습니다. 전에 양봉을 하셨대요. 호르헤가 본 건 교수님이 만든 양봉 모자입니다. 양봉은 교수님이 다윈과 함께 우리에게 가르쳐도 될 거라고 생각한 생존 기술이었어요. 또 교수님은 우리 부대가 이런 식으로 영양을 섭취할 수도 있다고 생각했어요. 꿀은 냉장고에 넣어두지 않아도 오랫동안 보관할 수 있고 비상시에는 상처에 꿀을 발라서 봉합할 수도 있다고 하셨어요. 꿀은 살균된 거나 마찬가지니까요. 우리에겐 이미 모기장이 있었고요. 연기를 조금만 내고도 벌들을 쫓을 수 있어요. 비행 정찰대에 들키지 않을 정도로만요."

사령관은 클립을 빙빙 돌렸다. 여자 비서들이 모두 못마땅한 눈빛으로 카리를 봤다.

"그거 참 흥미롭군, 카리. 우리가 허락한 옷 외에 다른 걸 교수가 착용하기 전에는 먼저 나에게 와서 보고했어야지."

"알겠습니다, 사령관님."

"전에 네가 진지하지 못하다고 벌을 준 적이 있지. 이번에는 상을 주마. 뭘 받고 싶으냐? 지방 축제에 한번 가볼래?"

"생리를 하게 되면 남자들과 떨어진 곳에서 혼자 목욕하고 싶습니다."

"그건 우리 정책과 맞지 않아. 그건 성차별이다. 이 싸움에서 우린 모두 평등해."

"저는 사령관님 사무실에서 일하는 이 전사들처럼 저도 일찍 목욕할 수 있을 거라고 생각했습니다." 카리가 말했다.

몇 년 후에 그녀는 북쪽으로 가는 기나긴 도로에 있는 버스 정류장에서 먹을 것과 가식적인 애정을 대가로 늑대들이 어린 여자아이들을 속여서 겁탈하려 드는 모습을 수도 없이 봤다. 종종 그런 늑대는 차에 음식과 캔디, 가끔은 곰 인형까지 싣고 다녔다. 아이에게 그 곰 인형을 줄 필요도 없었다. 다음번 버스 정류장에서 아이가 안고 있던 곰 인형을 확 잡아 뺏고 아이를 차 밖으로 밀어버릴 때까지만 안고 있게 해주면 되는 것이었다. 가끔 아이들은 스팽글과 꽃이 박혀 있는 새 슬리퍼를 받기도 했다.

마침내 노교수의 가족이 남은 몸값을 한꺼번에 내서 그가 풀려났다. FARC 관리자들은 교수가 납치됐을 때 입고 있다가 빼앗긴 옷을 돌려주고 면도를 하게 했다. 교수는 이제는 올이 다 드러난 와이셔츠를 입고 멜빵을 멨다. 카리는 노인의 얼굴을 보면서 자기도 같이 데려가 달라고 부탁했다. 노인은 군인들에게 그래도 되냐고 물었고, 그들은 안 된다고 했다. 노인은 카리를 석방시킬 수 있도록 돈을 보내도 되냐고 물었다. 그들은 그건 생각을 좀 해봐야겠다고 대답했다. 돈은 오지 않았다. 아니면 왔는데 그들이 아무말도 하지 않은 건지도 모른다. 어쨌든 카리는 풀려나지 못했다.

카리는 열다섯 살 때 거기서 도망쳤다. 한 살 더 많은 소년과 같이. 그 소년은 머리카락이 새빨갛고 앞니가 하나 없었다. 그들은 언제고 할 수 있을 때 숲속에서 같이 잤다. 소년은 그녀를 아주 좋아하고 소중히 여겼다. 숲 바닥에서 발삼 나무를 깔고 처음으로 같이 잔 후에 그는 마치 여신을 보는 것처럼 그녀를 바라봤다.

군인으로 살았던 마지막 날 동이 튼 직후, 카리의 부대는 적군인 극우파 군대를 지지하는 어떤 마을을 공격하라는 명령을 받았다. 그때는 양편이 번갈아가면서 마을을 통째로 학살하던 시기였다. 어떤 기자들은 학살이 아니라 그저 "대량 살상"이라고 표현했다. 그들은 대량 살상이라는 영어를 잘 이해하지 못했던 것이다.

종종 군인들은 마을을 무력으로 차지했고, 그 후에 반대편이 쳐들어와 적군에게 은신처를 제공했다는 이유로 마을을 파괴하고 주민들을 몰살했다. 이번에 FARC가 이 마을을 습격한 이유는 3주 전 자신들에게 동조한 마을을 극우 준군사조직이 학살한 것을 복수하기 위해서였다. 그 극우 조직은 마을에 있던 사람들, 그러니까 FARC 게릴라들과 주민, 주민의 아이들, 그들이 키우던 가축까지 하나도 남김없이 죄다 죽였다.

카리가 군인이 된 지 2년째 되던 해에, 카리의 가족도 이런 식으로 반대파에게 몰살됐다. 카리는 그 소식을 반년이 지나서야 알게 됐고, 2주 동안 입을 열지 못했다.

FARC의 임무는 적군이 저지른 대로 갚아주는 것으로, 그들의 군대와 그들을 숨겨준 마을 사람들을 죄다 죽이고 마을 전체를 불태우는 것이었다. 그들은 마을 근처 숲에서 마을로 진입하면서부터 총격을 시작했다. 카리는 피가 흐르는 젊은 군인의 가슴에 난 상처를 판초로 묶고 의료진이 도착할 때까지 거길 누르고 있느라 조금 뒤처졌다. 숲에 있을 때 총알이 두 번이나 날아와, 그녀는 부상당한 군인 옆에 몸을 찰싹 붙이고 누워서 군인의 몸 너머로 대응 사격을 했다. 카리는 붉은 흙길에서 나와서 도로와 나란히 늘어선 나무들 사이로 움직였다.

마을에 도착하니 군대는 이미 지나간 후였다. 그들은 학교 벽을 날려버렸고 불타는 피아노 줄들 사이로 바람이 불어와 땅띵 소리가 났다. 도로 맞은편으로 악보들이 날아갔다.

수많은 집이 불타고 있었고 거리에는 시체가 널려 있었다. 카리에게 총을 쏘는 사람은 없었다. 그녀는 민간인들에게 총을 쏘지 않기 위해 그들을 보지 말자고 굳게 결심했다. 그러다 길가에 있는 집 밑에서 뭔가 움직이는 게 보였다. 그녀는 가지고 있던 소총을 휘둘렀다. 군인이 아니라 집 밑에 숨어 있던 아이였다. 아이는 가로보를 지탱하는 시멘트 블록 뒤 땅바닥에 몸을 찰싹 붙인 채 누워 있었다. 여잔지 남잔지 구분할 수 없었다. 그저 먼지가 잔뜩 낀 얼굴과 대걸레처럼 헝클어진 머리만 보였다.

그녀는 그 아이를 못 본 것처럼 행동했다. 괜히 사람들의 관심이 거기 쏠리지 않길 바랐다. 그래서 걷다가 멈추고 허리를 굽혀 부츠 끈을 묶었다.

"숲속으로 도망쳐!" 그녀는 집 쪽으로 고개를 돌리지도 않은 채 말했다.

그때 사령관이 뒤쪽에서 도로를 따라 오고 있었다. 항상 그렇듯이 전투를 할 땐 마지막 순간에 나타났다. 그녀는 사령관과 단둘이 있고 싶지 않았다. 그는 항상 그녀 뒤로 다가와서 그녀의 바지 속에 손을 넣어 항문에 손가락을 꽂으려고 한다. 그나마 카리에게 항문에 손가락을 넣을 수 있게 가만히 있으라고 명령하진 않

Thomas Harris

으니 다행이라고 해야 하나. 그건 그가 카리에게 잘 지내보자고 보내는 일종의 제스처였다.

카리는 그에게 그러지 말라고 부탁했다. 밤마다 사령관이 그 짓을 안 하게 해달라고 기도도 했다. 그녀의 저녁 기도에 그 내용이 꼭 들어갔다. 하지만 그는 그만두지 않았다.

카리가 사령관에게서 멀찍이 떨어져 있으려고 서둘러 가는데 뒤에서 총소리가 한 번 들렸다. 사령관이 쪼그리고 앉아서 그 아이가 숨어 있는 집 밑에 대고 총을 쏘고 있었다. 그녀는 사령관에게 달려가며 소리를 질렀다. "안 돼! 안 돼!" 갑자기 카리의 시야 가장자리가 흐려지면서 한가운데만 또렷해졌다. 그녀는 흐릿한 초록색 나뭇잎 터널로 있는 힘껏 달렸다. 그 한가운데에 사령관이 있었다.

사령관이 집 안에 백린탄을 하나 던지자 수십 개의 불길이 확 피어올랐다. 그는 마당에 쪼그리고 앉아 권총으로 집 밑을 겨냥하고 있었다. 카리는 달리고 있었고, 그녀의 얼굴은 무감각해졌다. 그가 한 발을 쐈다. 그리고 긴 손가락을 다시 방아쇠에 대면서, 겨냥을 하기 위해 자세를 더 낮췄다. 카리는 도로에 멈춰서 소총으로 사령관의 뒤통수를 쐈다.

그녀는 기이하게도 아주 침착했다. 이제 집 밑에서 연기가 피어오르고 있었고 아이가 집 뒤쪽에서 나와 숲속으로 달려가는 모습이 보였다. 나무 가장자리에 다다르자 아이가 돌아서서 카리를 봤다. 아이는 정말 더러웠다. 나무들 사이로 사람들의 얼굴이 보였다. 그 나무들 사이에서 손 하나가 흔들었다.

사령관을 불길이 타오르는 곳으로 끌고 가기엔 너무 무거웠다. 금방이라도 다른 병사가 와서 사령관이 뒤통수에 총을 맞은 채 쓰러져 있는 걸 볼지도 몰랐다. 처형당한 사령관. 카리는 사령관에게 달려갔다. 그의 작고 동그란 안경알 하나가 날아갔고, 다른 하나엔 하늘이 비쳤다. 그가 차고 있던 무기들을 보면 아마 세상에서 가장 치열한 전투를 벌이는 군인이라고 생각할 것이다. 그의 탄약 자루 뒤쪽에 파편성 수류탄이 있었다. 그녀는 그걸 떼어냈다.

카리는 그의 손을 잡아서 머리 밑에 넣었다. 수류탄도 같이 끼워 넣었다. 그녀는 수류탄 핀을 잡아당겨서 빼고 힘껏 달려가 도로 옆 도랑 속으로 뛰어들어 바닥에 몸을 찰싹 붙인 채 그동안 훈련받은 대로 입을 한껏 벌리고 있다가. 수류탄이 폭발하자 다시 허겁지겁 일어나 도망치고 또 도망쳤다. 사령관의 죽음 덕분에 그녀의 저녁 기도에서 한 가지 소원이 빠졌다.

카리와 붉은 머리의 연인은 같이 도망쳤다.

그들은 푸엔테 데 벤디시옹이라는 마을에서 1년 동안 살았다. 소년은 제재소에서 일하고 카리는 하숙집에서 냄비 여러 개와 씨름하며 요리했다. 그들은 결혼할 계획이었다. 카리는 열여섯 살이었다.

그 당시 FARC에서 도망쳐서 살아남기란 불가능했다. 그해 연말에 살인 청부업자들이 두 사람을 발견하고 거리에서 신랑과 신랑들러리들을 같이 사살해버렸다. 그들은 빌린 고물 차를 타고 카리가 재스민 꽃다발을 들고 신랑을 기다리고 있는 교회로 가던 길이었다.

살인자들이 카리를 죽이러 왔을 때 교회는 텅 비어 있었다. 그녀는 마을 병원에서 다친 팔에 붕대를 감고 뒷문으로 도망쳤다.

그들은 장례식장에서 카리를 기다렸다. 그녀는 나타나지 않았다. 그들은 카리의 죽은 약혼자의 시신이 들어 있는 관으로 가서 시체에 총을 몇 발 더 쏘고, 떠나기 전에 그 참혹한 모습을 사진으로 찍었다. 그를 죽일 때 얼굴을 충분히 망가뜨려놓지 않았기 때문에 사후 처리한 것이다.

일주일 뒤에, 카리는 보고타에 있는 큰 저택 앞에 서 있었다. 하인 하나가 문을 열고 그녀를 하인용 출입구로 보냈다. 15분 동안 기다리자 멜빵을 멘 늙은 교수가 문 앞에 나타났다. 교수는 먼지투성이 얼굴에 팔에는 붕대를 감고 피로 얼룩진 예식용 구두를 신고 있는 카리를 알아보는 데 시간이 좀 걸렸다.

"절 도와주시겠어요?" 그녀가 말했다.

"그래, 도와주마." 노교수는 그렇게 말하고, 문 위에 달려 있는 등을 껐다. "들어오렴." 카리가 죄수였던 노인을 돌보던 시절에 그는 한 번도 카리를 안은 적이 없었다. 이제 그는 그녀를 껴안았다. 카리가 그에 화답해 노인을 안았을 때 그의 셔츠 뒤쪽에 붕대에서 새어 나온 피가 묻었다.

노인의 가정부가 그녀의 몸을 박박 문질러 씻기고 저녁을 잔뜩 먹이고 깨끗한 침대에 재웠다. 집에 있는 블라인드는 다 내렸다. FARC 탈영병을 도와주는 사람들은 모두 죽음으로 보복당했다. 카리는 콜롬비아에 있을 수 없었다.

교수는 그녀를 성심성의껏 도왔다. 카리는 그 저택에서 일주일 동안 쉬었다. 그녀를 위해 임시로 만든 서류를 마련하는 데 그 정도 시간이 걸렸다. 교수는 그녀를 북쪽으로 보냈다. 버스를 타고 셀 수 없는 시간 동안 코스타리카, 니카라과, 온두라스, 과테말라를 거쳐 갔다. 그동안 반대편 손과 이빨로 팔을 묶은 붕대를 갈면서 견뎠다.

노교수는 그녀가 멕시코에서 버스표를 살 수 있게 돈을 넉넉히

줬다. 그녀는 북쪽으로 가는 멕시코 기차인 라 베스티아에 탈 필요가 없었다. 거기서는 갱들이 화물칸 위쪽 공간을 돈을 받고 팔았는데 수많은 사람들이 거기서 떨어지면서 팔다리가 잘렸다. 떨어져나간 팔다리들은 기차 선로 사이에서 말라갔다. 교수는 마이애미에 사는 한 가족에게 전할 짧은 편지를 써줬다가, 그 가족이 병이 나는 바람에 다른 가족에게 카리를 소개했다. 그 가족은 카리에게 자신들의 집에서 3년 동안 무료로 일해야 한다고 말했다. 라디오에서 그건 사실이 아니라는 방송을 듣고 집을 나온 그녀는 혼자 살아가는 법을 익혀야 했다.

그 후로 카리는 어딜 가건 항상 먹을 것을 조금씩 가지고 다녔다. 대개 저녁 먹을 때까지는 그걸 먹지 않았다. 그녀는 항상 조그만 물병 하나와 법적으로 허용되는 길이의 칼날이 들어 있고, 한 손으로 펼 수 있는 접이식 칼을 가지고 다녔다. 그녀가 목에 걸고 있는 비즈 목걸이에는 거꾸로 십자가에 못 박힌 성 베드로의 십자가가 걸려 있었다. 그 십자가 안에 밀면 튀어나오는 단검이 숨겨져 있다.

이제 사촌의 아파트에 들어온 카리는 아기 옆에 앉아서, 버스를 타고 북쪽에 있는 자유의 땅으로 갈 때 그랬던 것처럼 고개를 끄덕거리며 잠이 들었다.

자정 무렵 그녀의 핸드폰이 울렸다. 안토니오의 번호가 다시 화면에 떴다. 그녀는 방 안에서 은은히 빛나는 화면을 바라봤다. 전화를 받고 싶은 마음을 참느라 무척 힘들었다. 전화가 음성 메시지로 넘어가게 내버려두자 독일식 억양이 섞인 목소리가 녹음되었다. "카아리. 만나자. 난 너를 도오와줄 수 있어."

그래, 어디 한번 와봐라, 이 개자식아. 내가 널 기똥차게 도와주마.

카리는 아기를 안고 가만히 어르면서 나직한 목소리로 "앵무새에게 주는 충고"라는 노래를 불렀다. 외할머니가 부르던 노래로, 앵무새에게 잘 익은 바나나와 편한 삶을 주겠다고 약속했지만 사실은 부유한 파나마 사람에게 팔아먹는다는 내용이었다.

동이 틀 때까지 고개를 끄덕거리며 졸다 잠이 든 그녀는 스네이크 크리크 운하에 있는 튼튼하고 작은 집을 봤다. 그 집은 지붕에 구멍이 났는데도 비바람에 지지 않고 우뚝 서 있었다. 그 집은 판석 위에 세워져 있었다. 집 밑에 아이가 들어갔다가 다칠 만한 공간이 전혀 없는 걸 보자 마음이 놓였다. 기나긴 하루를 버티고 무사히 살아남았다는 안도감에 젖어 잠이 든 그녀는, 판석 위에 단단하게 서 있는 그 집과 그녀 옆에 살아 있는 갓난아기 꿈을 꿨다. 미소가 지어졌다.

16

아침 첫 햇살이 비스케인 만에 깔린 안개를 태워버렸다.

마르코 선장의 게잡이 배는 덫이 달린 줄을 도르래에 걸어서 작업을 하며 에스코바르 저택 북쪽을 지나가고 있었다. 마이애미 해변 경찰들이 순시선을 타고 지나가는 동안 배에 탄 선원들은 특히 더 바빠 보였다. 경찰은 손을 흔드는 마르코 선장의 인사에 화답해 손을 흔들면서 배의 속도를 늦춰, 일을 하려고 애쓰는 어부들에게 방해가 되지 않도록 배려했다.

마르코 선장과 선원 세 명은 커다란 오버셔츠(다른 셔츠 위에 걸치는 스포츠 셔츠) 밑에 방탄복을 입은 채 땀을 뻘뻘 흘리고 있었다. 이제 에스코바르 저택을 지나가고 있었다. 그들은 저택을 보기 위해 햇빛이 정면으로 비치는 동쪽을 억지로 봐야 했다. 저택의 어두운 위층 창문마다 빛이 반사되고 있었다.

1등 항해사 에스테반은 조타실에 앉아 있었고, 그의 소총 총구는 선실 창턱에 놓아둔 패드에 놓여 있었다. 소총의 망원 조준기를 통해 창문에서 빛이 반사되는 걸 볼 수 있었다.

"위층에 열린 창문 안쪽으로 한 놈이 보입니다. 방금 쌍안경을 들었고, 소총은 놈의 의자 옆에 있습니다." 에스테반이 선장에게 소리쳤다.

커다란 도르래에서 물방울을 뚝뚝 흘리며 돌아가던 줄이 만의 바닥에 있던 게덫들을 끌어올렸다. 이그나시오가 철사와 목재 널빤지로 만든 상자들을 잡아서 파란 게들은 보트 한가운데 있는 커다란 통에 쏟아 붓고, 다시 미끼를 매단 덫들을 선미에 쌓았다. 덫 줄이 도르래를 따라 천천히, 꾸준히 올라와 잡힌 게들을 통에 비웠다.

배가 에스코바르 저택의 부두 옆을 지나갈 때 이그나시오가 덫 하나를 열었다가 그대로 얼어붙었다. "사람이야!"

마르코 선장이 도르래의 클러치를 빼고 전원을 껐다.

이그나시오는 차마 그 덫에 손을 넣을 수 없었다. 덫을 통에 쏟자 안토니오의 머리가 허공을 향해 집게발을 흔들어대며 아직 살아 있는 게 더미 위로 굴러떨어졌다. 머리에는 아직 스쿠버 마스크를 쓰고 있었다. 마스크 양옆의 얼굴은 덫에 같이 갇혀 있던 게들에게 꽤 많이 먹혔지만 유리 너머 얼굴은 온전했다. 눈은 위를 올려다보고 있었다.

방파제 위에 마테오가 나타났다. 그는 선원들에게 주먹을 내밀어 외설적인 몸짓을 하고 나서 두 손으로 자신의 사타구니를 움켜잡았다.

"저 새끼 불알을 쏴서 떨어뜨릴 수 있는데." 선실에서 에스테반이 말했다.

"아직은 아니야." 마르코 선장이 말했다.

선박 수리소에서 베니토가 젊은 친구의 망가진 얼굴을 들여다 봤다. "카리에게 전화해." 그가 말했다.

"카리가 이걸 볼 필요는 없어요." 마르코가 말했다.

"보고 싶을 거야." 베니토가 말했다.

chapter

17

마이애미-데이드 강력반 경사인 서른여섯 살의 테리 로블레스가 팔미라 가든 주차장 나무 밑으로 차를 몰고 왔다. 그는 휴직 중이었다. 시동을 껐을 때 검시관 사무실에서 걸려온 전화로 핸드폰 화면이 환해졌다.

"테리, 홀리 빙이에요."

"안녕하세요."

"테리, 내가 오늘 아침에 물에 떠내려온 시신에서 총알 하나를 빼냈어요. 라틴계 백인 남성으로 20대예요. 시신은 콴티코의 IBIS로 보냈는데 거기서 일치하는 게 하나 나왔어요. 그 총알이 당신 집에 쏜 총 중 하나에서 나왔을 수 있대요. 침실 벽에서 파낸 총알 있잖아요. 그것과 아홉 개의 포인트가 일치한다더군요."

"신원은요?"

"아직 몰라요. 강력반에 전화했더니 당신 번호를 알려주더군요.

근무는 언제 다시 시작할 건가요?"

"의사가 일해도 된다고 허락해줘야 하는데. 아마 곧 그렇게 되겠죠."

"다니엘라는 어때요? 물어봐도 되나요?"

"지금 막 다니엘라를 보러 왔어요. 한 시간 안에 갈게요."

"난 수업 중이겠지만 어쨌든 들어와요. 학생들에게 경사님을 소개해도 되나요? 안 그러면 학생들이 실망할 텐데."

"아이고. 그러죠 뭐. 고마워요, 홀리."

테리의 차 안에는 샐리라는 이름의 닥스훈트가 한 마리 있었다. 다니엘라의 개다. 샐리가 그의 무릎 위로 올라왔다. 그는 샐리를 안고 차에서 나와 팔미라 가든의 정문으로 서둘러 걸어갔다.

팔미라는 남동부 최고의 생활지원 시설(고령자나 장애인이 주변 사람들의 도움을 받지 않고 일상생활을 유지할 수 있게 설계된 시설)이다. 팔미라는 커다란 나무들 밑에 있는 우아하고 오래된 건물에 있다. 문은 오직 밖에서만 열린다.

이곳에서 지내는 사람 몇 명이 정원 벤치에 앉아 있었다.

생울타리 근처 수목 밑에서 어떤 늙은 설교가가 이곳에서 사는 애완동물 무리에게 설교를 하고 있었다. 개 네 마리, 고양이 한 마리, 작은 염소 한 마리, 자유롭게 날아다니는 앵무새 한 마리와 닭 네 마리가 있었다. 설교가는 주머니에 넣고 다니는 간식을 자주 나눠주는 식으로 사람들의 관심을 끌었다. 그는 성찬식을 하는 것처럼 동물의 혀 위에 간식을 올려놓으려고 애를 썼지만 동물들은 그의 손에 들린 간식을 게걸스럽게 먹어치웠다. 그는 앵무새에게 아주 조심스럽게 두 손가락으로 호박씨 성체를 집어 내밀었다.

Thomas Harris

설교를 듣는 무리 중에 노인도 한 명 있었는데 그에게는 M&M 초 콜릿을 한두 개씩 줬다.

설교가는 간식을 들지 않은 다른 손에는 흐물흐물해진 가죽 성 경 한 권을 들고 있었다. 그는 책등을 꽉 움켜쥔 채 책을 이쪽저쪽 으로 휘둘러서 빌리 그레이엄 목사가 유행시킨 것처럼 성경 페이 지를 휙휙 넘기고 있었다.

테리의 품에 안겨 있던 샐리가 설교가가 가지고 있던 간식 냄 새를 맡고, 그 무리에 합류하고 싶어서 버둥거렸다. 테리는 샐리와 작은 꾸러미 하나를 들고 건물 안으로 들어갔다.

팔미라 가든의 소장은 자기 방에 있었다. 마흔 살인 조안나 스 팍스는 이곳을 빈틈없이 운영하고 있었다. 그녀를 놀래기는 쉽지 않을 것 같았다. 그녀는 테리를 보고 싱긋 웃었다. 그녀의 무릎에 앉아 있던 작은 개가 펄쩍 뛰어내렸다. 테리가 샐리를 바닥에 내 려놓자 개들이 서로 꼬리를 흔들면서 냄새를 맡았다.

"안녕하세요, 테리. 다니엘라는 가운데 정원에 있어요. 다니엘라 의 관자놀이에 작은 밴드가 붙어 있을 거예요. 거기 피부에서 작 은 탄환 파편이 나왔거든요. 납 성분은 아니고 탄피 일부예요. 괜 찮아요. 프리먼 박사님이 상처를 살펴봤어요."

"고맙습니다, 조안나. 다니엘라가 식사는 잘 하나요?"

"하나도 안 남기고 디저트까지 다 먹고 있어요."

테리가 사무실에서 나가자 조안나가 그에게 가보라고 간호사를 보냈다.

테리는 가운데 정원의 벤치에 앉아 있는 아내를 발견했다. 나뭇 잎 사이로 비치는 햇살이 그녀의 머리카락을 어루만졌고 테리의 가슴은 마치 바람에 나부끼는 돛처럼 부풀어 올랐다. 그는 심호흡을 했다. 공연을 시작할 때가 됐다.

다니엘라는 90대로 보이는 한 남자 옆에 앉아 있었다. 얇은 무명천 양복에 나비넥타이를 멘 노신사는 아주 깔끔해 보였다. 테리가 샐리를 땅바닥에 내려놓자 흥분한 샐리가 그보다 먼저 다니엘라에게 달려가서 그녀의 무릎 위로 뛰어오르려고 했다. 다니엘라는 깜짝 놀란 것 같았다. 옆에 있던 노인이 비쩍 마른 손을 내밀어 작은 개가 가까이 오지 못하게 막았다.

"자, 자. 여기 앉아!" 노인이 말했다.

테리는 다니엘라의 머리 윗부분에 키스했다. 앞머리 부위에 긴 분홍색 흉터가 있었다.

"안녕하세요."

"안녕, 자기. 카티시 부인이 만든 바클라바(중동 지방에서 먹는 디저트 파이)를 좀 가져왔어. 얘는 샐리야. 당신을 보고 정말 좋아하네!" 테리가 말했다.

"내 남자 친구를 소개해도 될까요? 이 사람은…." 다니엘라는 말을 하다 말았다.

"호레이스." 노신사가 말했다. 그는 지금 자신이 어디 있는지도 잘 모르는 것 같았지만 정신없는 와중에도 예의가 바른 사람이었다. "난 호레이스라고 합니다."

"방금 당신 남자 친구라고 한 거야?" 테리가 물었다.

"맞다. 호레이스. 아주 좋은 친구예요."

"난 테리 로블레스라고 합니다, 호레이스 씨. 로블레스 부인의 남편이에요."

"로블레스 씨라고요? 만나서 반갑습니다, 로블레스 씨."

"호레이스 씨, 실은 제가 로블레스 부인과 개인적으로 할 이야기가 있어서, 자리 좀 비켜주시겠어요?"

간호사가 이 광경을 지켜보고 있다가 호레이스를 데리러 왔다. 다니엘라가 그러라고 할 때까지 호레이스는 가지 않으려 했다.

"다니엘라?"

"괜찮아요, 호레이스. 금방 끝날 거예요."

간호사가 호레이스를 일으켜 세워 온실로 데려갔다. 샐리는 계속 다니엘라 앞에서 펄쩍펄쩍 뛰면서 다니엘라의 무릎에 발을 올렸다. 다니엘라는 작은 개가 다가오지 못하게 손으로 막았다. 테리는 샐리를 안아서 둘 사이에 앉혔다.

"호레이스란 사람은 왜 그래?"

"호레이스는 내 친구이고 아주 점잖은 신사예요. 당신은 내가 아는 사람이죠, 그렇지 않나요? 우린 분명 친구인데."

"그래, 다니엘라. 우린 친구야. 당신은 어때? 행복해? 잠은 잘 자고?"

"네, 난 아주 행복해요. 당신은 여기서 일하나요?"

"아니, 다니엘라. 난 당신 남편이야. 당신이 행복해서 기뻐. 그리고 나는 당신을 사랑해. 이 개는 당신 개야, 샐리라고. 샐리도 당신을 사랑해."

"저기… 호의는 감사하지만 나는 유감스럽게도…." 그녀는 고개를 돌려 먼 곳을 바라봤다.

그는 그 표정의 의미를 잘 알고 있었다. 그녀는 그에게서 벗어나고 싶은 것이다. 전에도 사람들과 같이 있을 때 아내가 저런 표정을 짓는 걸 본 적이 있지만, 그에게 이러는 건 처음이었다.

테리의 눈이 촉촉이 젖어들었다. 그는 일어서서 허리를 숙여 그녀의 뺨에 키스했다. 그녀는 마치 파티에서 만난 지인과 가볍게 키스하려는 사람처럼 고개를 홱 돌려버렸다.

"이제 들어갈 시간이 된 것 같아요. 잘 가요, 저기…"

"로블레스. 테리 로블레스." 그가 말했다.

그는 샐리를 겨드랑이에 낀 채 조안나의 사무실에 있었다.

"다니엘라의 등에서 파편 몇 개가 나오고 있어서, 다니엘라가 양가죽 위에서 잘 수 있게 처리했어요. 혈액 검사 결과 는 좋아요. 당신은 어때요? 치료는 잘 받고 있어요? 불편한 곳은 없고요? 어 떻게 돼가고 있어요?" 조안나가 물었다.

"전 괜찮습니다. 호레이스라는 노인은 대체 왜 그런답니까?"

"호레이스는 완전 점잖은 분이에요. 당신이 상상하는 그 어떤 문제도 일으키지 않아요. 우리가 매일 그분을 여덟 시 반에 침대 에 눕히고 재워드려요. 그분이 여기서 지낸지 20년이 됐는데 그동 안 단 한 번도 부적절한 행동은 하신 적이 없어요. 다니엘라가 하 는 말은 아무 의미 없어요. 그냥 아이가 하는 말 같은-"

테리가 손을 들어올리자 조안나가 그를 찬찬히 뜯어봤다.

"테리, 다니엘라는 행복하게 지내고 있어요. 자신의 현재 상황 에 별 신경을 쓰지 않아요. 그것 때문에 괴로운 사람이 누군지 알 아요? 당신이에요. 수사에서 뭐가 좀 나왔나요? 누가-"

그는 잠시 조안나가 하는 말을 듣지 않은 채 다니엘라가 자신 을 마지막으로 알았던 그 순간을 떠올렸다. *그들은 안방 침대에 있었다. 다니엘라가 그의 위에 올라타고 있었다. 창문을 가린 블 라인드 위로 바깥을 지나가는 자동차들의 불빛이 비쳤다. 그때 자동 사격이 시작됐다. 유리창이 총알들로 박살 났고, 침대 옆 에 있는 램프가 산산조각 났고, 총알 하나가 다니엘라의 머리를*

맞혔다. 그녀가 앞으로 쓰러지면서 테리와 머리를 부딪쳤다. 테리는 그녀를 안고 몸을 굴려 바닥으로 떨어졌다. 그는 다니엘라의 피투성이 얼굴을 바라봤다. 탁자 위에 올려둔 권총을 낚아챘지만, 박살 난 유리창 너머로 어떤 차의 미등이 사라지는 게 보였다. 그는 자신도 총에 맞았다는 사실을 깨달았다.

조안나가 그의 얼굴을 살폈다. "그 기억을 떠올리게 하려던 건 아니었는데." 그녀가 말했다.

"아니에요. 그 짓을 한 쓰레기는 레이포드에서 막 6년 형을 마치고 나왔었죠. 흉기를 가지고 공격한 혐의로 내가 그놈을 거기 교도소로 보냈거든요. 그 새끼는 폭력 전과가 있는 전과자였는데 출소하자마자 곧바로 총을 구해서 우리 집에 대고 총질을 한 겁니다. 그놈을 찾는 데 사흘이 걸렸지만 그 총은 결국 찾지 못했어요. 그 새끼가 어디서 총을 구했을까요? 그 총은 어디로 갔을까요? 그 새끼는 이제 무기징역을 살고 있어요. 난 그놈에게 총을 준 새끼를 잡을 겁니다."

조안나는 정문까지 그를 바래다줬다.

설교가가 나무 밑에서 동물들과 신자 한 명을 앞에 두고 설교를 하고 있었다.

"인간들은 자신을 짐승으로 봅니다. 그래서 인간의 아들들에게 일어나는 일들이 짐승들에게도 일어납니다. 인간이 죽는 것처럼 짐승도 죽습니다. 그렇게 모두 짐승이 되고. 서로가 서로를 죽입니다. 그렇습니다. 모두 단 한 번의 인생을 살아갑니다. 그들의 몸은 흙으로 이뤄져 있으며, 모두 흙으로 돌아갑니다."

테리와 샐리가 건물 밖으로 나가자 조안나가 정문을 닫았다. 테리는 저물어가는 오렌지 빛 햇살 속에 남겨졌다. 샐리가 테리의

어깨너머 마지막으로 다니엘라를 봤던 곳을 보면서 낑낑거리는
사이에, 테리는 샐리를 안고 차로 걸어갔다.

chapter

18

마이애미 데이드 군 검시 빌딩 로비에는 원격으로 시신의 신원을 확인할 수 있게 비디오가 설치돼 있었다. 바닥에는 시신을 본 유족이 기절할 경우에 대비한 카펫이 깔려 있었다.

양쪽으로 여닫는 문 뒤에 있는 연구실은 방취 작용을 하는 문 틈마개에, 자동 공기정화기에, 세계 최대 여객기의 승무원과 승객들의 시신이 전부 들어갈 수 있을 정도로 넉넉한 냉장 보관 설비까지 갖춘 최첨단 시설을 자랑했다. 모든 검시 테이블은 사진이 잘 나오도록 코닥 회색을 썼다.

홀리 빙 박사는 미 전역과 캐나다에서 온 미래의 검시관들에게 수업을 하고 있었다. 그들은 잠수용 오리발을 신고 머리가 없는 시신 주위에 모여 있었다. 시신은 해부를 하는 자세로 누워 있었고, 시신의 온도는 섭씨 1.1도로 맞춰져 있었다.

빙 박사는 검은 옷 위에 실험용 앞치마를 입고, 바지는 종아리

Cari Mora   133

중간까지 올라오는 긴 부츠 안에 집어넣었다. 아시아계 미국인인 그녀는 30대로 미인이지만 성격이 좀 급했다.

"자, 여기 라틴계 백인 남성이 있다. 탄탄한 체격에 20대야. 어제 오후 하울오버 해변에 있는 토플리스 치즈버거 보트 옆에 떠올랐는데, 해양 순찰선에서 사람들의 비명 소리를 듣고 달려갔지. 몸 상태는 좋은 편이지만 여러분도 보다시피 상당히 막 굴린 티가 난다. 하부 오른쪽 사분면에 맹장 수술 자국이 있고 왼쪽 팔뚝에는 미 해병대의 상징인 지구본과 닻과 '언제나 충성'이라고 새긴 문신이 있다. 최근에 사망했고 아마 이틀 정도 됐겠지만 그동안 게와 새우들이 살을 갉아먹었어. 사망 시각을 판단하기 위해 우리가 뭘 알아야 하지?"

그녀는 학생들의 대답을 기다리지 않았다. "하울오버의 수온이지, 안 그래? 섭씨 28.8도였어. 나중에 수중에 며칠 동안 있었던 시신의 온도 감별법에 대해 이야기하겠다. 모두 보다시피 시신에서 손가락들이 사라졌다. 목까지 합하면 시신의 신장은 대략 177.8센티미터 정도다."

"머리를 뭘로 잘라냈나요, 빙 박사님?" 시신의 목 끝부분 가까이 서 있던 생기 넘치는 얼굴을 한 젊은 남자가 질문을 했다.

"세 번째 목등뼈 한가운데가 톱날로 썰린 게 보이지? 톱니 거리로 볼 때 쏘졸 톱일 거야. 톱니 거리가 6인치거든. 흔히 쓰는 물건이지. 쏘졸은 미국에서 시신 훼손용으로 인기가 올라가고 있어. 그 분야 2위라니까. 1위는 마체테(날이 넓고 무거운 칼)이고 3위는 휴대용 동력 사슬톱이야. 누군가 이 사람을 테이블이나 조리대 위나 픽업트럭 뒤쪽에 올려놨을 거야. 머리는 앞으로 축 처져 있었을 거고. 머리와 손가락이 절단됐을 땐 이미 사망한 상태였어. 그걸 어떻게 아냐고? 검시 결과를 봐. 잘린 부위의 상처에서 세로토닌과 히스타민 수치가 올라가지 않았어. 시체에 가스가 차서 빨리 물 위로 떠오르게 하려고 배에 낸 상처들도 마찬가지였고. 손가락이 절단된 모양들에서 차이점이 보여? 손가락 하나는 쏘쫄로 잘랐고, 나머지는 전통적인 방식으로 정원용 가위로 싹둑싹둑 잘라냈어. 허벅지에 총상이 있지. 허벅지를 관통해서 골반에 박혀 있던 총알 하나를 내가 찾아냈어." 빙 박사가 말했다.

"사인은 참수가 아니야. 그건 아니고, 가슴에 있는 상처 때문이야. 거기도 완전히 관통했어. 왼쪽 견갑골을 뚫고 들어가서 심장을 찌른 후에, 왼쪽 젖꼭지 바로 안쪽으로 나왔으니까." 빙 박사는 가슴 옆에 생긴 길쭉한 모양의 총알 구멍과 그 옆에 있는 작은 구멍 두 개를 건드렸다. 그녀가 투명 장갑을 낀 손으로 시체 가슴에 있는 파란 구멍들 옆을 누를 때, 장갑 너머로 손톱에 바른 빨간 매니큐어가 비쳤다. "뭘 가지고 이렇게 했는지 말해볼 사람?"

"점조각 칼?" 한 학생이 말했다.

"아니야. 내가 아까 이건 출구 구멍이라고 했잖아. 로블레스 경사님, 이 길쭉한 구멍과 옆에 있는 작은 구멍 두 개는 뭘로 만들어진 걸까요?"

"화살, 아마도 석궁 화살일 겁니다. 낚시용 화살이죠."

"왜 그렇죠?"

"화살이 등으로 들어가서 장기들을 뚫고 지나가는데 화살에 달린 줄이 팽팽해지면서 다시 잡아당겨서, 화살이 뒤틀리면서 화살촉 미늘이 가슴으로 나왔을 겁니다. 아마 목표물에 맞으면 팽창되는 화살촉을 썼을 거예요. 다이빙용품 가게들을 확인해보면 좋겠죠."

"고마워요. 자, 여러분. 이분은 마이애미 데이드 강력반의 테리 로블레스 경사님이시다. 경사님은 전에도 이런 시신을 본 적이 있으시지. 사람들이 서로에게 가하는 모든 짓을 본 분이야."

"화살은 발견됐나요?" 테이블 끝에 서 있던 청년이 물었다.

"아니. 이 시신으로 봐서 지금 상황에 대해 뭘 알 수 있을까?" 홀리 빙이 물었다.

아무도 대답하지 않자 빙 박사가 로블레스를 바라봤다.

"범인들이 화살을 뽑아낼 시간이 있었다는 뜻이죠." 로블레스가 말했다.

"맞아요. 범인은 화살을 뽑을 시간이 있었고 누구의 방해도 받지 않을 상황에 있었습니다. 출구 상처의 모양으로 봐서 범인이 화살을 힘으로 뽑은 게 아니에요. 아마 화살대에서 화살촉 나사를 풀어 먼저 화살촉을 빼고, 그다음에 등에 박힌 화살을 빼냈을 겁니다. 범인들에게는 그럴 시간과 사적인 공간이 있었어요."

빙 박사는 학생들에게 휴게실에 가서 쉬라고 내보냈다. 그녀와 테리는 실험실에 남았다.

"콴티코에 DNA를 보냈지만 며칠 걸릴 거예요. 맙소사, 강간범 DNA를 조사할 때는 한 달씩 걸리기도 한다니깐. 그 총알은 대략 아홉 개의 포인트가 일치해요. 223구경에 1-9 오른손잡이용 권총이고. 66 그레인. 민간에서 쓰는 AR-15일 것 같은데. 총알이 미사일 모양인데 아마 아음속 탄환일 겁니다." 빙 박사가 말했다.

"시신의 오리발을 벗기지 않고 그대로 봐뒀네요."

"맞아요. 하지만 학생들이 들어오기 전에 맨발을 봐뒀어요."

박사는 오리발 한 짝을 벗겨냈다. 발바닥에 GS O+라는 문신이 새겨져 있었다.

"'그루포 상우이네오.' 혈액형이네요." 테리가 말했다.

홀리는 다른 한 짝도 마저 벗겼다. "이 정보가 새나가기 전에 당신이 먼저 보고 싶어 할 것 같았어요." 그녀가 말했다. 시체의 발바닥에 낚싯바늘에 종 하나가 걸린 문신이 새겨져 있었다.

"테리, 왜 발바닥에 문신을 새겼을까요? 남들에게 보이지 않으면 교도소에서 보호를 받을 수도 없잖아요. 목도 아니고 발바닥에 새기다니."

"저 문신으로 사채업자에게 보석금을 빌릴 수 있거든. 혹은 수감 중인 죄수들에게 의뢰를 많이 받는 변호사들을 고용할 수도 있고. 저건 텐 벨스 문신이에요. 고마워요, 홀리." 테리가 말했다.

19

마이애미 강의 선박 수리소에 밤이 찾아왔다. 고개를 숙인 야자나무들이 불어오는 바람에 살랑거렸다. 작은 화물선 하나가 방향을 바꾸기 위해 마치 목줄을 잡고 있는 테리어들에게 끌려가는 주인처럼 이물과 고물에 예인선들을 달고 지나갔다.

마르코 선장과 선원 두 명이 늙은 베니토와 함께 소각로의 열린 문 앞에 서 있었다. 그 안에서 불이 활활 타오르고 있었다. 소각로의 불빛과 그림자가 어두운 선박 수리소 주변에서 움직이고 있었다. 이등항해사 이그나시오는 얼룩이 묻은 흰색 민소매 티셔츠를 입고 있었다.

"이그나시오, 셔츠 입어." 마르코 선장이 말했다. 이그나시오는 그 위에 폴로 셔츠를 입었다. 그의 이두박근 안쪽에 낚싯바늘에 걸린 종 문신이 새겨져 있었다. 이그나시오는 목걸이에 달린 성 디스마스(예수의 오른편 십자가에 매달려 죽은 선한 도둑) 메달에 키스를 했다.

불길 한가운데, 이빨을 다 드러낸 커다란 물고기 머리 두 개 사이에서 안토니오의 머리가 그들을 내다보고 있었다. 그의 머리엔 아직도 스쿠버 마스크가 씌워져 있었고, 유리 주위의 고무가 녹는 동안 그의 눈은 밖을 빤히 바라보고 있었다. 그의 귓불에 찼던 고딕 양식의 검은 십자가 귀걸이는 찢겨나가고 없었다.

어둠 속에서 카리 모라가 나와서 베니토 옆에 섰다.

그녀는 오렌지 빛깔의 재스민 가지 하나를 가져왔다. 그녀는 남자들과 같이 서서 소각로 안을 눈도 깜박이지 않고 바라봤다. 그녀는 안토니오의 망가진 얼굴을 조금이라도 가리기 위해 불 속에 재스민 가지를 넣었다.

베니토가 불에 촉진제를 던졌다. 순간 불꽃과 불길이 굴뚝으로 홱 솟구쳐 올랐다.

그들의 얼굴에 벌건 불빛이 비쳤다.

마르코 선장의 눈이 젖어들었다. 그의 목소리는 흔들리지 않았다. "영예로운 성 디스마스여. 회개하는 도둑들의 수호성인이여. 당신은 그리스도의 황천 강하에 동행했습니다. 이제 우리 형제가 천국까지 안전하게 가도록 지켜봐주소서."

베니토가 소각로 문을 닫았다. 불빛이 보이지 않자 주위가 훨씬 어두워졌다. 카리는 선박 수리소 사람들이 밟고 다니는 땅을 내려다봤다. 그녀가 미국에 오기 전에 다른 곳에서 봤던 땅과 같았다.

"뭐 필요한 거 있어?" 마르코가 카리에게 물었다.

"스미스 앤 웨슨 40구경 탄환 한 박스가 있으면 좋겠는데." 그녀가 말했다.

"그 총은 처리해야 해. 없애버려." 마르코가 말했다.

"싫어요."

"그럼 내 총이랑 바꿔." 마르코가 말했다.

"베니토, 당신 조카가 그걸 분해해서 총열과 개머리판을 버릴 수 있죠?"

"노리쇠와 공이도 따로따로 버리는 편이 낫지." 베니토는 그렇게 말하면서 권총을 달라고 손을 내밀었다.

"다시 돌려줄게, 카리. 당신도 알겠지만 우리에게 협조해야 해. 난 여기 있으면 안전하니까." 마르코가 말했다.

안전하다고, 안토니오가 안전했던 것처럼 말이지. 내가 부두 밑에서 그를 엄호했어야 했는데.

마르코가 계속 이야기하고 있었다. "총에 당신 지문이 묻었나? 당신이 직접 총알을 장전했어?"

"아뇨."

"그 탄피는 현장에 놔두고 왔잖아."

"그래요." 그녀는 권총을 베니토에게 건넸다.

"고마워, 카리." 마르코는 수리소 사무실에서 또 다른 시그 사우어와 실탄 한 박스를 갖다 줬다. 그 총은 357구경이었다. 그건 괜찮았다.

마르코가 그녀의 귓가에 대고 말했다.

"카리, 우리랑 같이 일하고 싶어?"

그녀는 고개를 저었다. "이제 나를 만날 일은 없을 거예요."

어둠 속에서 신호로 쓰는 휘파람이 울렸다. 마르코와 다른 사람들은 그 소리를 듣고 경계 태세를 갖췄다.

테리 로블레스 경사가 차에서 내렸다. 수리소 위쪽 소각로에서 불꽃이 올라오는 게 보였다. 그는 높이 쌓여 있는 게 덫들 사이를 지나 선박 수리소로 향했다. 바람을 타고 고음의 휘파람 소리가 울려퍼지자 그의 셔츠 앞쪽에 피처럼 붉은 점 모양을 한 레이저 불빛이 나타났다. 테리는 그 자리에 서서 신분증이 든 지갑을 열어 배지를 보여줬다.

어둠 속에서 목소리가 들렸다. "알토! 멈춰."

"테리 로블레스. 마이애미 경사입니다. 그 레이저 좀 치워요. 어서 치우라니까."

마르코 선장이 손을 들자 레이저 불빛이 테리의 가슴을 지나 그가 들고 있는 배지 위에서 깜박거렸다.

마르코 선장은 양옆에 쌓여 있는 게 덫들 사이에서 테리를 맞았다.

"부상 휴가 중일 때는 배지를 반납하게 되어 있는 거 아닌가?" 마르코가 말했다.

"아니. 그건 계속 가지고 있지. 텐 벨스 문신처럼."

"사실 만나서 기쁘군. 아니, '기쁘다'는 말은 너무 강한 표현인가. 내가 영어가 좀 딸려서. 당신을 만난 게 '유감스럽진' 않다고 해야겠군. 어쨌든 아직은 유감스럽진 않네. 술 한잔할래요?"

"그러죠." 테리가 말했다.

사방이 개방된 창고 안에서 마르코 선장이 럼 두 잔을 따랐다. 두 사람 다 굳이 라임을 넣는 수고는 하지 않았다.

테리의 눈에는 마르코 선장만 보였지만, 어둠 속에 다른 사람들이 있다는 걸 감지할 수 있었다. 견갑골 사이가 살짝 간지러웠다.

"텐 벨스 문신이 새겨진 시체 하나가 들어왔어요. 그 사람이 누군지 아마 당신은 알 텐데." 테리가 말했다.

마르코 선장은 두 손을 좍 펴 보였다. 강물 위에서 또 다른 화물선 하나가 이물과 고물에 예인선들을 달고 지나갔다. 배에서 나는 요란한 엔진 소리 때문에 두 사람은 큰 소리로 말해야 했다.

"젊은 라틴계 남자인데, 20대에 체격이 좋고 오리발을 신고 있었고. 시체에 머리나 손가락은 하나도 없고. 그 문신은 발바닥에 새겨져 있었는데. 거기다 혈액형도 O형이던데." 테리가 말했다.

"어떻게 죽었는데?"

"화살인지 석궁 화살인지가 심장을 뚫고 지나갔어요. 화살에 맞고 금방 죽었어요, 그게 걱정된다면 말이죠. 심문을 당하다 죽은 건 아니에요. 그리고 손가락이 잘리기 전에 죽었고."

마르코의 표정에선 아무것도 읽을 수 없었다.

"시신의 몸속에 박힌 총알 하나가 우리 집에서 발견된 총알 하나랑 일치해요." 테리가 말했다.

"저런. 그런 일이 있었군."

"그래요." 테리가 말했다.

알전구 주위로 나방 한 마리가 날아다니면서 나방의 그림자가 둘 사이를 왔다 갔다 했다.

"이건 알아줬으면 하는데. 우리 어머니 영혼에 대고 맹세하는데, 나는 당신 집에 총질을 한 놈이 누군지 몰라요. 당신이 우리 집에 총질을 하지 않는 것처럼 나도 당신 집에 총질을 하지 않아요. 부인에게 일어난 일에 대해선 모두 아주 안타깝게 생각하고 있어요."

"집에 대고 총질하는 사람들은 많아요. 오리발을 신은 젊은이들에게도 쏘고. 당신이 데리고 있던 아이들 중에 하나가 없어지지 않았나요?"

안토니오의 뇌가 부글부글 끓고 있는 소각로 안에서, 뭔가가 떨어지면서 쿵 소리가 났다. 불꽃들이 소용돌이치며 굴뚝 밖으로 빠져나갔다.

"우리 팀은 다 잘 있어요." 마르코 선장이 말했다.

"난 그 젊은이를 쏜 놈과, 그 권총과, 그 권총의 출처를 알고 싶어요. 우리 사이는 지금은 괜찮지만 당신이 뭔가를 알고도 내게 말하지 않는다면 앞으론 달라질지도 몰라요."

"내가 오랫동안 합법적으로 일한다는 건 경사님도 잘 알잖아요. 아, 가족 행사에서 어떤 거물을 우연히 만났어요. 한 달 전에 카르타헤나에서 있었던 첫영성체(아이들이 처음으로 영성체를 받는 의식)에서요."

"돈 에르네스토군요."

"그냥 거물이라고 해둡시다."

"그는 그 총의 출처를 알겠죠?"

"아뇨. 그리고 그 말을 당신에게 직접 하고 싶어 하십니다. 만약 그분이 마이애미에 온다면 만날래요?" 마르코가 물었다.

"만나는 거야 좋죠. 언제든, 어디서든." 테리는 술 잘 마셨다고 고개를 끄덕이며 인사하고 양쪽에 높게 쌓여 있는 게 덫들과 나무상자 사이에 나 있는 어두운 길을 걸어갔다. 점 모양의 레이저 불빛이 그의 뒤쪽 땅바닥을 천천히 따라갔다.

"다음 주 화요일 정도가 될 것 같네." 마르코는 혼잣말을 했다.

소각로에서 짙은 연기가 뿜어져 나왔다. 안토니오의 머리가 폭발하면서 반짝이는 불꽃들과 동그란 고리 모양의 연기가 굴뚝 밖으로 검은 후광처럼 흘러나왔다.

마르코는 경찰이 안토니오의 신원을 금방 파악하지 않기를 빌었다. 그렇게 되면 안토니오의 수영장 관리 서비스를 받았던 고객들을 조사하게 될 테니까.

Thomas Harris

안토니오가 무단결근을 하고 그가 가져간 회사 트럭도 찾지 못하자 수영장 관리 회사에서 안토니오의 실종 신고를 했다. 경찰이 수사를 시작한 지 고작 두 시간 만에 스트립몰에서 트럭이 발견됐다.

안토니오와 같이 일했던 여자 동료가 목에 아이스 팩을 대고 검시 비디오를 보다가 안토니오의 문신을 알아봤다.

한스 피터 슈나이더는 안토니오의 신원이 보도된 뉴스를 보고 시간이 얼마 안 남았다는 걸 알았다. 경찰이 안토니오의 고객들을 조사할 테니까.

한스 피터는 그때부터 이틀 동안 상황을 주시하며, 잃어버린 부하들을 충원했다. 그는 부하 두 명을 잃었는데, 펠릭스는 거기에 넣지도 않았다. 이제 남은 건 마태오 하나였다.

한스 피터는 자신이 데리고 있는 부하들의 인종과 언어가 다양한 편을 선호했다. 그래야 그들이 똘똘 뭉쳐서 자신을 배신할 음모를 꾸미기 힘들 거라 믿었다.

그는 핀 카터를 만나러 95번 주간고속도로 근처에 있는 매음굴과 섹스 토이 가게로 찾아갔다. 카터는 전에 그를 위해 일한 적이 있고, 각종 장비를 능숙하게 다루는 절도범이다. 카터는 그를 보고 화들짝 놀랐지만, 레이포드 교도소에서 징역 5년을 살고 막 나온 참이라 무슨 일이든 마다할 입장이 아니었다. 또 한 사람은 플라코 누네즈로, 가정폭력으로 유죄 판결을 두 번 받았고, 이모칼리에서 촙숍(훔친 자동차를 분해해서 그 부품들을 비싼 값으로 파는 불법적인 장사)을 운영하는 자였다. 플라코는 위생국에서 한스 피터의 술집을 폐쇄하기 전에 거기서 기도로 일한 적이 있었다.

경찰이 에스코바르 저택에 오지 않자 한스 피터는 작업을 재개했다.

카터가 플라코와 같이 지하실 벽 공사를 했고, 한스 피터는 지하실 계단에서 그 모습을 지켜봤다. 그는 안토니오의 검은 고딕풍 십자가 귀걸이를 하고 있었다. 그걸 하고 있으면 카리스마 있어 보였다.

그는 새 인부들에게 금고가 폭발할 가능성이 있다는 말은 일절 하지 않았다. 헤수스가 거짓말을 했을 수도 있지 않겠는가?

마이애미 해변은 지하수면이 너무 높기 때문에 실질적으로는 지하실을 만들 수 없다. 그렇게 되면 지하실이 물로 가득 차거나 집 자체가 물 위에 둥둥 떠다니게 될 테니까. 허리케인이 왔을 때 밀려드는 조수 위에 짓기 위해, 에스코바르 저택은 테라스처럼 밑에 말뚝을 받치고 그 위에 지은 다음, 흙을 더 가져와서 집 주위를 둘러쌌다. 그래서 그 지하실은 흙에 둘러싸인 채 어마어마한 조수가 밀려올 때만 아니라면 물에 잠기지 않을 정도로 높은 곳에 있었다.

카터와 플라코는 지하실 벽에 바른 시멘트를 다 긁어내어 금속 금고의 육지로 향해 있는 면을 드러냈다. 금고에는 문이 하나 달려 있었고 정면 전체에 실물보다 더 큰 크기로 쿠바와 뱃사공들의 수호성인인 누에스뜨라 세뇨라 델 라 카리다드 델 코브레가 선명하게 그려져 있었다. 금고 문에는 다이얼이나 열쇠 구멍은 하나도 없었고, 작은 손잡이만 하나 있었지만 돌아가진 않았다.

카터는 여신의 가슴에 드릴을 대고 누르기 전에 먼저 성호를 긋고 드릴의 트리거를 움켜쥐었다. 요란한 소리가 나면서 그 부분의 금속이 아주 살짝 동그랗게 깎여 나왔다.

그는 그 모습을 찬찬히 보다가 드릴에서 나오는 엄청난 소음에 움찔했다. 그는 정원으로 나가 전화를 걸었다. 상대가 전화를 받기까지 3분이나 기다렸다. 호흡기에 대고 숨을 들이마시는 소리가 나더니 콜롬비아의 바랑키야에 입원해 있는 헤수스 비야레알의 힘없는 목소리가 들렸다.

"헤수스, 이제 내가 당신에게 보낸 돈값을 해야 할 때가 됐어." 슈나이더가 말했다.

"슈나이더, 이제 당신이 내게 약속한 잔금을 보낼 때가 됐는데."

"지금 금고 문이 나왔어."

"내가 거기로 당신을 안내해줬잖아."

"다이얼은 없고, 작은 손잡이만 있어. 그걸 내가 열어야 할까?"

호흡기로 숨을 들이마시는 소리가 나더니, 잠시 대화가 끊겼다가 다시 힘없는 목소리가 들렸다.

"그건 잠겨 있지."

"그걸 내가 억지로 열어야 할까?"

"명줄 붙들고 싶다면 안 되지."

"그럼 조언을 해줘, 내 선량하고 오래된 친구 헤수스."

"현찰이 도착하면 금방 기억이 날 것 같은데."

"사방이 위험 천지인데도 시간도 얼마 안 남았어. 당신은 가족을 부양하고 싶잖아. 난 내 부하들을 지키고 싶고. 남을 협박하면 자기도 협박을 받게 돼. 내 말 무슨 말인지 이해할 정도의 총기는 남아 있나?" 슈나이더가 말했다.

"현찰을 셀 수 있을 정도의 총기는 있지. 이건 아주 간단한 문제야. 내게 주겠다고 약속한 돈을 줘. 지금 당장." 헤수스는 잠시 멈춰서 호흡기에서 산소를 들이마셔야 했다. "다른 사람들은 좀 더 후하게 나올지도 모르지. 나라면 그동안 누에스뜨라 세뇨라 델라 카리다드 델 코브레를 괴롭히지 않을 거야. 내 좋은 친구 슈나이더." 전화가 끊겼다.

슈나이더는 부엌 스토브 뒤에 손을 넣어서 대형 드릴의 전원 코드를 뽑았다. 그리고 지하실 계단으로 가서 부하들에게 말했다.

"좀 더 기다리든지 아니면 그걸 통째로 들어내야 해. 우리끼리 아무 방해도 받지 않고 작업할 수 있는 곳으로 옮겨야겠어. 엄청 큰 쇳덩어리니까 우리끼리만 있을 곳이 필요해."

TV 정오 뉴스에 안토니오의 신원이 다시 보도되면서 화면 아래쪽에 경찰에게 제보할 연락처가 떴다.

슈나이더는 포트로더데일에 있는 클라이드 하퍼에게 전화했다. 하퍼는 해상 공사 경험이 있고 마이애미 부동산 개발 회사들을 위해 유서 깊은 저택을 철거하는 짭짤한 부업을 하고 있었다.

마이애미와 마이애미 해변에 있는 고택들의 철거 허가를 받는 일은 아주 까다롭고 어렵기로 악명이 높았다. 그 집에 있는 오래된 오크나무 한 그루를 베고 집을 철거하는 허가를 받으려면 몇 주 혹은 몇 달씩 기다려야 했다.

하퍼가 가진 히타치 철거 기계는 건축물 준공 검사 책임자가 가족과 함께 집에서 보내는 일요일 몇 시간 만에 집 한 채를 돌무더기로 만들어버릴 수 있었다.

기계 운전석 옆에는 나무를 베어낼 때 같이 딸려오는 새 둥지들, 둥지에 있던 어린 새들과 거기 있던 모든 동물들의 보금자리를 쓸어 담을 쓰레기봉투 한 뭉치가 있었다.

철거 사실이 밝혀지면 역사협회는 문제를 제기할 것이고 건설업자는 12만 5,000달러의 벌금을 물게 될 것이다. 이 액수는 철거 허가가 나오길 기다리는 동안 들어가는 돈과 지붕에 모여든 독수리들처럼 그들을 들들 볶아댈 은행 직원들에 비하면 새 발의 피였다.

하지만 한스 피터가 원하는 건 하퍼의 바지선에 고정된, 50톤까지 들어 올릴 수 있는 윈치와 크레인이었다. 그는 클라이드 하퍼에게 금액을 제시했고, 2차 금액을 언급하자 계약이 성사됐다.

"일요일 낮에 끌어내기로 했어." 슈나이더는 흰색 민소매 티셔츠 차림으로 지하실에서 땀을 뻘뻘 흘리는 인부들에게 말했다.

21

콜롬비아, 바랑키야

택시 한 대가 천사의 자비 병원 앞에 있는 혼잡한 연석을 향해 조심스럽게 다가갔다. 손수레 노점상 하나가 주차 공간을 두고 택시 기사와 잠시 입씨름을 하다가, 뒷좌석에 앉은 수녀를 보자 성호를 긋고 물러났다.

소독약 냄새가 풍기는 1층 병동에서 신부 하나가 해골처럼 비쩍 마른 남자 주위에 커튼을 치고 병자에게 도유 의식(종교 의식에서 머리나 몸의 일부에 기름을 바르는 일)을 시작했다. 파리 한 마리가 여기저기 이가 빠진 법랑 대야에 앉아 있다가 훌쩍 날아와 성유에 앉으려 했다. 신부는 지나가는 간호 수녀를 불러, 이리 와서 파리를 좀 쫓아달라고 했다. 그녀는 대답도 하지 않고 가던 길을 가면서, 병동 주변에 있던 아이들에게 작은 사탕을 나눠줬지만 아이들이 수녀가 들고 있는 바구니에 가득 든 과일을 달라고 하자 거절했다.

수녀는 과일 바구니를 들고 병동 끝에 있는 개인 병실로 들어갔다. 헤수스 비야레알이 침대에 누워 있었다. 그는 수녀가 들어오자 기뻐하며 산소마스크를 벗고 싱긋 웃어 보였다. "안녕하세요, 수녀님. 그 바구니에 혹시 카드가 있나요? DHL 국제 택배 봉투 같은 건 혹시 없어요?" 그가 힘없는 목소리로 물었다.

수녀는 생긋 웃으면서, 쓰고 있던 머리 가리개 밑에서 봉투 하나를 꺼내 그의 손에 올려줬다. 그리고 하늘을 가리켰다. 수녀는 그의 침대 옆에 와서 탁자에 놓인 자질구레한 것들을 치우고 그가 손을 뻗을 수 있는 거리에 과일 바구니를 올려놨다. 그녀에게서 향수와 담배 냄새가 났다. 수녀님이 몰래 담배를 피우다니 재미있다고 헤수스는 생각했다. 그녀는 헤수스의 손을 토닥이고 고개를 숙여 기도했다. 헤수스는 자신의 베개에 핀으로 고정시켜둔 성 디스마스 메달에 입을 맞추고 말했다. "디오스 세 로 파게(신이 당신에게 보답할 것입니다)." 봉투에는 우편환 2,000달러가 들어 있었다.

병원 앞에서 돈 에르네스토가 탄 검은 레인지로버가 멈췄다. 경호원인 이시드로 고메즈가 앞쪽 조수석에서 나와서 돈 에르네스토를 위해 뒷문을 열었다.

그들 뒤에 있던 택시 가사가 타블로이드지인 〈라 리베르타드〉(자유라는 뜻)를 펴들고 얼굴을 가렸다.

돈 에르네스토가 병원 안으로 들어서자 바로 알아보고 그의 이름을 부르는 환자들을 고메즈와 같이 지나쳐갔다.

수녀가 아이들에게 사탕을 나눠주며 밖으로 나오고 있었다. 그녀는 머리 가리개 밑으로 돈 에르네스토를 힐끗 보고 지나치면서 바닥을 보며 미소 지었다.

돈 에르네스토는 헤수스의 열려 있는 병실 문을 노크했다.

"잘 왔어." 헤수스가 산소마스크를 낀 채 속삭이고, 대화를 나누려고 마스크를 옆으로 잡아당겼다. "경호원에게 신체검사도 안 당하고 이렇게 바로 만나다니 영광이군."

"이제부터 내가 하는 말을 들으면 아주 기쁠 거요. 준비됐습니까?" 돈 에르네스토가 말했다.

헤수스는 바짝 마른 손으로 어서 해보라고 손짓했다. "궁금해서 죽을 것 같네. 그래서 내가 죽어가나 봐."

돈 에르네스토는 주머니에서 종이 몇 장과 사진 한 장을 꺼냈다. "내가 당신 부인과 아들에게 이 사진에 나온 집을 줄 수도 있어요. 루피타가 당신 부인과 처형에게 이걸 보여줬지요. 무례한 말을 할 생각은 없지만 당신 처형은 사람이 굉장히 깐깐한데다 말도 막 하더라고요."

"당신은 정말 상상도 못 할 거야. 처형은 평생 내 트집만 잡고 살았다니까." 헤수스가 말했다.

"그렇긴 하지만 처형도 이 집에 아주 감동합디다. 당신 부인도 이 집에 반했고. 엄격한 자기 언니네 집보다 훨씬 좋아서 아주 행복하다고 하더군요. 부인이 이 주택의 소유권 증서를 판사에게 가져갔어요. 판사한테 이 증서가 진짜라는 인증도 받았고. 거기 덧붙여서 당신 부인과 아들이 이 집을 영원히 유지할 수 있을 만큼 충분한 돈도 내가 제공할 거고. 그 돈은 이미 조건부 날인 증서로 보관해뒀고 여기 은행 영수증도 있어요. 그러니 내게 다 말해줘요. 당신이 파블로를 위해 마이애미에 뭘 운반했는지 그리고 내가 그걸 어떻게 손에 넣을 수 있는지."

"방법이 좀 복잡해."

"헤수스. 이제 좀 그만 질질 끌어요. 슈나이더가 그 금고를 찾아냈어요. 내게 장소에 대한 정보를 팔아먹을 생각은 하지 말아요. 이미 알고 있으니까. 당신은 그 정보를 이미 슈나이더에게 팔아먹었고."

"그 금고를 잘못 열면 그것 때문에 몇 마일 밖에서까지 요란한 소리를 들을 수 있을 거란 말을 하려던 참이었어. 먼저 보증이 필요한데-"

"당신은 당신 변호사를 믿어요?"

"내 변호사? 당연히 안 믿지. 무슨 그런 질문을 하고 그래!" 헤수스가 말했다.

"하지만 아내 말은 믿잖아요." 돈 에르네스토가 말했다. 그가 주먹으로 문을 쾅쾅 두드리자 헤수스의 아내와 십대 아들이 방으로 들어왔다. 아주 강퍅해 보이는 헤수스의 처형도 다리 긴 새처럼 경중경중 들어와 두 남자와 방과 옆에 놓인 과일까지 마땅찮은 표정으로 훑어봤다. 그녀는 그 과일이 왁스를 바른 모형이라고 생각했다.

"가족끼리 이야기할 수 있게 자리를 비켜줄게요." 돈 에르네스토가 말했다.

고메즈와 그의 운전기사와 돈 에르네스토가 병원 앞에 있는 계단에서 담배를 피우고 있을 때 헤수스의 아내와 처형과 아들이 나왔다. 돈 에르네스토는 모자를 살짝 들어 숙녀들에게 인사하고 아들과 악수를 나눴다. 고메즈가 그들 일행이 대기 중인 차에 타는 걸 도와줬다.

연석에 있는 택시는 공회전을 하고 있었고, 택시 기사는 신문으로 얼굴을 가리고 있었다. 고메즈가 택시로 다가가서 검지로 그 신문을 밀어내고 택시 기사의 얼굴을 봤다. 그리고 수녀가 앉아 있는 뒷좌석을 들여다봤다. 그는 수녀에게 모자를 들어 인사했다. 택시 기사는 몬치와 알렉산드라가 부르는 슬픈 바차타(도미니카공화국에서 시작된 로맨틱한 음악 스타일) 노래를 듣고 있었다. 기사는 고메즈의 체취를 맡을 수 있었다. 고급 향수와 트리 플로 건 오일이 섞인 냄새였다.

그는 고메즈가 갈 때까지 꼼짝 않고 앉아 있었다.

돈 에르네스토가 다시 고메즈와 같이 병원으로 들어갔다.

택시에 있던 수녀가 담배에 불을 붙이면서 핸드폰을 꺼냈다. "슈나이더 씨 대줘요. 씨발, 어서 서둘러!"

5초 정도 기다리자 전화가 연결됐지만 상태는 그리 좋지 않았다. "이봐요. 우리 친구가 다시 병원으로 돌아갔어요. 이제 그 수다쟁이랑 같이 있네." 수녀가 말했다.

"고마워, 팔로마. 그리고 칼라 건은 잘 안 풀렸어. 아니, 돈은 당신이 갖고 다른 여자를 보내줘. 러시아 여자면 좋겠어." 한스 피터 슈나이더가 말했다.

병동 안에서 목발을 짚고 서 있던 환자 하나가 헤수스의 방으로 돌아가는 돈 에르네스토의 소매를 붙잡고 매달렸다. 고메즈가 환자를 떼어내려 했지만 돈 에르네스토가 말했다. "괜찮아."

환자는 눈에 눈물이 가득 고인 채 자신의 문제를 중얼중얼 늘어놓기 시작했다. 그러면서 자신의 등에 생긴, 빨갛게 염증이 생긴 상처를 보여주려고 애를 썼다.

"이 사람에게 돈 좀 줘." 그가 고메즈에게 말했다.

"디오스 세 로 파게." 환자는 그렇게 말하면서 돈 에르네스토의 손에 키스하려고 했다.

병실에 있는 헤수스는 별 입맛이 없는 표정으로 과일 바구니를 보고 있었다. 바구니가 침대 탁자를 다 차지하고 있었다. 그때 바구니에서 작은 선율이 흘러나왔다. 멕시코의 집합 나팔 소리인 "엘 데게요"였다. 헤수스는 바구니 안을 들여다보려고 애를 썼지만, 몸에 달려 있는 튜브에 걸려서 과일 몇 개가 바닥으로 굴러 떨어졌다. 그는 바구니 안을 더듬거리다 마침내 바닥에 있는 핸드폰을 발견했다.

"여보세요."

한스 피터 슈나이더의 목소리가 들렸다. "헤수스, 손님이 찾아왔던데. 그 사람한테 뭘 말했어? 나한테 돈을 받은 대가로 알려준 정보를 그 인간에게도 팔았나?"

"맹세하는데 아무 말도 안 했어. 이런 푼돈 말고 잔금을 보내라니까, 한스 페드로. 내가 주는 정보로 당신과 당신 부하들 목숨을 구해줄 수 있다니까."

"난 한스 페드로가 아니라 한스 피터야. 당신보다 높은 사람, 당신의 후원자란 말이야. 내가 줘야 할 돈은 다 줬어. 이제 그걸 여는 방법을 말해."

"당신은 도해가 필요해, 존경하는 나리. 당신이 필요한 그림이 나에게 있지. 남은 돈과 우편요금을 선납한 봉투를 DHL로 보내. 모레까지 기다려주지, 전하."

1,078마일 떨어진 곳에서 슈나이더의 속눈썹 없는 눈꺼풀이 홱 올라갔다. 그의 눈이 당장이라도 튀어나올 것 같았다.

"지금 돈 에르네스토랑 같이 있지, 그렇지? 너희 둘이 지금 처

웃고 있겠지. 그 새끼 바꿔. 그 새끼에게 핸드폰 넘겨." 슈나이더가 말했다. 그는 지금 입에 거품을 물고 또 다른 핸드폰으로 번호를 누르고 있었다.

"아니, 나 혼자야. 우리 다 그렇듯 말이지. 돈 보내. 이 짠내 나는 멍청아. 이 대머리 새끼야. 안 그러면 네 불알이 화성까지 날아갈 때 안부 보내든가."

순간 핸드폰이 폭발하면서 헤수스의 머리가 병실 사방으로 날아갔고, 그 바람에 병실 문짝까지 폭파됐다. 돈 에르네스토가 병실 문손잡이를 잡았을 때 문이 폭파되면서 파편 하나가 그의 눈 위를 베고 날아갔다.

에르네스토가 연기 속으로 들어왔다. 아직 경련을 일으키는 헤수스의 몸에서 피가 콸콸 쏟아져 나왔다. 그의 두개골 한 조각이 천장에 박혀 있다가 돈 에르네스토의 몸으로 떨어졌다. 그는 손으로 털어냈다. 그는 슬프지만 침착해 보였다. 그의 뺨에서 피 한 방울이 눈물처럼 흘러내렸다. 그는 침대 옆 탁자를 찾아봤지만 아무것도 없었다.

"디오스 세 로 파게." 그가 말했다.

22

콜롬비아 바랑키야에 있는 알프레도 댄스 아카데미는 술집과 카페가 밀집한 거리에 있다. 아카데미 문에는 탱고를 추는 커플의 그림이 붙어 있었지만, 여기서 실제로 가르치는 과목 중에 탱고는 없었다.

이 아카데미는 소매치기, 절도, 강도 짓을 가르치는 텐 벨스 학교의 현 본부다. 학교 이름은 사람들에게 몰래 다가가는 기술을 가르치기 위해 소매치기 피해자 역할 담당자의 옷에 종을 열 개 달아놓고 실시하는 테스트의 이름을 따서 지은 것이다. 난이도를 높이기 위해 가끔 피해자 주머니 안감에 낚싯바늘이나 면도날을 넣어두는 경우도 있다.

아카데미 2층에는 커다란 개방형 댄스 플로어가 있다. 아침나절에는 스튜디오의 높은 곳에 나 있는 여러 개의 창문으로 기분 좋은 산들바람과 거리의 소음이 들어온다.

댄스 플로어의 한쪽 구석에는 공항의 푸드코트 카페처럼 꾸민 음식이 들어 있는 진열장과, 서서 먹는 테이블과, 양념 통이 여러 개 놓인 테이블이 있다. 한 다스 정도 되는 10대와 20대 초반의 젊은이들이 스트리트 패션 스타일 차림으로 바닥에 앉아 있었다. 이 학생들은 유럽과 미 대륙의 6개국 출신이다.

강사는 마흔 살 정도 됐다. 그는 푸마 로고가 새겨진 옷을 입었고, 안경은 머리 위에 걸치고 있었다. 그는 자신이 안무가라고 생각했고, 교도소에서 새긴 문신 위에 셔츠를 입으면 정말 그렇게 보였다. 전 세계 대도시에 있는 공항 경찰서의 게시판에 그의 사진이 붙어 있었다.

학생들은 팀을 짜서 양념 닦아주기 기법을 연습하고 있었다. 강사가 설명했다.

"이 양념 닦아주기 기법을 할 땐 미리 세팅을 해놓고 표적이 푸드코트로 들어가는지 보고 있어야 해. 그래야 네가 훔치고 싶은 걸 상대가 어느 손에 들고 있는지 확실히 알아둘 수 있지. 예를 들어 그가 왼손에 들고 있는 노트북 가방이 목표라고 해보자. 일단 그걸 확실히 봐둬. 왼손인 걸 확인하는 거지. 그다음에 겨자나 마요네즈를 표적의 오른쪽 어깨 뒤에 묻혀서 그가 왼손으로 그걸 닦게 만들어. 그다음에 숙녀 분들, 너희들이 걸어가는 남자에게 뒤에 겨자 얼룩이 묻었다고 손으로 가리키면서 반드시 아무것도 안 들고 있는 오른손에 곧바로 휴지를 쥐어줘야 해. 그래야 얼룩을 닦겠다고 왼손에 들고 있던 가방을 오른손으로 바꿔 들 수 없으니까. 그렇게 되면 표적은 어쩔 수 없이 가방을 내려놔야 해. 가방을 바닥에 내려놓고 고개를 돌려서 어깨 뒤에 묻은 얼룩을 보는 거야. 가방에서 시선을 돌리는 거지. 그 사람을 돕는 동안 여러분의 가슴으로 그 사람 팔을 살짝 밀어. 뽕 브라를 차고 있으면 양복 코트를 입고 있어도 그 짜릿한 느낌이 충분히 전달될 거야. 그때 여러분의 파트너가 슬쩍 가방을 바꿔치기하는 거지. 얼마나 많은 사람들이 엉뚱한 쪽 어깨에 얼룩이 지게 하는지, 또 화장지를 얼마나 늦게 주는지 알면 여러분 모두 놀랄 거야. 그렇게 일을 망치는 것들이 결국 공항에서 창문도 없는 작은 방에 갇혀 오줌이 마려 죽을 것 같은 시간을 참으면서 보석 보증인이 오길 기다리는 신세가 되는 거야. 자, 이제 해보자. 빈센트와 칼리타. 너희 둘이 해봐. 자, 자리 잡고 서! 오케이. 피해자도 정하고. 시작!" 강사는 자신의 입 주위에 두 손을 동그랗게 모아 쥐고 콧소리를 내며 말했다. "휴스턴 행 88 비행편이 지금 11번 게이트에서 탑승 시작했습니다. 라레도, 미드랜드, 엘 파소 연결편이 있습니다."

댄스 플로어 한쪽에 있는 사무실에서 돈 에르네스토 리바라는 학생들의 흥분한 목소리, 달리는 발소리, 잘못된 지시를 내리는 말을 들었다. 칼리타가 엉뚱한 방향을 가리키며 소리를 지르고 있었다. "그 사람은 저쪽으로 갔어요, 내가 봤어요!"

텐 벨스 학교 교장이자 이곳 졸업생들이 가담한 범죄 조직의 활동 책임자로서, 돈 에르네스토는 지금 세상을 떠난 안토니오의 부모에게 보내는 편지를 쓰는 어려운 일을 하고 있었다. 수표도 동봉할 것이다. 수표에 적힌 금액이 후하긴 하지만 그들이 불쾌하게 받아들일지도 모른다고 생각했다. 그렇게 느끼길 바랐다. 그러면 부모는 그에게 화를 내면서 돈을 쓸 것이고, 그 덕분에 말로 그들을 위로해야 하는 부담은 덜 수 있을 테니까.

돈 에르네스토의 비서가 사무실 문에 노크하더니 대포 폰 하나를 가지고 왔다. 그녀는 핸드폰을 냅킨에 싸서 가져왔고, 그도 냅킨째 받았다. "5분 후에 전화가 올 겁니다. 사장님도 아는 분이세요." 그녀가 말했다.

포르토프랭스(아이티의 수도)의 사람들로 붐비는 아이언 마켓 안에 있는 매장 투르 드 레브는 낡은 자전거들을 모두 싸게 팔려고 내놓았다. 대부분 마이애미에서 밤에 들여온 이 자전거들은 모두 정비를 한 것이고, 최소 한 달은 품질 보증을 해준다. 이 가게 사장인 장 크로스토프는 아까 낮에 가게 앞에 진열해놓은 자전거들을 커다란 체인으로 안전하게 잠가놓고 노트북을 가지고 인터넷 카페로 가서 바랑키야에 이메일을 한 통 보냈다. 내용은 다음과 같았다.

안녕하세요, 사장님. 편한 번호를 하나 보내주시겠어요?

몇 분 만에 답신이 왔다. +57 JK5 1795.

바랑키야에 있는 알프레도 댄스 아카데미에서 돈 에르네스토가 들고 있던 핸드폰이 윙 소리를 내며 진동했다.

"장 크리스토프입니다, 사장님."

"봉주르, 장 크리스토프! 어떻게, 밴드는 잘되고 있나?"

"그걸 다 기억하세요? 부갈로가 공연을 가서 자리가 비는 운 좋은 밤이면 우리 밴드가 올롭슨 호텔에서 연주합니다."

"밴드 DVD는 언제 나오는데?"

"아직 작업 중입니다, 물어봐주셔서 감사해요, 돈 에르네스토. 스튜디오 녹음을 좀 더 해야 합니다. 돈 에르네스토, 제가 전화 드린 이유가 말이죠. 마이애미에서 제게 배로 자전거를 운송해주는 사업 파트너가 있거든요. 그 친구가 파라과이 출신에 말할 때 목에서 그르렁거리는 소리가 나는 사람에게 전화를 한 통 받았답니다. 그 사람은 대머리라는데. 그 사람이 우리 고나이브 항구에서 일손을 찾아달라고 부탁했다더군요."

"어떤 일손을?"

"마이애미에서 뭔가 아주 무거운 걸 배로 실어와서 우리 항구에서 다른 배로 옮겨 싣겠다고 했답니다. 입단속을 아주 단단히 시켰대요. 배로 실어온 걸 고나이브 항구에서 트롤선으로 옮기겠다고 했다는데. 사장님이 관심이 있으실 것 같아서 전화 드렸어요. 그 대머리를 아세요?"

"알지."

"일주일 후에 소형 화물선인 제지 레브가 마이애미에서 출발합니다. 거기에 제게 보낼 자전거들이 무더기로 쌓여 있거든. 제 친구가 내일 밤 배 위에서 그 대머리와 만난 후에 제게 전화하기로 했습니다. 이 핸드폰은 버릴까요?"

"그게 좋겠네. 마이애미에 있는 당신 친구에게 목에 스카프를 두르라고 하게. 환한 오렌지색이면 좋겠어. 내 비서에게 자네 계좌번호를 알려주겠나? 고맙네. 그리고 밴드 일도 행운을 비네."

사무실 문을 노크하는 소리가 들렸다. 돈 에르네스토를 보좌하는 파올로였다. 그는 무뚝뚝한 30대 남자로, V자로 머리털이 난 부분이 아주 또렷하게 드러나 있었다.

돈 에르네스토가 질문을 하려고 눈썹을 치켜 올리자 눈 위의 꿰맨 자리에서 순간 찌릿한 통증이 느껴졌다. "파올로, 지금 사우스 플로리다에 누가 나가 있지? 지금 당장 말이야."

"탬파에서 보석상 작업을 하는 유능한 팀이 하나 있습니다. 빅터, 촐로, 파코와 캔디죠."

돈 에르네스토는 책상에 있는 서류들을 훑어봤다. 그리고 조의 문을 들어서 이빨에 대고 톡톡 쳤다. "빅터 팀이 암살 작전을 한 적이 있나?" 그는 고개를 들지도 않고 말했다.

파올로가 곧바로 대답했다. "경험이 부족하진 않습니다."

마이애미의 선박 수리소에서 마르코 선장이 핸드폰에 걸려온 전화를 받았다.

"안녕, 마르코."

"돈 에르네스토! 안녕하세요, 사장님."

"마르코, 자네 성당에 가본 지 얼마나 됐나?"

"기억이 안 납니다."

"그럼 이제 자네의 영적인 삶에 공을 들일 때가 됐군. 내일 저녁 여섯 시 미사에 나가게. 보카에 아주 근사한 성당이 있어. 자네를 도와주는 사람들을 데려가서 안토니오를 위해 기도해. 모두 자네를 볼 수 있게 앞자리에 앉게. 성당에서 자네들 사진도 찍고."

"누구라고 말은 못 하겠습니다만 영성체를 할 수 없는 사람들도 있는데요."

"그런 사람들은 그때 슬쩍 빠져 나오든지, 아니면 영성체 할 때 가만히 바닥만 보고 앉아 있으라고 해. 미사가 끝나면 마이애미에서 북쪽으로 한 시간 거리에 있는 고급 레스토랑에 가서, 음식 맛이 뭐 이따위냐고 항의하면서 요리 하나를 주방으로 돌려보내 그 사람들이 열받게 만들어. 그다음에 팁을 아주 두둑하게 줘서 레스토랑 사람들이 모두 자넬 기억하게 만들게. 자네 친구 파보리토는 어쩌고 있는지도 알아보고."

Thomas Harris

chapter

23

그 스테이션왜건은 도로가 붐비는 아침 출근 시간이 지난 후 탬파를 빠져 나와, 동쪽으로 달려 앨리게이터 앨리를 건너서 마이애미로 향했다.

그 여자 캔디는 뒤쪽에 타고 있었다. 그녀는 서른다섯의 미인으로, 상당히 거친 삶을 살아온 분위기가 풍겼다. 나머지 셋은 모두 30대 남자였다. 빅터, 촐로, 파코 모두 깔끔하게 차려 입고 있었다.

그들이 노리는 보석 배달업자를 작업하는 일은 미뤄야 했다.

"그 자식은 LA에서 잡지 뭐." 빅터가 말했다.

"그 자식이 뭘 좋아하는지 이제 알아냈으니까." 파코는 입술에 립밤을 바르는 캔디를 탐욕스런 표정으로 바라보며 말했다.

캔디는 그를 역겨운 표정으로 바라보더니 립밤을 조심스럽게 핸드백 안쪽의 핸드폰 넣는 칸에 넣었다. 그래야 립밤이 권총의 방아쇠울로 들어가는 사태를 막을 수 있으니까.

마이애미 서쪽에 있는 그 창고는 옅은 초록색에 창문은 하나도 없는 거대한 건물이었다.

작곡에 관심 있는 파코에게 그곳은 도살장처럼 보였다. "보관소라. 완전 꿈의 도살장이군." 그가 말했다.

캔디가 운전석에 앉아서 기다리는 동안 빅터, 파코와 촐로가 안으로 들어갔다. 그들을 만난 남자가 자신의 이름을 밝히지 않자 빅터가 말했다. "당신을 '버드'라고 부를게."

빅터가 버드에게 손바닥에 올려놓은 동전 하나를 보여줬다. 버드는 그들을 데리고 문이 여러 개 있는 어두운 복도로 데려갔다. 신발 고린내와 낡은 침구들과 얼룩진 걸 뭉쳐놓은 침대보 냄새가 났다. 이혼의 결과로 남은 가구들, 어린이용 카시트같은 물건들에서 실패한 인생의 분위기가 물씬 풍겼다. 파코는 살짝 몸서리를 쳤다.

칸막이로 분리된 여러 개의 보관소는 마치 싸구려 여인숙처럼 천장이 툭 터져 있고 그 자리에 묵직한 철망들이 달려 있었다. 버드는 어떤 문 앞에 멈춰 서서 빅터가 끈으로 묶은 지폐 두 뭉치를 꺼낼 때까지 그를 빤히 바라봤다.

"절반씩 나눠줄게, 버드. 먼저 내게 보여줄 게 있잖아." 빅터가 그에게 지폐 뭉치 하나를 주면서 말했다.

그 보관소 안에는 소형 그랜드 피아노, 이동용 바(술병들이 들어 있는 카운터), 잠긴 묵직한 캐비닛이 하나 있었다. 버드는 피아노 의자의 윗부분을 들어올리고 그 안에서 악보 사이에 끼워진 열쇠 하나를 꺼냈다.

"복도 확인해." 버드가 파코에게 말했다.

"안전해." 파코가 말했다.

버드는 열쇠로 캐비닛을 열어서 MAC-10 경기관총 두 자루, AK-47 하나와 AR-15 공격용 소총 하나를 꺼냈다.

"자동, 반자동 선택할 수 있어? 완전 자동이야?" 빅터가 물었다.

버드가 그에게 AR-15를 기관총으로 만들 수 있게 끼우는 걸쇠를 줬다.

"이거 다 깨끗한 물건이지? 추적 안 되는 거 확실하지?" 빅터가 물었다.

"네 목숨을 걸어도 돼."

"아니지, 네 목숨을 걸어야지, 버드."

버드는 아코디언 케이스에 그 총들과 장전한 탄창들과 소음기들을 넣었다. 베이스 색소폰 케이스에는 짧은 산탄총을 넣었다.

빅터가 파코를 봤다. "마침내 네가 연주할 수 있는 악기가 나왔군."

오후에 그들은 아메리카 몰에서 쇼핑을 했고, 캔디는 머리를 염색했다.

24

카리는 사랑하는 사람을 잃은 슬픔과 고통을 가슴에 묻고, 바쁘
게 지냈다.

그들이 안토니오의 머리를 화장한 다음 날, 그녀는 줄리에타와
같이 일을 하나 맡았다. 펠리컨 하버 시버드 스테이션에서 버드
키의 떼까마귀가 사는 숲으로 가는 보트 투어에 음식을 제공하고
돈을 벌게 됐다. 보트에 탄 사람들에게 어떤 음식을 내놔야 할까?
국물이 흐르지 않는 핑거푸드(손으로 쉽게 집어 먹을 수 있는 음식)다.

엠파나다(중남미의 스페인식 파이 요리), 미니 샌드위치, 이쑤시개
에 꽂은 초리조(스페인이나 라틴 아메리카 양념을 많이 친 소시지). 예산
에 맞으면 아보카도를 반으로 잘라서 그 속을 세비체(페루의 해산
물 샐러드)로 채운 요리도 하고. 달콤한 음료수, 럼주와 보드카와 맥
주도 내야 한다.

전에는 미니 돼지갈비 요리도 했지만 음식에서 흘러내린 바비

큐 소스 때문에 배 안이 온통 찐득거려서 둘이서 배를 박박 문질러 닦아야 했다. 배에서 불을 쓰는 요리는 할 수 없지만, 보트용 정박지에 있는 그릴은 쓸 수 있었다. 두 사람은 진료소 소독기에 엠파나다를 데우고 만두를 쪘다.

그 투어 보트는 상당히 컸는데, 사방이 탁 트인 개방형에 지붕에는 캔버스 천을 달았고, 화장실은 조타 장치 옆에 있었다. 구명구는 40개가 있고 긴 좌석들 주위로 난간이 둘러져 있었다.

투어를 신청한 서른 명 중 상당수는 평생 즐겁게 해줘야 할 배우자가 있는 마이애미 사람들이었는데, 이 투어는 본전을 뽑고도 남았다. 기부금으로 운영되는 시버드 스테이션에 대한 후원을 장려하는 것이 이 투어의 목적이었다. 정규 투어 루트는 버드 키의 떼까마귀 무리가 사는 숲을 한 바퀴 돌고, 날이 어두워지면 고층 건물들이 있는 마이애미 강 상류로 올라가서 절로 탄성이 나오는 아름다운 스카이라인을 보는 것이다. 오늘 밤은 베이프런트 공원에서 열리는 불꽃놀이를 보기 위해 보트를 잠시 멈출 것이다.

펠리컨 하버 시버드 스테이션의 책임자이자 수의사인 릴리벳 블랑코 박사가 오늘 밤 파티의 안주인이었다. 그녀는 일곱 살 때 피터팬 작전(1960년에서 1962년까지 보호자를 동반하지 않은 쿠바 어린이들을 미국으로 집단 이주시킨 작전)을 통해 혼자 미국에 왔다.

블랑코 박사는 종종 카리가 동물 치료를 돕는 걸 허락했다. 검은 바지 정장을 입고 진주 목걸이를 목에 건 박사는 오늘 밤 달라 보였다. 남편도 같이 왔다. 그는 하이알라이 프론톤(하이알라이 경기를 하는 건물) 일부를 소유하고 있었다.

블랑코 박사가 환영사를 몇 마디 하는 동안 보트가 출발했다.

보트는 통통 소리를 내며 남쪽으로 가서 79번가 둑길 아래로 흘러갔다. 버드 키는 합쳐서 약 4에이커에 달하는 수풀이 우거진 천연 섬과 매립지 두 개로 이뤄져 있다. 버드 키는 개인 소유라 이곳에 배정된 국가 기금은 없었다.

새들이 둥지로 돌아오고 있었다. 따오기, 해오라기, 펠리컨, 물수리, 왜가리 들이 떼로 몰려오고 있었는데 어두워져가는 동쪽 하늘을 배경으로 햇빛을 받은 하얀 해오라기들과 따오기들이 찬란하게 빛났다.

이렇게 한 번씩 투어를 할 때마다 이 스테이션이 맡은 사명을 관람객들에게 보여주고 기부금을 모으기 위해 치료를 받고 회복된 새 한 마리씩 자연으로 돌려보내고 있다. 오늘 밤은 사람으로 치면 청소년기에 해당하는 해오라기 한 마리를 이동장에 넣어서 가져왔다. 이동장을 수건으로 덮어 어둡게 해주고 새가 최대한 차분히 있게 했다.

몸집이 상당히 큰 아기 새는 허리케인 이르마에 휘말리는 바람에 둥지에서 떨어져 팔꿈치가 탈구됐다. 수분을 보충해주고, 다쳤던 관절이 다 낫고, 스테이션의 그물로 만든 비행 코스에서 나는 연습을 하면서 날개를 계속 운동시켰기 때문에 이 새는 이제 떠날 준비가 됐다.

선장이 얕은 물속에서 보트를 버드 키에 최대한 가깝게 댔다.

카리는 새 이동장을 보트 뒤쪽으로 가지고 와서 난간 위에 올려놓고 균형을 잡았다.

인기 있는 한 TV 일기 예보관이 환경에 대해 짧은 연설을 하는 장면을 방송국 팀원들이 촬영했다. 그는 난간 앞에 서 있었고, 카리는 카메라에 잡히지 않게 멀찍이 떨어진 채 새 이동장을 들고 있었다. 그녀는 수건을 치우고 이동장의 문을 열었다. 새가 문 반

Thomas Harris

대쪽을 보고 있었기 때문에 꼬리만 보였다. 일기 예보관은 어떻게 해야 할지 몰랐다.

"꼬리 깃털들을 흔들어주면 돌아설 거예요." 카리가 말했다.

등치만 컸지 아직 어린 새는 몸 주위에 솜털이 보송보송하게 나 있었다. 자기 꼬리가 움직이는 걸 느끼자 새는 휙 돌아서서 머리를 문 밖으로 내밀었다가 다른 왜가리들이 버드 키 주위를 빙빙 도는 모습을 보고 그들에게 가기 위해 로켓처럼 날아올랐다.

카리의 영혼도 그 해오라기와 같이 날아올랐고, 안도했던 마음은 아기 새가 섬 위로 날아올라 다른 새들과 섞여서 분간할 수 없게 되자 사라졌다.

보트는 공원에서 진행되는 불꽃놀이를 보기 위해 남쪽으로 가기 전, 떼까마귀 무리가 사는 섬 주위를 한 바퀴 돌기 시작했다.

많은 승객들이 야외용 쌍안경을 가지고 있었다. 그들 중 하나가 선장에게 뭐라고 하면서 엠파나다로 뭔가를 가리켰다.

카리가 핑거 샌드위치 쟁반을 내려놓자 선장이 그녀에게 자신의 쌍안경을 건넸다.

섬에서 물수리 한 마리가 나뭇가지에 엉켜 있는 낚시 목줄에 걸려 거꾸로 매달려 있었다. 거꾸로 매달린 새 밑에 있는 낚시 바늘에는 말라가는 생선 한 마리가 걸려 있었다. 새는 한쪽 날개를 힘없이 퍼덕이고 있었다. 부리는 벌어져 있었고, 검은 혀가 튀어나와 있었다. 그 새는 거대한 발톱으로 허공을 더듬고 있었다.

승객들이 난간으로 몰려들었다.

"와우, 저 무시무시한 발톱 좀 봐봐!"

"저놈이 생선을 훔치고 있었네."

"음, 이제는 도둑질도 못하겠군."

"우리가 어떻게 해줄 수 없나요?"

물이 너무 얕아서 보트는 더 이상 가까이 갈 수 없었다. 그들은 섬 가장자리에 있는 붉은 망고 숲에서 약 50미터 정도 떨어져 있었다. 나무 사이의 땅바닥을 뒤덮은 쓰레기들과 덤불을 볼 수 있을 정도로 가까운 거리였다.

그 쓰레기는 버드 키에게는 은총이자 저주였다. 쓰레기 때문에 피크닉을 즐기는 사람들이 섬에 들어가지 않았지만, 동물들이 가끔 그 쓰레기 더미에 걸려서 옴짝달싹 못 하는 사태가 벌어졌다.

카리는 쌍안경으로 그 새를 바라봤다. 새는 줄에 꽁꽁 묶인 채 사나운 눈으로 위쪽을 바라보고 있었고, 하늘을 향한 커다란 발톱들이 허공을 움켜쥐고 있었다. 새들이 그 위에서 빙빙 돌았다. 한 줄로 늘어선 하얀 따오기 무리가 나무에서 밤을 보내기 위해 내려오기 시작했다.

카리는 묶여 있는 새에게 마음이 사로잡혔다. **묶여 있다. 물속의 그 아이들도 묶여 있었다. 그들은 두 팔을 등 뒤로 묶인 채 서로 머리를 맞대고 서 있을 수밖에 없었다. 총의 안전장치들이 풀리고, 일제히 사격이 시작됐을 때도 그렇게 머리를 맞대고 있을 수밖에 없었다. 그들은 총에 맞아 피를 숄처럼 두른 채 물 위를 둥둥 떠내려갔다.**

"내가 데려올게요. 여기서 배를 멈출 수 있으면, 내가 새를 데려오겠어요." 그녀가 선장에게 말했다.

선장이 차고 있던 손목시계를 봤다. "우리 불꽃놀이 보러 가야 하는데. 스테이션에 있는 다른 사람이 소형 보트를 타고 구하러 올 수 있지 않을까."

"스테이션에는 지금 아무도 없어요. 내일이나 돼야 사람들이 와요." 카리가 말했다.

가끔 자원봉사자들이 섬에 가서 줄이나 쓰레기에 걸린 새들을 구하지만, 정기적으로 하는 일은 아니었다. 사나운 새들을 두려워하는 사람들도 있다.

"카리, 당신은 보트에서 할 일이 있잖아."

"전 여기 내려두고 가셨다가 오는 길에 데리러 오시면 돼요. 제발요, 선장님. 음식은 줄리에타 혼자서도 서빙할 수 있어요."

선장은 카리의 얼굴을 보고 그녀가 어떻게든 할 거라는 걸 알았다. 그는 카리가 자신을 거역하게 만드는 상황으로 몰아가고 싶지 않았다. 그러면 그녀를 해고해야 할 테니까. 카리의 어깨너머로 블랑코 박사가 자신을 바라보는 게 보였다. 박사가 선장에게 고개를 끄덕여 보였다.

"최대한 빨리 해. 20분 이상 걸리면 내가 해양 순찰대에 연락해서 너랑 같이 있어달라고 할게." 선장이 말했다.

수심은 보트 옆에서 보면 약 1.2미터로 상당히 깨끗했다. 잔물결이 이는 모래 바닥에서 물풀들이 부드럽게 흔들리고 있었다.

선장이 보트에서 쓰는 작은 공구상자를 열었다. "필요한 걸 가져가."

카리는 펜치 하나와 전선 절연용 테이프를 챙겼다. 다행히 모터가 뜨거울 때 끼고 작업할 수 있도록 누군가 넣어둔 장갑이 있었다. 응급치료 용품을 넣어두는 상자도 있었는데 많이 들어 있진 않았다. 붕대용 거즈, 붕대에 붙이는 테이프, 반창고, 네오스포린 (상처 치료 연고) 하나.

카리는 냉장박스 안에 그 도구들과 응급치료 용품을 넣고 어느 승객의 비치백에 들어 있던 수건 하나도 같이 챙겼다. 그리고 앞치마를 벗고 구명조끼를 입었다. 신발을 신은 채 물속에 뛰어들었다. 물 온도는 약 23도였지만 옷 속에 차오르는 물이 시원하게 느껴졌다. 발이 바닥에 닿았고, 풀들이 그녀의 발목을 간질였다. 보트 옆에 서자 위아래로 출렁대는 보트가 아주 높아 보였다.

선장이 뚜껑을 줄로 묶은 냉장박스를 내려줬다.

물속에서 자라 섬 위로 줄기와 뿌리가 뻗어나온 맹그로브(강가나 늪지에서 뿌리가 지면 밖으로 나오게 자라는 나무) 나무들도 키가 커 보였다.

비스케인 만 바닥은 지나다니는 배들 때문에 닳았고, 도랑 같은 여러 개의 수로 때문에 홈이 파여 있었다. 카리는 그 수로 중 하나로 냉장박스를 밀면서 헤엄쳐야 했기 때문에 끈을 단단히 묶은 스니커즈를 신고 와서 다행이라고 생각했다.

다시 바닥이 얕아졌다. 그녀는 냉장박스를 묶은 줄을 끌고 가다가, 가끔은 박스를 머리 위로 들고 가면서 여기저기 엉켜 있는 맹그로브 사이로 길을 찾아 이리저리 움직이면서 섬으로 다가가야 했다.

나무들 밑에 서자 새가 어디 있는지 감이 잘 오지 않았다. 그녀가 다시 보트를 돌아보자 선장이 남쪽을 향해 손을 흔들어줬다. 만만한 일이 아니었다. 땅바닥은 쓰레기로 뒤덮여 있었다. 냉장박스, 가스통, 엉망으로 엉킨 낚싯줄, 아동용 의자, 카시트, 여기저기 소금이 말라붙은 쿠션, 자전거 타이어 하나, 싱글베드 매트리스도 하나 있었다. 대부분은 조수에 밀려왔고 해초들과 해양 폐기물, 리틀 리버에서 흘러나온 폐수도 있었다. 그 강물은 여기서 멀지 않은 만으로 흘러들어간다.

해양 폐기물과 해초들을 헤치고 걸어가면서 보니 이것이 자신의 삶 같았다. 잔해 속에서 인간의 신체 부위는 보이지 않았다.

새는 약 1.5미터 높이쯤 되는 가지에 매달려 있었다. 거꾸로 매달린 채 다리와 발이 튼튼한 플루오루화 탄소섬유 줄에 엉켜서 천천히 돌아가면서 한쪽 날개를 힘없이 퍼덕이고 있고, 발톱은 하늘을 향해 움켜쥐고 있었다. 부리는 벌어져 있었고, 작고 검은 혀가 입의 옅은 보라색 가장자리 밖으로 삐져나와 있었다. 물고기는 쪼글쪼글해졌고 눈은 쑥 들어가 있었다. 죽은 지 며칠 된 물고기 밑에 서 있자 악취가 풍겼다.

그녀는 새의 부리가 닿지 않을 만한 거리에서 최대한 가깝게 섰다. 새 아래쪽에 널린 나뭇잎들과 잔가지들은 걷어차서 대충 치우고 나뭇잎 위에 비치 타월을 깔았다.

그녀는 새에게 손을 뻗어서 한 손으로 낚싯줄을 잡고 손가락 두 개를 그 주위에 감으면서 펜치에 달린 철사 절단기로 나뭇가지 밑에 있는 줄을 자르려고 애를 썼다. 절단기는 나일론 줄을 비틀어놓기만 했지 잘리지는 않았다. 그녀는 포켓나이프를 꺼내서 보지도 않고 엄지로 칼날을 밀어서 꺼냈다. 칼은 아주 날카로웠다.

칼날의 톱니 부분이 줄을 톱질하듯 자르는 동안, 3파운드 정도밖에 안 되는 새를 손으로 받치고 있자니 무겁게 느껴졌다. 손 안에서 새가 날개 한쪽을 퍼덕이는 게 느껴졌고, 그걸 타월 위에 내려놓는 사이에 날개가 그녀의 다리를 스쳤다. 그녀는 새를 수건으로 느슨하게 감쌌다. 새의 발톱이 수건을 꽉 움켜쥐었다.

카리가 뚜껑을 조금 열어놓은 냉장박스 안에 수건 뭉치를 넣을 때 새가 삑삑거리며 사납게 울었다. 그녀는 냉장박스를 머리 위로 치켜들고 발을 높이 들어서 바닥에 있는 나뭇가지들을 넘어갔고, 쓰레기 사이를 헤치고 걸어가 다시 물가로 돌아왔다. 이번에는 냉장박스를 앞에 둥둥 띄워놓고 박스가 뒤집히지 않게 잡으면서 물 속을 걸었다.

강물 바닥에서 쉬고 있던 노랑가오리 한 마리를 건드리자 지느러미를 퍼덕이며 가버렸다. 돌고래 무리가 그녀 옆을 지나갔고 보트에서 환성을 지르는 사람들 소리 너머로 돌고래들이 숨을 쉬는 소리를 들을 수 있었다. 줄리에타가 물속으로 들어와 그녀를 맞으려고 헤엄을 치며 다가오고 있었다. 물속에 젊은 여자들이 있는 걸 본 독일 관광객 하나가 둘을 도와주려는 마음에 허겁지겁 바지를 벗어던지고 속옷 차림으로 물에 뛰어들었다. 키가 큰 그가 냉장박스를 들어 뱃전에 올렸다.

사람들이 여기저기서 박수를 치는 가운데 그들은 새를 바 테이블에 올려놨다.

블랑코 박사가 그들을 지켜봤다. 카리가 지시를 기다리며 박사를 바라봤다.

"카리, 너라면 이제 어떻게 하겠니? 내가 여기 없다 치고 말이야." 블랑코 박사는 그렇게 말하면서 남편을 팔꿈치로 쿡 찔렀다.

"새가 정말 심하게 탈수됐어요, 박사님. 저라면 물을 주고 날개를 못 움직이게 한 후에, 스테이션에 돌아갈 때까지 어두운 곳에서 따뜻하게 있게 하겠어요."

"그렇게 해봐." 블랑코 박사는 카리를 지켜볼 수 있는 곳에 앉으며 말했다.

수건을 더듬은 카리는 한 손으로 새의 다리를 잡고 새가 떨어지거나 다치지 않게 잘 잡았다. 그리고 줄리에타와 같이 다친 날개를 움직이지 못하도록 날개 주위에 8자 모양으로 붕대를 감았다. 보트가 남쪽으로 가는 동안 카리는 바에서 기름칠한 빨대를 가져와서, 새의 식도에 빨대를 밀어넣는 삽관술을 실시했다.

"새를 더 다치게 하는 거 아니에요?" 한 승객이 물었다.

카리는 대답하지 않았다. 다른 사람의 안경을 빌려 쓴 그녀는 자신의 입으로 빨대에 물을 빨아 새에게 먹였다. 새의 뜨겁고 비린내 나는 숨결이 카리의 얼굴에 닿았다. 새와 눈을 맞대고 있으려니 눈 주위가 노란 새의 눈이 어마어마하게 커 보였다.

그들은 아까 풀어준 해오라기를 넣었던 이동장에 수건에 싼 새를 넣고 바에서 가져온 타월로 이동장을 덮었다.

"강아지 같은 동물이 다쳤으면 몰라도 저 새에게는 불쌍한 마음이 들지 않네. 저 새들은 그냥 이거저거 죽이기만 하잖아." 한 승객이 말했다.

"지금 당신이 먹는 거 닭 날개 아닌가요?" 블랑코 박사가 쏘아붙이고 나서, 카리를 찾으러 갔다. 카리는 바 테이블을 닦고 나서 그 일도 도와준다고 호들갑을 떠는 독일 관광객을 막고 있었다. 그는 카리가 받아주기만 한다면 뭐든 다 할 기세였다.

"카리, 월요일에 나한테 와요. 줄 게 있어요. 우리 남편 말로는 어차피 자기가 수많은 변호사들에게 월급을 주고 있는 마당이니. 당신 사정에 대해서 잘은 모르겠지만 도울 수 있는 일이 있을지 알아봐주겠대요. 당신이 여기에 머물 수 있도록 신변에 상당한 위협을 받고 있다는 걸 증명하기 위해 당신 팔 사진도 몇 장 찍을 거래요."

아까 그 TV 촬영 팀이 자기를 찍고 있다는 걸 알아차렸을 때 카리는 고개를 홱 돌리며 인터뷰를 거절했다.

한스 피터는 그날 저녁 TV 뉴스에 나온, 카리의 흉터 난 팔을 알아봤다. 그는 카리에게 왜 팔이 두 개나 필요한지 이해할 수 없었다. 하나만 있는 게 훨씬 더 매력적인데. 그는 폴더를 열고 스케치를 하기 시작했다.

chapter
25

아이티 화물선인 제지 레브는 마이애미 강에서 4마일 위쪽 부두에 있었다. 갑판에 있던 경비원은 강 위에 있는 트리 레일 기차와 그 네온색 무지개 조명을 볼 수 있었다. 그 옆에는 포르노 잡지 몇 권과 합법적으로 보유한 짧은 산탄총 한 자루가 있었다. 개머리판부터 잰 총신 길이는 18.1인치였다. 그는 목에 오렌지색 스카프를 두르고 있었다. 그는 매사에 철저한 남자로, 임무에 대비하기 위해 점심으로 아보카도를 통으로 두 개나 먹었다.

한스 피터의 부하인 플라코가 AR-15와 벨트에 찬 권총으로 무장한 채 경비원 옆에 있었다.

저녁이 되자 그들은 강 위아래로 불빛들이 하나둘씩 켜지는 풍경을 바라봤다.

플라코는 하류에 있는 여러 레스토랑에서 희미한 음악 소리가 흘러나오는 걸 들었다. 니키 잼의 〈트라베스라스〉로, 손님들은 분명 춤을 추고 있을 것이다. 여자들이 클라베스 리듬에 맞춰 가슴을 출렁거리면서 서로 몸을 맞댄 채 흔들어대고 있겠지. 그가 가슴에 파랑새 문신을 새긴 여자와 클럽 치카에서 춤을 추고 있을 때 바로 그 노래가 나왔다. 그들은 차에 가서 마약을 코로 빨아들인 후에 키스와 애무를 하고 그다음에는 정말이지 와우! 플라코는 여기 앉아서 몇 분 간격으로 방귀를 뿡뿡 뀌어대는 이 빌어먹을 경비원 새끼랑 같이 앉아 있는 대신, 자기도 물가에 있는 레스토랑에서 섹시한 여자와 저녁을 먹으면 좋겠다고 생각했다.

한스 피터 슈나이더는 제지 레브의 아래쪽 갑판에 있는 허름한 장교 식당 겸 휴게실에서 포트로더데일에서 온 클라이드 하퍼와 이 배의 이등항해사와 이야기를 하고 있었다. 어깨에 견장이 달린 셔츠를 입은 항해사는 젊은 아이티 청년이었다. 그는 이 배의 리프팅 장비 책임자인 토미 더 보선을 불렀다. 토미 더 보선은 자메이카 사투리로 말장난을 할 수 있는 자기 이름을 좋아했다. 그의 이름은 자메이카 방언으로 "발기한 토미"라는 뜻이었다.

선장은 이 거래에 직접적으로 엮이지 않으려고 육지에 나가 있었다. 한스 피터의 부하인 마태오는 12 게이지 산탄총 한 자루를 들고 계단 밑에 서 있었다.

"펠릭스는 어디 있어요?" 하퍼가 물었다.

"펠릭스의 아이가 편도선 제거 수술을 한다고 마누라가 병원으로 불렀어." 슈나이더가 말했다.

슈나이더는 테이블 위에 에스코바르 테라스 설계용 청사진을 펼쳐놓고, 그 옆에 안토니오의 카메라에서 찾아낸 방파제 밑에 있는 구멍을 찍은 사진들도 같이 놨다.

하퍼도 자신의 사진 장비들을 내놨다.

"이게 바로 하이 리치 데몰리션 버킷과 유압식 크레인이 달린 바지선입니다. 크레인을 쓰기 위해 배를 돌릴 필요도 없어요. 50톤까지 들어 올릴 수 있는 유압식 윈치가 있으니까. 이건 꺼낼 수 있어요."

"단 한 번에."

"한 번에 할 수 있어요. 이걸 당신 배에 실어줄 수도 있는데."

"정확히 시킨 대로만 해. 그걸 바지선에 실어서, 화물용 그물에 싸서, 여기로 가져와."

슈나이더는 항해사에게 고개를 돌렸다. "자넨 그걸 들어 올려서 배에 실을 준비를 해놓고. 그걸 놔둘 곳을 보여줘."

그들은 토미 더 부선과 같이 배의 화물칸으로 걸어갔다.

"여기다 놔둘 겁니다. 배의 화물 창구를 통해 화물칸에 넣은 후에 그 위에 자전거들을 쌓아서 가리고. 갑판의 화물 창구 위에 다시 자전거들을 쌓아서 거기에도 숨기고." 젊은 항해사가 말했다.

함교에 서 있던 경비원이 강변도로를 따라 달려오는 푸드트럭을 봤다. 트럭에서 울리는 경적 소리는 〈라쿠카라차〉였다.

경비원은 배를 움켜쥐더니 아보카도 방귀를 배출했다. "나 똥 좀 때리고 와야겠어. 금방 올게." 경비원이 자리를 뜨자 마음속에 그리던 환상적인 로맨스가 박살난 플라코가 지독한 방귀 냄새를 쫓기 위해 허공에 대고 손을 사정없이 흔들어댔다.

캔디가 푸드트럭을 부두로 몰고 와서 세우고 밖으로 나왔다.

그녀는 굉장히 짧은 반바지를 입고 블라우스는 가슴 바로 밑에서 묶었다. 아주 섹시해 보였다.

그녀가 함교에 있는 플라코를 큰 소리로 불렀다.

"이봐요. 여기에 아주 끝내주는 엠파나다가 있어요. 1달러 50센트만 주면 시원한 맥주와 같이 먹을 수 있어요. 그 배에 있는 당신 동료들도 먹고 싶어 할 텐데? 1달러 50센트면 거저지. 나도 한 병 사주면 좋고.”

캔디는 잠시 그의 반응을 기다리다가, 어깨를 으쓱하고 다시 트럭 안으로 들어가려 했다.

“이봐. 당신이 파는 맥주를 어떻게 당신에게 사주지?” 플라코가 배와 육지 사이에 걸쳐둔 판자를 건너오면서 말했다.

“당신이 돈을 내면 되죠.” 캔디가 말했다. 그의 셔츠 밑으로 권총의 윤곽이 보였다. 소총은 함교에 놔두고 왔다.

그녀는 트럭 뒤쪽을 열었다. 절반은 비어 있는 그곳에 따뜻한 엠파나다가 들어 있는 보온 박스 하나와 차가운 맥주가 들어 있는 보냉 박스. 그리고 아이스박스 하나와 부탄가스가 들어가는 그릴 하나가 있었다.

캔디는 맥주 한 병을 따서 그에게 내밀었다. “가서 벤치에 앉아 있어요. 내가 파이를 갖다줄게요.”

그녀는 어깨에 가방을 메고 거기에 음식을 넣었다. 그들은 배를 등진 채 항구 벤치에 나란히 앉았다.

캔디가 플라코의 허벅지를 툭툭 쳤다. “파이 맛이 끝내주죠?”

“당신 트럭 경적 소리가 라쿠카라차던데. 그거 재미있더군.” 플라코는 입속에 음식을 가득 넣은 채로 대꾸했다.

그는 고개를 숙이고 캔디의 블라우스 속을 훔쳐보는 데 여념이 없어서 음식을 넘기기가 힘들었다.

그들 뒤로 촐로와 파코가 배와 육지 사이의 판자를 통해 몰래 배 안으로 들어갔다.

“이거 말고 또 파는 거 없어? 당신 아주 끝내주는 미인인데. 우리 같이 트럭에 들어가볼까?"

캔디는 보트가 지나가길 기다렸다. 강의 위아래를 훑어보며 더 지나가는 배가 없는지 살폈지만 더 이상은 없었다.

"내가 마약 맛을 보여준 후에 뽕 가게 해줄게. 그다음에 100달러 주고." 그가 캔디에게 100달러짜리 지폐를 보여주며 말했다.

캔디가 트럭 키의 잠금 버튼을 누르자 순간 차 등이 번쩍였다.

배에서 MAC-10 두 자루가 발사되면서 팟팟 공기를 찢어놓는 소리가 들리더니 배의 둥근 창으로 불빛이 번쩍거리는 게 보였다.

그녀는 가방에 넣어둔 권총으로 그의 가슴에 두 발을 쏜 다음, 그의 팔 밑에 대고 두 발을 더 쐈다.

캔디는 플라코의 얼굴을 보고 죽은 걸 확인했다. 그녀는 100달러짜리 지폐를 자신의 주머니에 넣고, 맥주와 먹다 남은 음식과 냅킨은 물속으로 던져버렸다.

물고기 한 마리가 파이를 먹으려고 물 위로 올라왔다. 멀리 떨어진 여러 레스토랑에서 음악 소리가 희미하게 들려왔다. 사방이 고요한 가운데 바다소 한 마리와 새끼 바다소 한 마리가 숨을 쉬려고 물 위로 올라왔다.

화물선 안에 있던 하퍼와 젊은 항해사와 보선은 죽었다. 마태오는 보이지 않았다.

한스 피터 슈나이더는 머리에 피가 묻은 채 테이블 밑에 있었다. 빅터가 다시 그에게 총을 쐈다. 총알들이 그의 코트와 셔츠를 잡아 뜯자 사방에 먼지가 일었다. 테이블 위에는 사진과 도면들이 그대로 놓여 있었다. 촐로는 슈나이더의 지갑을 챙기느라 정신이 없었다.

"가, 어서 뜨자니까."

빅터와 파코는 갑판으로 올라가는 첫 번째 계단으로 달려갔다. 촐로는 여전히 슈나이더가 찬 시계를 뺏으려고 애를 쓰고 있었다. 그때 슈나이더가 촐로에게 총을 쏘고 일어났다. 그는 뒤쪽 계단을 향해 달려갔다. 빅터와 파코가 그를 향해 총을 쏴댔다. 총알들이 금속 벽에 부딪치면서 비명을 질러댔다.

슈나이더는 갑판으로 올라가 난간을 등지고 서더니 그대로 강물 속으로 뛰어내렸다. 빅터와 파코가 물속으로 들어가는 그를 향해 계속 총을 쐈다. 그리고 촐로를 구하기 위해 화물칸으로 다시 내려갔다.

빅터가 촐로의 목에 손을 댔다. "죽었어. 촐로 신분증 챙겨."

그들은 경사로를 달려서 부두로 와 경기관총들을 아이스박스에 던져넣었다.

마태오는 슈나이더의 차를 타고 달아나고 있었다.

"서류는? 서류는 어디 있어?" 캔디가 빈 탄피들을 핸드백에 넣고 다시 장전하면서 물었다.

"서류. 망할. 어서 가기나 해." 파코가 말했다.

"빌어먹을. 어서 서류 가져와. 촐로가 죽은 건 확실해?" 캔디가 말했다.

"미쳤냐? 촐로가 살아 있는데 우리가 버리고 왔을까." 빅터가 말했다.

"어서 가자." 탄창을 닫으며 캔디가 말했다.

화물칸으로 돌아온 그들은 캔디의 가방에 서류들을 쑤셔넣었다. 생명이 빠져나간 촐로의 눈이 말라가고 있었다. 그들은 촐로를 다시 돌아보지 않았다.

부두로 돌아온 파코는 도로에 주차해둔 스테이션왜건으로 달려갔고, 빅터와 캔디는 푸드트럭을 맡았다. 그들은 요란한 소리를 내며 출발했다. 멀리서 사이렌 소리가 울리고 있었다.

다리 밑에 있던 물고기는 다리 위에서 기차가 다가오는 걸 느낄 수 있었다. 트리 레일이 강을 가로지르며 달려와서 다리에 붙어 있던 벌레들을 털어냈고, 벌레들이 물 위로 떨어지면서 사방으로 물방울이 튀었다. 물고기는 기다리고 있다가 벌레들을 삼키면서 잔잔한 물결 위에서 빙글빙글 돌았다.

26

캔디가 푸드트럭을 운전했다. 다가오는 공항 불빛들과 불빛을 쓸어내리며 안전 운행을 유도하는 신호등 불빛들이 보였다.

트럭 위로 낮게 날아가는 비행기 소음 때문에 그녀는 옆에 앉아 있던 빅터에게 말할 때 목소리를 높여야 했다.

"서류에 어느 차고로 가라고 나와 있어?"

"D 중앙홀 맞은편이라고 나와 있는데. 국제선 출국장 바로 맞은편이야. 우리 비행기는 40분 후에 출발해." 빅터가 말했다.

그들은 노면 철도 건널목으로 가고 있었다. 신호등에 불이 들어오면서 기차 진입을 알리는 경고 종이 울리기 시작했다.

"제기랄." 캔디가 속도를 천천히 줄이면서 트럭을 세웠다. 화물 열차 하나가 느릿느릿 지나갔다. 캔디는 백미러를 살짝 돌려서 화장한 얼굴을 살펴봤다. 순간 뒷좌석에서 자동 사격이 시작되었고 캔디의 얼굴이 폭발했다. 옆에 있던 빅터도 즉사했다.

캔디의 몸이 핸들 위로 푹 쓰러지면서 경적을 눌렀다. 건널목에서 땡땡거리는 종소리와 시끄럽게 지나가는 열차 소리 위로 라쿠카라차가 끝도 없이 울려퍼졌다. 그녀의 발이 브레이크에서 미끄러지면서 트럭이 지나가는 기차를 향해 슬금슬금 움직였다.

트럭 뒷문이 날아가고, 피투성이가 된 피터 한스 슈나이더가 너덜너덜해진 셔츠 바람으로 나왔다. 그의 셔츠 밑으로 방탄조끼가 보였다. 그는 경기관총을 들고 있었다. 또 다른 택시가 다가오고 있었다. 기사가 황급히 차를 돌려 도망치려고 했지만 슈나이더가 측창으로 총을 쏴서 택시 기사를 죽이고 시체를 끌어냈다. 그는 택시 운전석에 탄 후 푸드트럭의 부탄 탱크에 대고 한바탕 총질을 해댔다. 트럭이 쾅 소리를 내고 폭발하면서 방금 출발한 택시를 흔들어놓았다.

슈나이더는 미터기를 꺾어놓고, 라디오에서 흘러나오는 중얼거리는 소리를 그대로 틀어놓은 채 달렸다. 아까 열린 창문 틈으로 총을 쐈지만 그래도 조수석 유리창에 구멍이 몇 개 생겼다. 유리창의 핸들을 감아서 간신히 내릴 수 있었다. 차 시트와 바퀴에 택시 기사의 피와 뼛조각들이 튀어서 끈적이고 버석거렸다.

이 택시에 경찰과 연계되는 도난 차량 추적 시스템은 설치돼 있지 않을 것이다. 하지만 택시 회사는 위성으로 그의 위치를 알 수 있다. 아직까진 위험하지 않지만 곧 도난당한 택시를 찾는 수사가 시작될 것이다. 그의 온몸이 피투성이인데다 흠뻑 젖었고, 셔츠는 걸레가 됐다. 그는 택시를 몰면서 크게 콧소리를 내며 노래를 불렀다. 가끔씩 "그렇고말고!"라고 추임새까지 넣어가면서.

버스 정류장에 가까워졌다. 노인 하나가 벤치에 앉아 있었다.

그는 까만 끈을 두른 밀짚모자를 쓰고 꽃무늬가 그려진 반팔 셔츠를 입고 종이 봉지를 들었는데, 안에 이슬 맺힌 코로나 카구아마 맥주병이 있었다.

슈나이더는 총을 차 시트와 문 사이에 있는 공간에 숨기고 조수석 창문으로 몸을 내밀었다.

"어이. 어이, 거기 당신."

마침내 노인이 눈을 떴다.

"이봐요. 내가 그 셔츠를 100달러에 살게요."

"뭔 셔츠?"

"당신이 지금 입고 있는 셔츠. 이쪽으로 좀 와요."

슈나이더는 지폐를 들어 보이면서 몸을 조수석 창문으로 내밀었다. 노인이 일어나서 걸어왔다. 그는 다리를 절고 있었다. 그는 눈곱이 많이 낀 눈으로 슈나이더를 바라봤다.

"250달러는 받아야겠는데."

슈나이더의 입가에 거품이 올라왔다. 그는 MAC-10을 꺼내 노인에게 겨눴다.

"당장 그거 내놓지 않으면 그 빌어먹을 대가리를 날려버리겠어." 말하고 보니 셔츠를 망가뜨리지 않고는 노인을 쏠 수 없겠다는 생각이 들었다.

"다시 생각해보니 100달러도 괜찮네." 노인은 그렇게 말하고 셔츠를 벗어서 창문 안으로 건넸다. 그리고 슈나이더가 쥐고 있는 100달러 지폐를 뽑아갔다. "당신이 좋아할 만한 바지도 입고 있는데." 노인이 그렇게 말하는 사이에 슈나이더는 택시를 출발시켰다. 노인은 바지와 러닝셔츠만 입은 차림으로 벤치에 앉아 맥주 한 모금을 길게 마셨다.

Thomas Harris

슈나이더는 가장 가까운 지하철역에 택시를 세웠다. 마태오가 그의 전화를 받았다.

"내가 보스 차를 타고 달아났어요. 죄송해요. 나는 보스가, 보스가. 그러니까 놈들이 보스를 죽였다고 생각했어요." 마태오가 말했다.

슈나이더는 택시 바닥에 있던 깔개로 총을 둘둘 말아서 겨드랑이에 끼우고, 마태오가 그를 태우러 오길 기다렸다.

한스 피터가 비스케인 만에 있는 자신의 창고에 꾸며놓은 온라인 핍 쇼(돈을 내고 작은 방 같은 곳에 들어가 창을 통해 여자가 옷 벗는 것을 구경하는 쇼) 스튜디오 옆에는 개인 용도로 쓰는 방이 두 개 있었다. 하나는 솜털 무늬 벽지로 도배를 했는데 소재는 버건디색 벨루어였다.

또 다른 방에는 방음이 된 타일 바닥 한가운데에 배수구가 있었다. 그리고 위아래로 여기저기 노즐이 달린 대형 샤워기와 사우나, 냉장고, 액화 화장 기계, 마스크 여러 개, 흑요석으로 만든 메스 두 자루가 있다. 한 자루에 84달러씩 하는 메스는 하나는 날이 6밀리미터, 또 하나는 12밀리미터로 쇠보다 더 날카롭다.

그는 피 묻은 옷을 입은 채 샤워기 밑에 앉아 뜨거운 물이 자신의 몸과 옷을 때려서 피를 씻어내게 했다. 물이 방탄조끼 안으로 흘러들어가자 그걸 벗어서 노인의 셔츠와 같이 구석으로 던졌다.

방에서 음악 소리가 들렸다. 슈나이더는 리모컨을 콘돔에 넣어서 비누 그릇 속에 세워놨다. 콘돔 끝부분이 파란 안테나처럼 튀어나와 있었다. 그는 슈베르트의 숭어 5중주를 틀었다. 파라과이에 있는 그의 친가에서 자주 틀던 음악이었다. 숭어 5중주는 매주 일요일 오후에 그가 벌을 받기를 기다리는 동안 크게 울려퍼지곤 했다.

조용히 시작된 음악 소리가 점점 커지는 동안 슈나이더는 구석에 머리를 기댄 채 축 늘어져 있다가, 갑자기 두 팔을 번쩍 들어올려서 입술에 손을 대고 아즈텍 문명이 고대 의식에서 행했던 죽음의 휘파람을 불기 시작했다. 점점 커지는 음악 소리에 맞춰 그도 있는 힘껏 휘파람을 불었다. 1만 명의 희생자들이 지르는 비명소리이자 몬테미수(멕시코 아즈텍족 최후의 황제)의 대관식 음악이었던 그 휘파람 소리가 숭어 5중주에 뒤지지 않을 기세로 울려퍼졌다. 그는 휘파람을 불다 쓰러져서 배수구 가까이에 얼굴을 댔다. 그의 시야는 배수구 주위로 빙글빙글 돌아가다 밑으로 빠지는 물로 가득 찼다.

Thomas Harris

chapter

27

한스 피터 슈나이더는 이제 깨끗해져서 물기를 닦고 침대 위에 누워 있었다. 뜨거운 물로 때려서 핏자국을 씻어낸 옷은 욕실 바닥에 늘어져 있었다.

그는 마음이 잠들 수 있도록 오래된 기억의 방들을 헤매고 다니다, 마침내 어렸을 때 파라과이 집에 있었던 사람이 들어갈 수 있을 정도로 큰 대형 냉동고 앞에 도착했다.

그는 냉동고 앞에 있었고, 냉동고 문 사이로 부모의 목소리를 들을 수 있었다.

그들은 냉동고 문을 열고 나올 수 없었다. 슈나이더가 완벽한 사슬 매듭 기법을 써서 냉장고 문을 체인으로 묶었기 때문이다. 매듭을 흔들어서 사슬의 연결 고리들이 모두 맞물리도록 하는 법을 가르쳐준 사람은 바로 아버지였다.

마이애미 침실에 누운 한스 피터는 천장에 떠오른 수많은 이미지에게 하나하나 목소리를 부여했다. 그의 얼굴에서 아버지와 어머니의 목소리가 나왔다. 부모의 특징을 합친 소리였다.

아버지 : 저 자식이 지금 장난치는 거야. 이러다 우리를 꺼내줄 거야. 그러면 똥을 지릴 때까지 실컷 두들겨 패줘야지.
어머니 : 한스, 아가. 이제 장난은 그만하자. 이러다 우리 감기 들겠다. 그러면 네가 화장지와 차를 가지고 와서 우리를 간호해야 해. 하하.(문틈으로 그를 부른다)

한스 피터는 입에 한 손을 대고, 아주 오래전 문틈으로 들었던 부모의 애원하는 소리, 긴 밤 내내 들었던 그 말들을 다시 중얼거렸다.
"*칙, 칙. 칙.*" 그는 냉동고 환풍구에 테이프로 붙여두었던 자동차 배기가스 호스가 가늘게 떨리며 내던 소리를 흉내 냈다.
한스 피터는 나흘 후에 냉동고 문을 열었다. 그의 부모는 냉동고 바닥에 앉아 있었지만 서로를 껴안지 않고 떨어져 있었다.
그를 바라보는 부모의 얼어붙은 눈알이 반짝거리고 있었다. 그가 도끼를 휘두르자 부모의 몸이 여러 조각으로 부서졌다. 그 조각들은 더 이상 사방으로 튀지 않았다. 그들은 마이애미의 따뜻한 침실 천장에 그린 벽화처럼 움직이지 않고 가만히 있었다.
한스 피터 슈나이더는 몸을 옆으로 굴린 채 도살장에서 키우는 고양이처럼 단잠에 빠졌다.

한스 피터는 아무것도 보이지 않는 깜깜한 어둠 속에서 잠이 깼다. 배가 고팠다.

Thomas Harris

그는 어둠 속에서 조용히 냉장고로 걸어가 문을 열었다. 냉장고 불빛에 벌거벗은 그의 하얀 몸이 나타났다.

냉장고 맨 아래 선반에는 얼음에 잠긴 칼라의 신장 두 개가 있었다. 장기 밀매업자가 와서 식염수를 뿌려둔 그 완벽한 핑크색 신장을 가져가길 기다리고 있었다. 한스 피터는 신장 한 쌍을 2만 달러에 팔 생각이었다. 에스코바르 저택 공사에 발이 묶이지 않았더라면 칼라를 우크라이나의 고향에 데려다준다고 속여서 그곳으로 데려가 신장을 적출해 20만 달러까지 받을 수 있었는데.

그는 식사 예절이라면 질색했지만 지금은 배가 너무 고팠다.

그는 행주 하나를 가져와서 한쪽 끝을 적신 다음 냉장고 고리에 걸었다. 그리고 바닥에 행주 하나를 더 깔았다. 냉장고에서 로스트 치킨 한 마리를 통째로 꺼내 두 손으로 잡고 마음속으로 외우고 있는 식전 기도를 읊었다. 그것 때문에 가족 식탁에서 죽도록 두들겨 맞았다.

"빌어먹을 이걸 따먹자."

그는 열어놓은 냉장고 앞에 서서 사과를 한 입 깨물듯 닭을 물어뜯으며 고개를 흔들었다. 고기 조각이 사방으로 날아갔다.

그러다가 잠시 멈춰서 카리 모라가 키우는 앵무새를 흉내 냈다. "대체 이게 뭔 지랄이야, 카리?" 그는 다시 고기를 물어뜯고 또 물어뜯었다. 그리고 냉장고에서 우유를 꺼내서 조금 마시고 나머지는 자신의 머리 위로 부어버렸다. 그의 다리를 타고 흘러내린 우유가 배수구로 흘러갔다.

그는 타월로 얼굴과 머리를 닦은 다음 샤워기 밑에 서서 노래를 불렀다.

라우트 운트 뤼벤 하벤 미히 페어트리벤. 헤트 마인 무터 플라이슈 게코호트 베어 이히 바이이어 게블리벤.

그는 그 노래가 너무 마음에 들어서 다시 영어로 불렀다.

"사우어크라우트와 사탕무 때문에 환장하겠어. 엄마가 고기를 요리했다면, 금방 집을 뛰쳐나오진 않았을 거야."

한스 피터는 노래를 계속 부르면서 소독기에 흑요석 메스들을 집어넣었다. 그 메스는 마이애미에서 성형수술을 할 때 아주 많이 쓴다. 그는 흑요석으로 만든 그 섬세한 칼날을 다룰 때면 아주 조심스러워진다. 면도칼보다 열 배나 더 날카롭고, 30옹스트롬이나 되는 이 칼날로 인간의 세포 하나하나를 찢어버리지 않고 분리할 수 있다. 이 칼날에 베여도 피가 나오기 전까지는 눈치를 못 챈다.

한스 피터의 얼굴에서 카리 모라의 목소리가 나왔다. "퓨블릭스에서 파는 갈비가 맛있어요. 퓨블릭스에서 파는 갈비가 맛있어요. 퓨블릭스에서 파는 갈비가 맛있어요."

그는 축축한 키친타월에 손을 닦았다.

그는 다시 카리 모라의 목소리로 말했다. "점심 장사를 하는 푸드트럭이 몇 개 있어요. 난 코미다스 디스팅귀다스가 가장 맛있더라고요."

그는 타일 바닥이 배수구를 향해 기울어져 있고, 액화 화장 기계가 천천히 움직이는 메트로놈처럼 좌우로 출렁거리는 방에서 죽음의 휘파람을 불고 또 불었다.

chapter
28

밤 열한 시가 되고 얼마 후에 한스 피터의 건물에 임란 씨가 도착했다. 그는 밴의 세 번째 좌석에 앉아 있었다. 가운데 좌석을 들어내고 그 자리에 담요로 덮어놓은 뭔가가 언덕처럼 동그랗게 솟아 있었다. 밴이 멈추자 그 언덕이 살짝 움직였다.

임란 씨는 어마어마하게 부유한 고용주인 모리타니(사하라 사막 서쪽에 있는 나라)의 그니스 씨를 위해 쇼핑을 하고 있었다. 슈나이더는 그니스 씨를 한 번도 만난 적이 없었다.

운전기사가 나와서 임란 씨를 위해 밴의 문을 열어주었다. 운전기사는 등치가 크고 무표정한 얼굴에 귀는 콜리플라워만 했다. 슈나이더는 운전기사가 양쪽 소매 밑에 양궁용 팔목 보호대를 차고 있는 걸 눈여겨봤다. 슈나이더는 밴 가까이 가지 않도록 조심했다. 그리고 임란 씨에게도 너무 가까이 가지 않도록 신경 썼다. 그는 임란 씨가 걸핏하면 사람을 무는 성향이 있는데다 자제도 잘

못한다는 걸 알고 있었다.

슈나이더의 주머니에는 테이저 총이 있었다.

두 사람은 슈나이더의 샤워실에 있는 걸상에 앉았다.

"전자담배 피워도 됩니까?"

"그럼요. 피우세요."

임란 씨가 전자담배를 피우자 향기로운 연기가 나왔다.

액화 화장 기계가 부드럽게 흔들리면서 쏴쏴, 소리를 내며 칼라의 몸에 잿물을 끼얹고 있었다.

슈나이더는 칼라의 귀걸이를 끼고 있었고, 목에는 칼라 아버지의 사진이 들어 있는 로켓 목걸이를 걸고 있었다. 그는 목걸이에 들어 있는 사진이 자기 아버지 것이고, 그 로켓에는 일산화탄소가 가득 들어 있다고 상상했다.

임란 씨와 슈나이더는 마치 야구 경기 관람에 푹 빠진 남자들처럼 한동안 아무 말도 하지 않고 출렁이는 기계를 지켜봤다. 슈나이더가 그 안에 형광 색소를 조금 집어넣자 기계가 다시 위로 출렁거릴 때 칼라의 두개골과 남아 있는 얼굴이 번들거리며 나타났다.

"그거 참 잘 어울리는 색이군요." 임란 씨가 말했다.

그의 눈이 슈나이더의 눈과 마주쳤을 때, 두 사람 모두 상대방을 산 채로 저기 넣어서 녹이면 얼마나 재미있을까 생각했다.

"저 여자를 산 채로 집어넣었나요?" 임란 씨는 아주 은밀하게 물어봤다.

"안타깝게도 아닙니다. 그녀가 한밤중에 도망치려다 치명상을 입었어요. 시체이긴 해도 몸에 열기를 쪼이면 아주 재미있게 움직인답니다." 슈나이더가 말했다.

Thomas Harris

"그니스 씨의 아지트에 이런 장치를 설치하고 실험 대상을 사용하는 방법을 보여주실 수 있나요?"

"그럼요."

"오늘 제게 보여줄 게 있다고 하셨죠."

슈나이더는 커다란 가죽 폴더 하나를 임란 씨에게 건넸다. 폴더 커버에 꽃무늬가 찍혀 있었고 그 안에는 에스코바르 저택과 정원에서 일하는 카리 모라의 자연스러운 모습을 망원 렌즈로 찍은 사진들이 있었다. 슈나이더가 고안한 스케치도 몇 장 있었다.

"음! 맞아요. 그니스 씨가 이것들을 아주 마음에 들어 하시면서 보내줘서 고맙다고 하셨습니다. 아주 근사해요. 이 흉터들은 어쩌다 생겼답니까?"

"나도 모릅니다. 아마 이 여자를 작업하면 당신에게 말해주겠죠. 그녀에게 작업이 들어갈 거라고 예상하고 있습니다만. 그렇죠?"

"아, 그럼요. 저도 그 작업을 지켜보고, 그 대화를 들을 수 있는 영광스러운 기회가 주어지길 바라고 있습니다. 특히 그 대화 부분이 백미죠." 임란 씨가 씩 웃었다. 그의 치아는 쥐새끼처럼 뒤쪽으로 기울어져 있었지만, 치아 색은 쥐새끼보다는 비버의 그것처럼 칙칙한 오렌지색이었다. 게다가 상아질에는 철분이 너무 많아서 입 가장자리에 검은 얼룩이 져 있었다.

"중요한 작업은 그쪽에서 해야 할 것 같습니다, 임란 씨. 작업이 끝난 후에는 그녀를 옮기기 힘들 테니까요. 이건 공항에서 신장을 적출하는 것처럼 간단한 작업이 아니니까요."

"이건 그니스 씨가 직접 하실 겁니다. 그분은 이 작업의 모든 단계에 적극적으로 참여하고 싶어 하시니까요. 그분이 스페인어도 공부해야 할까요?"

"해서 나쁠 건 없죠. 그녀는 2개 국어를 완벽하게 구사하거든요. 하지만 극한 상황에 처하면 스페인어를 쓸 겁니다. 다들 그러더라고요."

"그니스 씨는 자신의 어머니인 마더 그니스의 초상화 문신 작업을 카렌 키퍼 씨가 해주길 바라고 있습니다. 실험 대상자에 대한 작업이 끝나고 상처가 아물면 그 자리에 초상화 문신들을 새겼으면 하는데요."

"애석하게도 카렌은 지금 복역 중인데 형기가 아직 1년 남았습니다."

"프로젝트 일정상 그 정도는 괜찮을 겁니다. 마더 그니스의 생신은 해마다 돌아오니까요. 카렌이 석방된 후에 이곳으로 출장을 올 수 있을까요?"

"그럼요. 미납금이 있지 않는 한 아무리 흉악 범죄 전과자라도 여권은 계속 쓸 수 있습니다." 슈나이더가 대답했다.

"그니스 씨는 카렌의 초상화 음영법과 명암의 중간 톤을 아주 높게 평가하십니다."

"카렌의 솜씨가 대단히 뛰어나죠." 슈나이더가 말했다.

"형이 남아 있는 동안 카렌 씨가 연구할 수 있게 마더 그니스의 초상화 사진들을 제공하면 도움이 될까요?"

"제가 카렌에게 물어보겠습니다."

"언제 배달해주실 수 있나요? 그 미스…."

"모라. 그 여자 이름은 카리 모라입니다. 그니스 씨가 배를 보내주신다면 거기 맞춰 저희가 스케줄을 조정할 수 있습니다. 그리고 제가 보내고 싶은 게 또 있습니다. 작지만 무거운 것이죠."

"그 아가씨에겐 위관영양법이 필요할 겁니다. 배에 태우면 곧바로 시작할 수 있겠죠." 임란 씨는 뱀장어 가죽으로 만든 다이어리에 몇 가지를 메모하면서 말했다.

액화 화장 기계가 딸랑딸랑 소리를 내기 시작하면서 칼라의 시체를 계속 흔들었다.

"지금 들리는 소리는 작은 쇠사슬을 엮어 만든 비키니 소리입니다. 살이 녹아 없어지면서 비키니가 뼈에 닿아서 저런 소리를 내는 겁니다." 슈나이더가 설명했다.

"우리도 하나 사겠습니다. 사이즈에 따라 비용이 달라지나요?"

"아닙니다. 추가 비용 없이 거기 끼울 수 있는 용수철 달린 사슬고리를 몇 개 더 드립니다."

"신장을 좀 볼 수 있을까요?"

한스 피터는 냉장고에서 칼라의 신장 두 개를 가져왔다.

임란 씨는 얼음과 물에 잠겨 있는 신장을 덮은 비닐을 쿡쿡 찔러봤다. "두 개 다 요관이 좀 짧군요."

"임란 씨. 이 신장들은 골반에 들어갑니다. 신장부 위쪽이 아니라 방광과 1인치 정도 떨어진 곳에 넣습니다. 최근 몇 년 동안 신장부에 신장을 넣은 경우는 없어요. 요즘 수술 트렌드도 공부해두세요. 이 정도면 요관은 충분합니다."

임란 씨는 식염수에 푹 잠긴 핑크색 신장 두 개를 가지고 그곳에서 나왔다. 어차피 신장 수령자는 신장 한 개만으로도 살 수 있고, 환부에는 절개 자국이 두 개 생길 테니 차이를 모를 거라고 생각해, 차 안에서 신장 하나를 먹어치웠다.

그의 눈썹이 휙 올라갔다. "양고기 맛이군!"

29

오로 델 마르는 콜롬비아 바랑키야의 부두에 있는 작은 생선 통조림 공장이다. 수어사이드 도어(앞좌석 도어는 일반 도어와 같이 열리고, 뒷좌석 도어는 일반 도어의 역방향으로 열리는 방식)가 달린 1963년형 링컨 한 대가 어부들이 타고 다니는 낡은 트럭들 사이에 주차돼 있었다.

공장 꼭대기 층에 있는 회의 테이블에서 돈 에르네스토는 텍사스 주의 휴스턴에서 온 J B 클라크와 공장 매니저인 발데즈 씨와 이야기하고 있었다. 돈 에르네스토는 한 벤처 회사의 사업을 돕는 중이었다. 테이블 위에 달팽이 두 접시와 와인 한 병이 있었다. 고메즈는 문이 보이는 쪽의, 등치에 비해 너무 작은 의자에 앉아 모자로 부채질을 하고 있었다. 그는 경호원이지만 돈 에르네스토는 그가 하는 조언을 참고 들어줬다.

광고인인 클라크가 가져온 포트폴리오를 열었다.

"사장님이 특권층만 누릴 수 있는 고급스런 일류 이미지를 풍기는 광고를 원한다고 하셨죠. '프레스티히오소스' 같은 단어를 써서 말이죠."

"카라콜레스 피노스 이 프레스티히오소스(고급 일류 달팽이란 뜻). 이 말이 라벨에 다 들어갈 수 있나요? 너무 긴가요?" 돈 에르네스토가 물었다.

"딱 좋습니다. 제가 알아서 잘 처리하겠습니다." 클라크는 통조림 상표가 그려진 그림 여러 장을 꺼냈다. 한 그림에는 에펠탑과 전설적인 "카라콜레스 피노스 달팽이"가 있었다. 또 다른 그림에는 "피네 에스까르고(식용 달팽이)"와 프랑스를 주제로 한 디자인이, 또 다른 그림에는 성을 배경으로 줄기 위에 달팽이 한 마리가 있는 이미지가 그려져 있었다. 모든 상표에는 "콜롬비아에서 포장됨"이라고 표기돼 있었다.

"왜 콜롬비아에서 포장했다고 했어요? 프랑스에서 했다고 하지?" 고메즈가 물었다.

"불법이니까요. 달팽이는 지금 이 공장에서 통조림으로 포장되고 있잖아요, 그쵸? 프랑스 디자인을 넣는 건 그냥 매출을 늘리려는 전략일 뿐이잖아요." 클라크가 말했다.

"그렇지. 그렇게 하면 비윤리적이지, 고메즈." 돈 에르네스토가 말했다.

"광고에 온두라스 노래인 소빠 데 까라꼴(달팽이 수프라는 뜻)을 써도 되겠네." 고메즈가 제안했다.

"그건 프랑스 노래가 아니잖아요." 클라크가 말했다.

"이 상표는 동물성 접착제를 쓸 건데. 우리가 침을 묻혀서 붙여야 하나요?" 공장 매니저가 물었다.

"아뇨, 발데즈 씨. 일단 시험 판매를 해본 뒤에 상표 붙이는 기계를 살 겁니다. 그걸 쓰면 됩니다. 달팽이 껍데기 좀 보여줘요." 돈 에르네스토가 말했다.

발데즈가 박스 하나를 테이블 위에 올려놓고, 달팽이 껍데기를 한 움큼 집어서 테이블 위에 펼쳤다.

고메즈가 하나 집어서 냄새를 맡아보더니 코를 찡그렸다.

"오래된 버터와 마늘 냄새가 나는데. 레스토랑에서 껍질을 버리기 전에 제대로 씻질 않았군. 접시에서 긁어내기만 했나 봐." 고메즈가 말했다.

"클로락스 세정제에 담가봤는데 그러면 색깔이 칙칙해져서." 발데즈가 말했다.

"팹을 써봐요. 레몬향이 나는 봉사예요." 혼자 사는 고메즈가 말했다.

돈 에르네스토가 그림들을 밀어냈다. "클라크 씨. 상표에 단순하면서도 우아한 이미지를 넣으면 좋겠어요. 촛불 한 자루, 와인 잔의 손잡이 부분을 쥐고 있는 여자 손, 뭐 그런 걸로요. 당신이 숙녀에게 고급 달팽이를 접대하면 그녀가 당신의 진가를 알아본다, 뭐 이런 메시지로 광고를 만들 수는 없나요?"

"그러면 그 여자는 달팽이를 먹어치우자마자 당신에게 가티타 둘세 맛을 보게 해줄지 모르죠. 이 말은 여자 성기란 뜻이에요." 고메즈가 설명했다.

"무슨 뜻인지는 클라크 씨도 알아. 발데즈 씨, 여기 있는 달팽이 중에서 어떤 게 진짜 프랑스산인가요?" 돈 에르네스토가 물었다.

"저 초록색 접시에 있는 겁니다."

"아하. 그럼 접시 하나에는 최고급 프랑스산 달팽이가 있고, 다른 접시에는 우리가 제조한 달팽이가 있군요. 저 두 개가 완벽하게 똑같아 보이는 건 아시겠죠. 맛에도 아무 차이가 없을 거라고 믿습니다. 한번 시식을 해볼까요?" 돈 에르네스토가 말했다.

모두 불안한 표정이었다.

발데즈가 말했다. "가능하면 저는 좀-"

"그래서 우리가 알레한드로를 데려왔어요. 가서 데려와, 고메즈."

돈 에르네스토가 초록색 접시에서 프랑스 달팽이를 한 마리 골라서 먹는다고 부산을 떠는 동안 고메즈가 알레한드로를 데리고 왔다. 서른다섯 정도로 보이는 그는 파나마모자를 쓰고, 폭이 넓은 넥타이를 매고, 포켓에 장식용 손수건을 꽂고 있었다.

돈 에르네스토는 들고 있던 달팽이 껍질을 파란 접시 위에 내려 났다.

"알레한드로는 세상 물정에 밝고 유명한 미식가이자 음식 비평가입니다. 그리고 클라크 씨. 알레한드로는 인테리어 잡지 쪽에서 인맥이 아주 넓지요."

알레한드로는 테이블 앞에 앉아서 클라크와 악수했다. "돈 에르네스토 씨가 극찬을 하셨네요. 전 그저 음식을 즐길 뿐인데 어떤 사람들은 제가 아무것도 모르면서 잘난 척을 한다고 생각합니다."

돈 에르네스토가 그에게 와인을 따라줬다. "그걸로 입 좀 헹궈요, 친구. 먼저 프랑스 프로방스 남쪽 해안에서 잡은 달팽이를 시식해봐요."

돈 에르네스토가 그에게 프랑스 달팽이를 내밀었다.

알레한드로는 그걸 입에 넣고 이리저리 굴려가며 씹었다. 그리고 와인을 벌컥벌컥 마시더니 고개를 격렬하게 끄덕였다.

돈 에르네스토가 이어서 자기가 제조한 달팽이를 권했다.

"자, 이건 프랑스의 브르타뉴산이에요."

알레한드로는 그걸 껍질에서 파내 씹고 또 씹었다. "맛은 비슷합니다, 그런데 두 번째 달팽이는 좀 더… 질감이 느껴지고, 맛이 좀 강렬하군요."

고메즈는 순간 기침이 나와서 두툼한 넥타이 끝자락으로 얼굴을 가려야 했다.

"당신이라면 이 달팽이를 사겠어요?" 돈 에르네스토가 말했다.

"저는 솔직히 첫 번째 달팽이를 선호하지만, 그걸 살 수 없을 때는, 네. 두 번째 걸 사겠습니다. 다만 두 번째 달팽이는 염소 탄 물에 씻은 것 같네요. 끝에 염소 맛이 살짝 납니다. 도시에서 마시는 수돗물에서 이런 맛이 나면 참 짜증나던데. 이 문제는 브르타뉴 쪽 사람들에게 이야기해서 해결하셔야 할 것 같네요."

"두 번째 달팽이의 질감을 관능적이라고 표현할 수 있을까요? 당신 같은 와인 전문가들이 말하는 '입안에서 감도는 느낌'을 강조하기 위해서 말이죠."

"물론입니다. '입안에서 감도는 느낌, 관능적인 질감, 강렬한 맛.'" 알레한드로가 말했다.

"그게 바로 저희가 밀고 있는 콘셉트입니다. 슈퍼마켓 선반에 붙여둘 광고 문안을 생각 중입니다. '세시봉-날 가져요!' 이런 느낌으로 갈까 합니다." 클라크가 말했다.

"클라크 씨, 알레한드로 씨. 와인 한 잔 따라서 가져가세요. 차에서 만납시다."

고메즈가 자신의 잔에 와인을 채웠다. "와인 맛은 좀 더 강렬해

Thomas Harris

도 좋겠는데."

발데즈는 공장 작업실의 문을 열고 들어간 다음 돈 에르네스토 와 고메즈가 들어오자 안에서 잠갔다.

돈 에르네스토가 발데즈의 귀에 대고 속삭였다. "고나이브 만 에서 내가 좀 무거운 걸 옮겨 실어야 할 것 같아. 당신 배의 도르 래를 써야 하는데 아마 800킬로그램 정도 될 거요. 보트에서 들 어올려 트럭에 싣고, 카프아이시앵(아이티 북해안에 있는 노르주의 주 도)에 가져가서 비행기에 실을 건데 공항에서는 지게차가 필요할 거요."

"큰 비행기군요."

"DC-6A기."

"그 비행기 화물칸에 튼튼한 승강기가 있나요?"

"있지."

"짐수레가 있어요? 아니면 우리가 가져가야 하나?"

"거기 있어요. 그 비행기에 식기세척기와 냉장고 여러 대를 실을 텐데, 거기에 내 물건이 들어갈 틈을 남겨둘 거요. 딱 그 자리에 싣 는 게 제일 중요해요. 내가 8일 전에 통보하지. 짐은 상황에 따라 비행기에서 배로 옮겨 실을 수도 있어요."

"언제든 필요하시면 말씀하세요, 돈 에르네스토. 서류들은 어떻 게?"

"세관은 나한테 맡겨요."

작업실 뒤쪽에 가금류 가공 처리 공장과 비슷한 생산 라인이 있었다. 거기서 돌아가는 라인에는 죽은 쥐들의 꼬리가 매달려 있 었다. 쥐들 사이에 가끔 주머니쥐도 있었다. 여자들이 그 동물들 의 가죽을 벗고 살코기를 저미고 있었다. 니켈로 도금된 화려한 수동 기계가 살코기 한 토막당 가짜 달팽이를 세 개씩 찍어내고 있었다.

"파리에서 저 기계를 사는 데 1만 2,000유로나 썼다니까. 저 기계가 에스코피에(1864년에서 1935년까지 살았던 프랑스의 요리장) 시대부터 달팽이 고기를 찍어냈지. 고양이 고기를 찍는 형판은 공짜로 줬어. 어떤 사람들은 쥐새끼보다 악어 고기가 달팽이랑 맛이 더 비슷하다고 생각하더군." 돈 에르네스토가 클립보드 하나를 집어서 체크 표시를 하며 말했다.

고메즈는 유명한 수프 CM송의 멜로디를 흥얼거리고 있었다.

"고양이에게 주는 악어 고기, 맛있어, 맛있어, 맛있어!"

고메즈는 공장을 떠날 때 돈 에르네스토에게 검은 넥타이 하나와 팔에 두르는 상장을 건넸다. "차 안보다 여기서 매시는 편이 훨씬 쉽습니다."

그들은 링컨을 통조림 공장에 놔두고 파올로가 운전하는 강화유리가 설치된 SUV에 탔다. 그들은 헤수스 비야레알의 장례식에 가는 길이었다.

차 안에서 돈 에르네스토는 보안이 아주 철저한 전화 두 통을 받았다. 하나는 메델린(콜롬비아 도시이자 마약 카르텔의 본거지)에서 파코가 건 것이었다. 마이애미 강에서 총격 사건이 일어난 후 비행기를 타고 그곳을 떠난 사람은 파코 하나였다. 그의 비행기 옆 자리는 세 좌석이 모두 비어 있었다.

한스 피터 슈나이더가 죽었나? 파코는 모른다고 했다. 그는 한스 피터의 부하 두 명의 시체를 봤고, 나머지 두 시신은 선원 같다고 보고했다.

돈 에르네스토는 나직한 목소리로 그와 통화한 후 한동안 아무 말도 하지 않은 채 창밖을 바라봤다. 캔디. 그는 캔디와 함께 커다란 새를 날려보내고, 산안드레아스 섬에 있는 아름다운 호텔에서 그녀와 같이 뜨거운 숨을 몰아쉬던 때를 생각했다.

* * *

묘지에 30분 일찍 도착한 돈 에르네스토는 실내가 보이지 않도록 선팅한 SUV 안에서 헤수스 비야레알의 장례 행렬이 도착하는 모습을 지켜봤다. 그는 헤수스의 아내에게 받은 쪽지를 펴서 다시 읽었다.

존경하는 사장님

헤수스의 장례식에 참석해주신다면 그이가 영광으로 생각할 겁니다. 사장님이 우리 가족을 위로해주셨던 것처럼 장례식에 직접 참석하시는 게 사장님에게도 위로가 되실 겁니다.

헤수스의 아내와 그녀의 아들이 크라이슬러를 타고 도착했다. 회색 머리의 기품 있는 중년 미남이 그들과 함께 내렸다.

고메즈는 쌍안경으로 그들을 훑었다.

"검은 재킷을 입은 남자가 총을 가지고 있습니다. 바지 오른쪽 앞부분에 포켓식 총집이 있어요. 잠깐만요. 저자가 돌아서네요. 오른쪽 어깨 견대에도 권총을 차고 있습니다. 저자는 왼손잡이예요. 기사가 차 트렁크 옆에 서 있습니다. 허리에 무기를 차고 있고, 손에는 차 리모컨을 들고 있습니다. 아마 트렁크에 장거리포가 있겠죠. 코트 안에는 방탄조끼를 입고 있고요. 놈들 뒤에 오그니산티와 쿠에바스를 배치해뒀습니다. 사장님, 제가 가서 아내분한테 인사하고 사장님 쪽지를 전달하는 게 어떨까요?"

"아니야, 고메즈. 파올로, 저 머리가 요상한 친구는 누구야?"

"저자는 디에고 리바라고, 바랑키야에서 온 쓰레기 같은 변호사입니다. 버스 납치범인 오얀드 비에라를 변호한 놈이지요."

이들이 지켜보는 동안 디에고 리바가 헤수스의 아내에게 검은 가죽 봉투를 건넸다. 그녀는 그것을 지갑 뒤로 빼서 지갑과 같이 들었다. 헤수스 비야레알의 무덤 앞에 문상객이 서른 명 정도 모였다. 바랑키야 묘지에 있는 정교한 대리석 무덤들 가운데 거기만 구덩이가 파여 있었다. 카르타헤나 묘지에서 비석 주인의 이름을 모두 새기는 대로, 돈 에르네스토는 헤수스의 아내에게 아주 근사한 대리석 천사상을 줄 예정이었다.

헤수스의 부인은 수수한 상복을 입고 있었다. 아들은 견진성사를 받을 때 입었던 정장 차림으로 엄숙한 표정을 지으며 어머니 옆에 서 있었다.

돈 에르네스토가 그들에게 다가갔다. 그는 먼저 아들과 악수했다. "네가 이제 이 집의 가장이구나. 너나 어머님께 필요한 게 있으면 찾아오렴."

그런 다음 미망인에게 돌아섰다. "헤수스는 여러모로 존경스러운 사람이었습니다. 약속을 지키는 사람이었죠. 저도 그런 평판을 얻으면 좋겠습니다."

부인이 쓰고 있던 베일을 걷어 올리고 그를 바라봤다.

"그 집은 아주 편안합니다, 돈 에르네스토 씨. 돈도 잘 받았고요. 감사합니다. 그이가 일이 다 처리되면 사장님께 이걸 전하라고 했어요." 그녀는 검은 봉투를 돈 에르네스토에게 건넸다.

"다른 걸 하기 전에 먼저 이걸 아주 주의 깊게 읽어봐야 한다고 그이가 말했습니다."

"부인, 디에고 리바가 이걸 가지고 있었던 이유를 물어봐도 되겠습니까?" 돈 에르네스토가 말했다.

"그분이 그이의 업무를 처리했거든요. 적들이 그걸 뺏어갈까 봐 두려워하니까 디에고 리바 씨가 저를 위해 자기 금고에 이걸 보관하고 있었어요. 지금까지 해주신 모든 일에 감사드립니다. 그리고 돈 에르네스토, 신이 보답해주실 겁니다."

에르네스토 코르티소스 국제공항에서 걸프스트림 IV 비행기가 대기하고 있었다. 장례식이 끝나고 20분 후에 돈 에르네스토와 그의 부하들은 비행기를 타고 마이애미로 향했다.

돈 에르네스토는 비행기 테이블 위에 헤수스 비야레알의 서류들을 펼쳤다. 그는 다시 한 번 그것들을 꼼꼼하게 읽은 후에 마이애미에 있는 마르코 선장에게 전화를 걸었다.

"한스 피터 슈나이더의 사망 여부를 알고 있나?"

"잘 모르겠습니다. 지금까지는 놈의 흔적이 보이지 않았습니다. 그 집에서도 아무 움직임도 감지되지 않았고. 경찰도 안 왔습니다."

"내가 지금 거기로 가는 중이네. 그 집은 우리가 접수할 거야. 자네, 파보리토가 지금 뭘 하고 있는지 알아봐. 그 친구와 연락할 수 있지?"

"그럼요."

"그 카리라는 아가씨는 연락이 됐나? 그 아가씨가 우리한테 도움이 될까?"

"네. 하지만 카리는 이 일에서 빠지겠다고 했습니다."

"알겠네. 그 아가씨가 원하는 게 뭔지 말해봐, 마르코."

30

일리아나 스프라그스, 미 육군 제4종 특기병인 그녀는 마침내 마이애미 재향군인 병원에 1인실을 받아냈다. 그녀는 깁스를 한 한쪽 다리를 삼각건에 올린 채 침대에 누워 있었다. 튼튼한 체격에 주근깨 밑으로 보이는 피부는 창백했다. 얼굴은 아주 앳되었지만 그동안 고생을 많이 해서 핼쑥하고 지쳐 보였다. 깁스 속 다리는 미칠 듯이 가려웠고 오후 시간은 끝도 없이 늘어지는 것처럼 느껴졌다. 그녀의 부모님은 아이오와에서 최대한 자주 면회를 왔다.

그녀에겐 강아지 인형 하나와 쾌유를 비는 카드 몇 장이 있었다. 벽에 테이프로 붙여둔 풍선은 헬륨이 빠져나간 지 오래였다. 풍선은 쭈글쭈글한 젖꼭지처럼 축 늘어져 있었다. 뻐꾸기시계도 하나 있었는데 작동이 되지 않았고, 모두 그걸 알고 있었다. 그녀는 아마도 그 시계가 맞는 것 같다고 생각했다. 시간은 정말 1초도 흐르지 않는 것 같았다.

그녀의 동료인 서른다섯의 파보리토는 유쾌한 성격에 얼굴이 불그스름했다. 그는 1인실을 받지 못해서 다인실에서 그럭저럭 견디고 있었다. 다인실에는 해병대 환자 몇 명이 한쪽 구석에서 TV 연속극에 나오는 역할들을 연기하면서, 등장인물들을 대변하는 야한 대화를 주고받고 있었다.

해병대 이등중사 하나가 화면에 나온 순진한 처녀가 할 법한 대사를 읊었다.

"어머나, 라울. 그거 비엔나소시지인가요? 아니면 당신 고추인가요?" 중사가 꺅꺅 소리를 지르며 말했다.

심심해진 파보리토는 휠체어를 타고 일리아나의 병실에 가서, 그녀에게 자신이 파보리토 박사이자 뻐꾸기시계를 고치는 의사라고 소개했다. 그리고 시계를 진찰해도 되는지 허락을 구했다. 그는 선반에 있던 시계를 내려놓고 휠체어를 굴려 침대 가까이 갔다. 그리고 시계를 침대 위에 있는 금속 쟁반에 올려놓고 그녀도 수리 과정을 볼 수 있게 자세를 잡았다.

"몇 가지만 물어볼게요. 당신이 이 뻐꾸기의 보호자 맞죠?"

"네."

"지금 서류를 보여줄 필요는 없지만, 이 새는 보험에 들어 있나요?"

"아닐 거예요. 아닙니다." 일리아나가 말했다.

"뻐꾸기가 밖으로 안 나온 지 얼마나 됐습니까?"

"2주 정도 됐어요. 처음엔 좀 망설이다가 그냥 나왔는데."

"그럼 그 전에는 규칙적으로 나왔군요?"

"네. 한 시간에 한 번씩 나왔죠."

"와우, 정말 많이도 나왔군요. 새가 마지막으로 나왔을 때 목이

Thomas Harris

쉬어 있던가요? 아니면 머리카락이 부스스하거나 피곤해 보였나요?"

"그런 적은 한 번도 없었어요." 그녀가 말했다.

"일리아나. 당신의 아름다운 손톱을 보니 분명 손톱 손질 도구 세트가 있겠군요."

그녀가 침대 옆 테이블 쪽을 향해 고개를 끄덕이자 파보리토가 테이블 서랍에서 작은 주머니 하나를 꺼내 왔다. 그는 핀셋 몇 개와 금속 소재로 된 손톱 다듬는 줄을 하나 꺼냈고, 인조 손톱을 붙이는 순간접착제를 발견하고 좋아했다.

파보리토가 시계태엽 장치 몇 가지를 조종하자 핑 소리가 났다.

"아하. 이게 바로 내가 찾던 소리예요. 과학 용어를 써도 된다면 당신은 방금 '싱 핑' 소리를 들은 겁니다. 이것보다 격이 좀 떨어지는 시계였다면 '띵 찡' 소리가 났을 겁니다."

그는 두 손을 입 주위에 동그랗게 모아 쥐고 시계에 몸을 기울이며 말했다. "네 엉덩이 쪽에서 치료를 하게 돼서 미안하구나. 하지만 정오가 다 됐는데 넌 2주나 얼굴을 비치지 않았잖니. 일리아나가 걱정하고 있어." 그가 핀셋을 집어넣자 둥 소리가 났다. "이건 둥 노래 소리예요. 아까보다 좀 더 긍정적인 신호죠." 그는 일리아나 쪽으로 고개를 돌리며 말했다.

그는 시계태엽을 돌려서 일리아나가 그걸 마주보게 했다. 자신이 차고 있던 손목시계를 보고 시간을 맞춘 후에, 손목시계와 뻐꾸기시계를 번갈아보면서 뻐꾸기시계의 바늘을 계속 앞당기며 왜 작동되지 않는지 의아해했다. 그러다 수리를 시작할 때 시계추를 흔들어놓지 않았다는 걸 깨닫자 일리아나가 재미있어했다.

이제 분침이 11시 59분에서 12시로 넘어갔다. 일리아나도 파보리토와 같이 카운트다운을 했다.

"다섯, 넷, 셋, 둘, 하나."

순간 뻐꾸기가 문 밖으로 튀어나와 뻐꾹, 하고 울더니 쏙 들어 갔고, 뻐꾸기 집의 문이 탁 닫혔다. 일리아나와 파보리토는 같이 웃었다. 일리아나는 너무나 오랜만에 웃어서 얼굴 근육이 당기는 것 같았다.

"그런데 딱 한 번밖에 안 울었어요." 일리아나가 말했다.

"정오에는 몇 번을 울어야 하죠?"

"열두 번이요."

"그건 지나친 요구 같은데요. 뻐꾸기가 천천히 적응할 시간을 좀 줘요." 파보리토가 말했다.

그때 문을 가볍게 두드리는 소리가 들렸다.

"들어오세요." 일리아나는 방해받은 걸 유감스러워하며 말했다.

마르코 선장이 문 안으로 고개를 쑥 들이밀었다.

"올라(스페인어로 안녕이라는 뜻), 파보리토!"

"마르코 선장님. 어쩐 일이세요?" 파보리토가 말했다.

"방해해서 미안. 나랑 이야기 좀 할 수 있을까? 금방 끝날 겁니다, 아가씨. 약속할게요."

"잠깐만요, 선장님." 파보리토가 말했다. 그는 시계 속을 다시 조금 조절하고 입김을 불어넣었다.

마르코와 복도로 나온 파보리토는 손가락으로 조용히 하라고 신호를 보내면서 다시 다섯부터 카운트다운을 했다. 방 안에서 뻐꾸기 울음소리가 열두 번 들렸다. 파보리토는 고개를 끄덕이고 마르코 선장에게 고개를 돌렸다. "말씀하세요."

"낮에 여기서 잠깐 나올 수 있나?" 마르코가 말했다.

"치료받는 사이에 두어 시간 정도는 괜찮습니다."
"자네가 수리할 시계가 하나 있어."

31

돈 에르네스토의 리무진이 낡은 경차들, 고물 픽업트럭 몇 대, 임팔라 로우라이더가 있는 주차장으로 들어왔다. 임팔라 로우라이더 후드에는 반쯤 그리다 만 아즈텍의 비행의 신인 톨라솔테오틀이 그려져 있었다.

고메즈가 내려서 주위를 둘러본 다음 돈 에르네스토를 위해 차문을 열었다. 멀리서 수탉이 '꼬끼오' 하고 울었다.

돈 에르네스토는 고메즈에게 차 안에서 기다리라고 지시했다.

열대 지방에서 입는 양복을 입고 파나마모자를 쓴 돈 에르네스토가 주택단지 계단을 올라가면서 아파트 번지수를 살폈다.

그가 가려는 아파트 문은 열려 있었지만 문 바로 안쪽에서 돌아가는 선풍기가 길을 막고 있었다. 난간 위에 누비이불 하나가 마르고 있었다. 크고 흰 앵무새 한 마리가 이불 옆 새장 안에서 바람을 쐬고 있었다.

수탉이 다시 울었다.

"이게 대체 뭔 지랄이야, 카르멘?" 앵무새가 수탉 소리에 화답하듯 외쳤다.

침실에서 카리가 큰 소리로 사촌을 불렀다. "줄리에타, 와서 이모 뒤집는 것 좀 도와줘."

줄리에타는 손을 닦으며 부엌에서 나오다가 문간에 서 있는 돈 에르네스토를 봤다.

"무슨 일이시죠?" 그녀는 그가 수금원치고는 옷을 너무 잘 차려입었다고 생각했다.

돈 에르네스토는 모자를 벗었다. "카리와 일자리에 대해 이야기를 나누고 싶어서 왔습니다."

카리가 침실에서 다시 소리쳤다. "줄리에타, 이모 씻을 것도 좀 가져와."

"누구신지 모르겠는데요." 줄리에타가 말했다.

그때 카리가 복도로 통하는 문으로 나와서 거실 안을 들여다봤다. 한 손은 등 뒤로 감추고 있었다.

돈 에르네스토가 카리를 보며 미소를 지었다. "카리, 난 안토니오랑 잘 아는 사람입니다. 당신과 이야기를 하고 싶어요. 내가 때를 잘못 맞췄나 봅니다. 하던 거 먼저 끝내요. 기다릴 테니까. 아파트 옆에 피크닉 테이블이 하나 있던데, 일 끝나면 거기로 와줄래요?"

그녀는 고개를 끄덕이고, 뒷걸음질 쳐서 방 안으로 들어가더니 뭔가 묵직한 걸 내려놨다.

아이들 몇 명이 주차장에서 축구공을 차고 있었다.

주택단지 건물 사이의, 풀과 나무들이 있는 공간에 콘크리트 테이블이 하나 있었다. 테이블 위에는 서양 장기판이 그려져 있고, 장기말로 쓸 병뚜껑이 가득 든 커피 캔이 있었다. 테이블 옆에는 낡아빠진 바비큐 그릴이 있었다. 돈 에르네스토가 손수건으로 탁자 앞에 있던 의자의 먼지를 털고 앉자 그릴에 눌어붙은 고기 조각들을 쪼아 먹던 까마귀 한 마리가 포르르 날아가면서 쫑알거렸다. 카리가 오자 돈 에르네스토가 자리에서 일어났다.

"당신이 이모님을 돌보나요?"

"네, 사촌과 같이 봐드리고 있어요. 낮에 둘 다 일할 때는 간병인을 부르고요. 돈 에르네스토, 나는 당신이 누군지 알아요."

"나는 당신이 콜롬비아에서 무슨 일을 겪었는지 압니다. 그 일은 정말 유감이에요. 카리, 난 여기에 안토니오의 친구로 왔어요. 그리고 당신과 친구가 되고 싶어요. 당신은 파블로의 저택에서 몇 년간 일했으니까 그 집을 아주 잘 알겠죠, 그 집 시스템도 그렇고."

"잘 알죠."

"그리고 한스 피터의 부하들도 알죠?"

"네."

"이웃 사람들은 당신이 그 집에서 지내는 데 익숙해져 있죠?"

"이웃 사람 몇 명과 그 사람들 집에서 일하는 사람들을 알고 있어요."

"집을 수리하거나 관리하는 사람들도 당신이 그 집에 머무는 데 익숙해져 있고?"

"네."

"당신 이모님이 아주 크게 득을 볼 일을 하나 제안할게요. 마이애미에서 가장 좋은 요양센터가 어딥니까?"

Thomas Harris

"팔미라 가든이요."

"지금부터 내가 하는 제안을 안토니오가 당신에게 주는 선물이자 당신에게 찾아온 기회라고 고려해줬으면 좋겠어요. 필요하다면 당신 이모님이 언제까지나 팔미라 가든에서 지내실 수 있게 돈을 댈게요. 우리가 그 저택에서 찾아내는 것이 얼마든 당신 몫도 떼어주고."

테이블을 내려다보는 튼튼하고 오래된 협죽도 관목에서 활짝 피어난 꽃들이 벌을 끌어들이고 있었다. 벌들이 두 사람의 머리 위에서 희미하게 윙윙대고 있었다.

카리는 죽은 아버지가 그리웠고, 숲에서 자신이 보살폈던 늙은 교수가 그리웠다. 조언을 청하고 의지하고 믿을 수 있는 사람이 있으면 좋겠다고 생각했다. 그녀는 돈 에르네스토를 따르고 싶은 유혹을 느꼈다.

하지만 돈 에르네스토의 얼굴에서는 아버지도, 늙은 교수도 느껴지지 않았다. 그저 머리 위에서 윙윙거리는 벌 소리만 들렸다.

"내가 뭘 해야 하죠?" 그녀가 물었다.

"우선 날 보호해줘요. 어떤 여자가 헤수스 비야레알을 폭탄으로 살해했어요. 여자를 막을 수 있는 최선의 수단은 여자죠. 당신이 내 뒤를 지켜줬으면 해요. 그리고 당신이 알고 있는 그 집 정보가 필요해요."

까마귀가 나뭇가지 위를 올라갔다 내려갔다 하면서 초조하게 기다리고 있었다. 카리는 돈 에르네스토의 눈이 까마귀 눈처럼 생겼다고 생각했다.

돈 에르네스토는 카리가 서류를 제대로 갖추지 못한 탓에 미국에서 TPS(임시 보호 신분)로 가까스로 지낸다는 걸 알 수 있었다.

미국 대통령의 심기가 불편한 날이면 언제든 TPS를 날려버릴 수 있을 것이다. 만약 대통령이 TPS가 뭔지 안다면 말이다.

카리는 돈 에르네스토와 저택에 숨겨진 황금에 대해 ICE에 불어버릴 수도 있었다. 적법한 이민 서류와 두둑한 보상금을 받는 대가로 말이다. 아직까지는 그러지 않았으니까… 카리를 그의 감시하에 두는 편이 낫다.

까마귀가 계속해서 푸드덕거리자 돈 에르네스토는 피식 웃었다. 그는 앞으로 다가올 사태를 생각했다. 오랫동안 긴장하는 데서 느껴지는 고통, 폐쇄되고 위험한 곳에서 느껴지는 공포의 냄새. *이게 대체 무슨 지랄이야, 카르멘.* 그는 속으로 생각했다. *이 여자는 쓸모가 많을 거야.*

"카리, 당신 앵무새도 데려오고 싶어요?" 그가 말했다.

32

에스코바르 저택은 조용했다. 영화 마네킹들과 액션 피규어들이
시트를 씌워놓은 가구 건너편에서 서로 마주보고 있었다.

자동 블라인드는 아침에 올라갔다가 더운 오후에는 내려왔지
만, 그동안 블라인드를 조절할 카리가 없었던 탓에 대체로 내려가
있다가 타이머가 고장 나면서 멋대로 올라갔다 내려갔다 했다. 그
래서 집 안은 대부분 어두컴컴한 상태였다. 스프링클러는 한 시간
에도 몇 번씩 켜졌다 꺼졌다.

동이 트기 직전에 쥐새끼 한 마리가 싱크대 밑의 찬장 안쪽에
서 문을 열어젖히고, 벽을 따라 걸어가다가 이제는 집에 없는 앵
무새가 바닥에 흘린 씨앗들을 발견하고 먹었다.

동이 트자 카리 모라가 정문 앞에 세운 조경 트럭에서 내려 비
밀번호를 눌렀다. 문이 활짝 열리고 마르코가 팀원들과 같이 트럭
을 몰고 안으로 들어왔다. 이그나시오와 에스테반과 베니토와 카

리가 트럭에 타고 있었다.

고메즈는 거기서 한 블록 떨어진 곳에 세워둔 두 번째 차에 돈 에르네스토와 같이 타고 있었다.

"입을 조금 벌리고 있는 게 좋을 거야, 고메즈. 만약 저기서 큰 소리가 나면 압력파가 밀려올지도 모르니까." 돈 에르네스토가 말했다.

바비 조의 트럭은 여전히 정문 근처 진입로에 서 있었다.

바비 조의 트럭은 창문이 다 열려 있었고 문 하나는 여전히 바비 조를 기다리는 것처럼 열려 있었다. 밤에 비가 와서 트럭 안은 젖어 있었다.

카리는 그 트럭을 바라봤다. 비에 젖은 채 서 있는 트럭은 바비 조의 두뇌와 똑같은 색이었다.

그들은 무장을 하고 주머니에는 도어 스톱(문이 소리 내어 닫히거나 벽에 부딪쳐 흠이 나는 것을 막기 위해 문에 괴는 것)을 가득 채우고 우르르 내렸다. 그들은 현관문 앞에 좌우로 서서 문이 잠겨 있는지 확인했다. 카리에게 열쇠가 있었다. 그들이 문을 힘껏 밀어서 열고 카리를 엄호하는 동안 그녀가 경보기 패널을 확인했다. 모두 꺼져 있었다. 그녀는 2층에 있는 동작 감지 센서를 켰다.

"문간에 혹시 덫이 있는지 잘 봐요." 카리가 말했다.

에스테반이 파우더 캔을 들어올렸다.

카리가 고개를 저었다. "여기는 레이저 빔으로 된 덫은 없어요."

그들은 창문 밑으로 낮게 몸을 숨기며 집 옆으로 돌아갔다. 옆 문이 열려 있었다. 그들이 오는 소리를 들은 쥐새끼가 찬장 문을 살짝 열어놓은 채 다시 싱크대 밑으로 사라졌다.

그들은 아래층에 있는 방을 하나하나 살피면서 빈 방을 확인할 때마다 "이상 없음!"이라고 외쳤다.

2층에서 어떤 목소리가 들렸다. 동작 감지 센서를 지켜봤지만 2층에서 움직이는 것은 없었다. 카리는 경보기를 끄고 에스테반이 커다란 계단을 엄호하는 자리에 섰다. 마르코와 카리가 재빨리 계단을 올라갔다. 카리는 AK의 총구를 낮춰 든 채 만일의 사태에 대비했다.

2층에 있는 작은 침실에서 누군가 급하게 떠난 흔적이 발견됐다. 옷가지 몇 개가 팽개쳐져 있고, TV도 켜져 있었다. 열린 창문으로 말벌 한 마리가 들어와 천장에 몸을 부딪치고 있었다.

한스 피터가 잤던 부부용 침실과 마태오가 썼던 방만 유일하게 비어 있었다. 다른 방에는 모두 죽은 사람들의 소지품이 흩어져 있었다. 면도용품, 한쪽 발끝에 금속 탐지기가 붙어 있는 빈집털이범 신발 한 켤레도 있었다.

침실 구석에는 안토니오의 머리를 게 덫에 집어넣고 카리를 익사시키려다 죽은 움베르토의 AR-15 총이 세워져 있었다.

마르코는 수영장 건물에서 펠릭스가 구멍에 들어갈 때 입었던 장비를 발견했다. 끈에 말라붙은 피와 모래가 묻어 있었다. 마르코는 몇 분 동안 그걸 빤히 봤다. 뭔가가 피에 흠뻑 젖은 채 질질 끌린 자국이 부두까지 이어져 있었다. 그는 에스테반에게 호스로 수영장에 있는 피를 씻어내라고 지시했다.

마르코는 지하실로 내려가서 금고 표면을 바라봤다. 그걸 건드리지는 말고 그냥 두라는 지시를 받은 터였다.

금고 문에 실물 크기로 선명하게 보이는 누에스뜨라 세뇨라 드 카리다드 델 코브레 때문에 성당에 있는 듯한 기분이 들었다. 성녀 앞의 파도 위에서 뱃사공들이 몸부림을 치는 모습이 그려져 있었다. 성녀의 옆구리를 드릴로 뚫은 구멍에 금속 한 줄이 돌돌 말려 있었다. 대형 드릴은 바닥에 놓여 있었다.

마르코 선장은 성녀의 보살핌을 받으며 살아남으려고 필사적인 뱃사공들을 바라보며 성호를 그었다.

차에서 기다리던 돈 에르네스토의 핸드폰이 울렸다. 안토니오의 핸드폰으로 걸려온 전화였다. 그는 잠시 핸드폰 화면을 물끄러미 바라보다가 전화를 받았다.

"그러니까 당신이 집을 차지했군. 내가 5분 안에 경찰을 거기로 보낼 수도 있어." 한스 피터 슈나이더가 말했다.

"원하는 게 뭐야?" 돈 에르네스토가 말했다.

"나한테 3분의 1을 줘. 이 정도면 아주 괜찮은 거래잖아."

"팔 데는 있어?"

"그럼."

"거기서 현찰로 주나?"

"아니면 원하는 곳으로 송금해줄 수도 있어."

"좋아."

"그리고 원하는 게 한 가지 더 있어." 한스 피터가 속삭였다.

돈 에르네스토는 눈을 지그시 감고 그의 말을 들었다.

"그럴 순 없어. 그건 못 해."

"당신은 자기 마음 하나 제대로 이해 못 하는 것 같군, 에르네스토. 2,500만 달러의 3분의 2를 받을 수 있다면 당신은 무슨 짓이든 할 사람인데."

전화가 끊겼다.

33

에스코바르 저택 지하실의 카드 테이블 앞에서, 파보리토는 재향
군인 병원 휠체어에 앉아 헤수스의 아내가 돈 에르네스토에게 건
넨 서류와 도면 스캔의 복사본을 살펴보고 있었다. 그중 하나에는
금고 스케치라는 라벨이 붙어 있었다. 파보리토는 목에 청진기를
걸고 작은 공구함을 가지고 있었다. 사진 촬영 때 쓰는 투광 조명
등 몇 개가 금고 앞면에 있는 실물 크기의 누에스뜨라 세뇨라 드
카리다드 델 코브레를 환히 비추고 있었다.

그 작은 방에는 파보리토 외에도 마르코와 그의 일등항해사인
에스테반이 함께 있었다.

사람들이 갑자기 모두 모자를 벗고 중얼중얼 인사를 하는 동
안 돈 에르네스토가 계단에 나타났다. 그는 축복의 기도를 하는
것처럼 두 손을 들고 모두에게 인사했다. 고메즈와 카리도 왔다.

카리가 마르코와 에스테반에게 고개를 끄덕이며 인사했다.

돈 에르네스토는 테이블 옆에 서서 파보리토의 어깨에 손을 올렸다.

"안녕하세요, 보스. 비야레알 부인에게 받은 서류가 이게 전부입니까? 헤수스가 보스에게 세부 사항들을 이야기하던가요?" 파보리토가 말했다.

"이건 헤수스가 죽은 다음에야 받았어, 파보리토. 받자마자 곧바로 스캔을 떴지. 여기 원본이 있네만, 복사본보다 나을 게 없어."

그들은 테이블에 돈 에르네스토가 가져온 서류들을 펼쳤다.

"여기 사진들을 보니 금고는 340L 스테인리스강으로 만든 것 같아요. 그러니까 두께가 5인치가 넘죠." 파보리토가 도해의 윤곽을 손가락으로 따라가면서 말했다. "여기에 폭탄이 있어요. 내 생각에 이건 광전지인데, 아마 빛을 산란시킬 거예요. 그러니까 금고에 구멍을 뚫어서 빛이 들어오는 순간 폭탄이 터지는 거죠. 폭탄을 터트리기 위해 굳이 손이나 다른 장비를 넣을 필요가 없어요."

"전지라면 배터리가 있어야 하지 않아? 그동안 시간이 얼마나 많이 흘렀는데." 마르코가 말했다.

파보리토가 서류를 톡톡 쳤다. "어딘가에 있겠죠. 아마 테라스 등 밑에 있을 거예요. 금고 속에도 전지 충전 장치가 있을 거고. 테라스 등들은 타이머로 작동되죠?"

"맞아요, 타이머로 작동돼요. 그 시스템은 식료품 저장실에 있는 이중 20 암페어 회로 차단기로 돌아가요. 테라스 등은 일곱 시부터 열한 시까지 켜지고. 허리케인 윌마가 강타했던 나흘을 제외하면 단 하루도 꺼진 적이 없어요." 카리가 계단에서 대답했다.

파보리토는 젊은 여자 목소리가 들리자 깜짝 놀라서 주위를 둘러봤다.

"여기는 카리. 우리 편이야." 돈 에르네스토가 말했다.

"안녕하세요." 파보리토가 인사했다. 그리고 금고 문에 그려진 그림을 가리켰다. "누에스뜨라 세뇨라 드 카리다드 델 코브레. 이 것과 관련된 뭔가가 있으면 좋겠는데요."

"그것만 가지고는 알 수 없죠." 카리가 말했다.

"이건 마치 누군가에게서 전해 듣고 대충 그린 도면 같아요. 세 부 사항이 하나도 나와 있지 않아요. 배선도도 없고. 금고에 그린 작품도 솜씨가 엄청 형편없고. 게다가 '이만'이라고 표시된 부분들 도 있네요."

"이만. 자석이란 말이잖아." 돈 에르네스토가 말했다.

"금고 뒤쪽을 봐야 할 것 같아요. 거기 부드러운 부분이 있는지 봐야." 파보리토가 말했다.

"여기서 밑으로 구멍을 뚫어서 금고 뒤쪽을 여는 방법은 없을 까?" 에스테반이 물었다.

"이 금고에 대해 더 자세히 알기 전까지는 금고를 흔드는 게 좋 은 생각이 아닌 것 같아요. 금고 주위에 있는 콘크리트와 강철봉 을 통과해서 가려면 며칠이나 걸릴 것 같아요?"

"밤을 샌다면 이틀 정도." 에스테반이 말했다.

"저 밑을 봐야 할 것 같아. 내가 갈게." 마르코 선장이 말했다. 그는 자신이 안토니오를 사지로 내몰았다고 느끼고 있었기에, 직 접 시험할 수 있는 기회가 생겨 기뻤다.

돈 에르네스토의 핸드폰이 울렸다. 그는 핸드폰 화면을 힐끗 보 고 밖으로 나가서 수영장 건물로 갔다. 피는 아까 호스로 씻어냈 지만 안토니오의 피가 바닥 타일 사이의 회반죽에 얼룩져 있었다.

회반죽은 이제 적갈색으로 변해 있었고, 그 위에 작은 개미들이 몰려 있었다.

전화를 건 사람은 헤수스 비야레알의 변호사인 디에고 리바로, 카르타헤나에 있는 돈 에르네스토의 사무실에서 전화를 돌려주었다.

"돈 에르네스토 씨. 어제는 슬픈 상황이긴 했지만 뵙게 돼서 좋았습니다. 제가 당신 사무실로 전화를 했는데요. 지금 카르타헤나에 계시나요? 이야기를 좀 하고 싶은데요." 리바는 최선을 다해 싹싹한 목소리로 말했다.

"지금 출장 중인데. 무슨 용건입니까, 리바 씨?"

"제가 좋은 일을 하나 하려고요. 당신이 가까운 미래에 비야레알 부인이 아주 큰 위험을 무릅쓰고 알려준 정보를 이용하실 거라고 생각해서요."

"그래요. 나도 그렇게 생각합니다." 돈 에르네스토는 혀를 쏙 내밀어 보이며 말했다.

"제가 좀 충격적인 사실을 알게 됐습니다. 당신의 사업 경쟁자 중 한 명이 그 서류를 대충 훑어보다가 거기서 한 가지를 변경했다는 정보가 들어왔습니다. 그게 당신의 안전에 영향을 미칠 수도 있어서 걱정되네요. 당신 안전을 위해서라도 그 자료의 정보를 원래대로 되돌려야 합니다."

"이렇게 일찍 연락해주다니, 고맙군요. 바뀐 부분이 뭔가요? 내가 여기 팩스 번호를 보내거나 당신이 그걸 스캔 떠서 내 핸드폰으로 보내주면 될 것 같은데." 돈 에르네스토가 말했다.

"전 당신과 직접 만나고 싶은데요. 제가 아주 기꺼이 카르타헤나로 갈 수도 있습니다. 돈 에르네스토 씨, 이 프로젝트 때문에 제가 그동안 아주 큰 위험에 처해 있었거든요. 거기다 그 부인 자매를 다루기가 얼마나 힘들었는지 말로 다 할 수 없을 정도고요. 제게 봉사료를 주셨으면 하는데, 100만 달러면 공정할 것 같습니다."

"맙소사! 봉사료로 100만 달러라니 좀 지나친 것 같군요, 리바 씨."

"당신은 이 정보가 꼭 필요할 텐데요. 당신 부하들의 목숨이 달렸잖아요. 제가 못된 인간이었다면 당국에서 보상금을 받는 방법을 고려했을지도 모르죠."

"내가 돈을 내지 않겠다면?"

"몇 달이 지난 뒤에 이 일을 찬찬히 생각해본다면, 뒤늦게나마 자신의 실수를 깨닫게 될 겁니다. 그땐 이미 다른 사람들이 이득을 봤겠죠."

"75만 달러는 어때요?"

"유감스럽지만 협상은 하지 않습니다."

"곧 연락하리다." 돈 에르네스토는 전화를 끊었다.

그는 고메즈를 불러서 디에고 리바와 방금 한 통화에 대해 이야기했다. "그 자식은 내가 뒤늦게 내 실수를 깨닫고 슬퍼할 거라고 경고하더군."

"그렇군요. 뒤늦게라. 뒤늦게 그런단 말이죠."

"내가 놈에게 돈을 주면, 놈은 돈을 받고 나서 나를 ICE에 팔아넘길 거야. 헤수스의 무덤에서 그놈과 만나도록 주선해봐. 그놈을 만나서 뒤늦게 자기 실수를 깨닫도록 만들어주라고. 영화에서 드라큘라가 렌필드의 머리를 어떻게 거꾸로 비틀어버렸는지 기억하나?"

"네. 그런데 청을 하나 드려도 될까요? 제 조수로 삼촌을 불러도 됩니까? 제 삼촌이 아주 유능하거든요."

"그래. 여기 일이 끝나는 대로 최대한 빨리 가." 돈 에르네스토가 말했다.

"네, 보스. 하지만 보스의 안전은-"

"다른 사람을 둘게."

"이 그룹에서요? 보스, 제가 추천을 해도 된다면, 저기 있는 남자들 중 누구를 고르시더라도, 저 여자도 꼭 데려가세요. 제 생각엔 저 여자가 보통내기가 아니에요. 제가 또 그런 건 잘 보잖아요. 잊지 마세요, 헤수스를 죽인 킬러는 여자였어요."

돈 에르네스토는 고메즈에게 금고의 도해에 치명적인 변경 사항이 있을지도 모른다는 점은 말하지 않았다. 파보리토에게도 말하지 않았고, 그 누구에게도 입도 벙긋하지 않았다.

디에고 리바가 그들을 밀고하면, 원래는 불법적으로 손에 넣은 금을 융통하기 쉬운 마이애미에서 금을 팔 수 없게 될 것이다. 연방 수사관들과 증권거래위원회가 금을 찾기 위해 이 지역 제련소들을 샅샅이 뒤지고 다닐 테니까. 헤수스 말로는 그 골드바 중 일부에는 일련번호가 찍혀 있었다. 그런 골드바들은 해외로 빼돌려 다시 주조해야 한다. 그 금고에 동작 인식 센서가 설치돼 있다면 그 골드바만 따로 들어낼 수도 없다.

만약 그 금고가 폭발할 경우 생길 수 있는 최악의 사태는 뭘까? 증인도 없고, 증거도 없고, 이곳과 이 근방에서 부수적인 피해만 엄청 발생할 것이다. 솜씨 좋은 부하 몇 명을 잃겠지만 그걸 제외하면 사실 심각한 피해는 없다.

그러니까. 그 금고는 여기서 열어야 하고, 그것도 당장 해야 한다. 디에고가 경찰에게 알리기 전에 어서 금을 옮겨야 한다.

돈 에르네스토는 아이티에 전화를 한 통 걸었다. 포르트페 공항에서 갈색 작업복을 입은 남자가 전화를 받았다. 그는 60년 된 한 비행기의 연료 필터를 청소하고 있었다. 그는 돈 에르네스토와 짧게 통화했고, 그 후에 돈 에르네스토는 500파운드짜리 꽃꽂이용 꽃과 세탁기 세 대를 주문했다.

34

그 구멍 위에 세워놓은, 시장에서 쓰는 대형 파라솔은 햇빛을 가리는 용도뿐 아니라 경찰 순찰대와 연안 경비대 헬기들의 감시를 피하기 위한 것이기도 했다.

햇빛이 비치기 시작한 직후에, 새 리프팅 장비를 입은 마르코 선장이 수영장 건물에서 나왔다. 그는 피와 세사가 말라붙어 딱딱해진 펠릭스의 장비를 들고 와서 수영장 근처 타일 바닥에 떨어뜨렸다.

돈 에르네스토가 마르코의 어깨에 한 손을 올려놨다.

"선장이 직접 할 필요는 없는데. 다이버는 내가 하나 데려올 수 있어."

"제가 안토니오를 저 아래로 보냈어요. 제가 직접 가겠습니다." 마르코 선장이 대답했다.

"그래요, 선장."

이그나시오가 집에서 작은 여행 가방과 배낭 하나를 가지고 와서 안에 든 물건을 땅바닥에 쏟았다.

"죽은 놈들이 갖고 있던 소지품이에요. 여행 가방에는 대마초가 들어 있었는데 주로 씨와 줄기 부분이고. 레더맨 멀티 툴 하나, 딸딸이." 이그나시오는 말하다가 뒤에 카리가 있는 걸 알고 다시 말했다. "어, 그러니까 야한 잡지 한 권, 야바위에 쓰는 주사위 하나, 그리고 주사위 놀이에 쓸 컵 하나. 이 새끼는 마이애미가 어떤 동네인지 전혀 모르는 놈이네. 이 동네에서 이런 사기를 쳤다간 곧바로 목이 달아날 텐데. 제가 없앨게요."

"이 장비도 없애버려." 마르코가 말했다.

마르코가 파라솔 밑으로 가는 동안 연안 경비대 헬리콥터 한 대가 지나갔다.

베니토도 선장을 따라 파라솔 밑으로 들어왔다. 노인은 가지고 있던 낚싯대 케이스를 열었다.

거기서 다이버들이 쓰는, 약 152센티미터 정도 되는 수중총을 한 자루 꺼내서 건넸다.

"물속을 좀 시끄럽게 만들어야 할 때 써. 내 조카가 선장을 위해 만들어준 거야." 베니토가 말했다. 그는 왁스가 입혀진 탄환 하나를 쥐고 있었다. "이건 원래 총 끝부분에 30구경 총알을 넣게 돼 있는데 우리 조카가 거기다 357구경 총알을 하나 더 합쳐서 개조한 거야. 마음에 들 거야. 자네가 직접 장전하고 싶을 것 같았어."

마르코는 수중총의 안전장치를 시험한 다음, 총 끝부분에 그 총알을 끼워넣었다.

357구경 총알은 마르코가 쏜 대상이 무엇이든 어마어마한 위력으로 발사될 것이다.

베니토와 마르코는 서로 팔뚝을 부딪치며 마음을 나눴다.

"어서 가자고. 이걸 입고 있으니까 더워 죽을 것 같아." 마르코가 그렇게 말하고 짙은 회색 필터 두 개와 비디오카메라가 달린 잠수 마스크를 썼다. 마르코는 노트북에 나오는 영상을 확인하고 있는 파보리토를 바라봤다. 파보리토가 오케이 신호를 보냈고, 두 사람도 팔뚝을 부딪쳤다. 임팔라 로우라이더. 리프팅 장비와 연결된 수동 윈치를 조작하자 마르코의 몸이 어두운 동굴 속으로 내려갔다. 밑으로 내려가는 그의 몸이 조금씩 씰룩거렸다. 마르코는 들고 있던 손전등 불빛으로 주위를 둘러봤다. 공기는 탁하고 뺨에 닿는 느낌은 따뜻했다.

"조금 더 밑으로, 조금 더 밑으로." 그는 발을 뻗었다. "밑으로. 밑으로." 마침내 발이 바닥에 닿았다. 물이 그의 허리까지 찬 상태에서 물살이 찰랑거리자 30센티미터 내외로 몸이 오르락내리락했다. 마르코는 손전등 불빛으로 금고, 인간의 두개골, 동굴 천장을 뚫고 샹들리에처럼 밑으로 내려온 나무뿌리들을 비췄다. 수중 출입구로 들어오는 물이 발목을 끌어당기는 게 느껴졌다. 그는 수중총으로 주위 공간을 대략적으로 쟀다.

"저 금고에 윈치를 장착할 수만 있다면 기둥 사이로 끌어낼 수 있을 정도로 공간이 넓어." 그는 물살을 헤치고 앞으로 걸어가면서 마스크 속에서 코를 훌쩍였다. 밑으로 길게 늘어진 뿌리들에 걸리지 않도록, 거의 물속에 얼굴을 집어넣는 수준으로 허리를 깊숙이 숙여야 했다. "바지선이 물 밖으로 튀어나와 있지만 우리 작업에 거치적거리진 않을 거야." 그는 금고에 도착했다. 두개골이 그 옆에 있었다. 금고 근처의 얕은 물속에 원래 몸집의 8분의 1밖에 남지 않은 개의 시체가 있었다.

마르코는 주머니에서 자석 하나를 꺼냈다. 자석은 금고에 찰싹 달라붙었다.

"앞부분과 마찬가지로 강철이야. 부드러운 곳은 하나도 없어." 그가 말했다.

"접합선 같은 건 보여요?" 파보리토가 자신의 노트북으로 들어오는 영상을 자세히 살펴보면서 물었다.

"아주 깔끔하게 비이드 용접을 했는데 솜씨가 기가 막혀. 앞부분과 마찬가지로 티그 용접을 했어. 이 빌어먹을 금고는 여기서 만들어진 게 아니야."

"한번 살짝 두드려봐요." 파보리토가 말했다.

방파제 밑 통로에서 뭔가 물을 빨아들이는 소리가 나면서 물방울 몇 개가 올라왔다.

마르코 선장은 벨트에서 작은 망치를 꺼내 금고를 두드렸다. 금고 중앙에서 구석으로 가면서 두드리자 소리가 아주 조금 변했다.

"앞쪽하고 똑같아. 두께는 한 5인치 정도 될 것 같아. 금고 가장자리 주위를 둘러볼게. 영상은 잘 보여?"

"제발 카메라 렌즈 좀 닦아요, 마르코."

마르코는 비닐봉지에 넣어 온 천으로 카메라 렌즈를 닦고, 자신의 마스크를 닦았다. "아이. 여기 얼룩이 있어. 보여?" 그는 박스 위에 손가락을 댔다. "연필만한 크기야. 이거 불길한데. 여기서 나가야겠어."

그때 물속 구멍에서 만 쪽으로 뭔가가 들어오면서 빨아들이는 소리가 들렸다.

마르코는 그의 위쪽에 난 구멍으로 들어오는 빛을 향해 물살을 헤치며 걸어갔다. 그러다 뭔가에 걸려 비틀거렸고 그때 펠릭스의 상반신이 수면 위로 불쑥 나타났다. 물에 퉁퉁 불은 채 사방에 갉아먹힌 자국이 있고, 몸이 절반으로 찢긴 부위에는 장기들이 축 늘어져 있었다.

마르코는 어서 빠져나가려고 정신없이 움직이다가 그만 펠릭스를 밟았다. 순간 펠릭스의 눈이 획 떠지면서 가스가 분출되자, 마르코는 마스크를 쓴 상태에서 구역질을 했다. 절반만 남은 시신이 움직이다가 마르코가 수중총을 치켜들자 저쪽으로 획 날아갔다.

방파제 밑에서 뭔가 빨아들이는 소리가 났다. 마르코는 물속에서 최대한 빨리 움직였고, 그의 리프팅 장비에 달려 있던 선이 재빨리 정원 구멍을 통해 위로 올라갔다.

"줄을 당겨! 잡아당기라고!" 마스크 속에서 마르코가 뭉개진 목소리로 소리를 질렀다.

그의 몸이 위로 들린 채 발을 흔들면서 빛을 향해 올라가는 동안, 그의 아래쪽 물속에서 관 같은 형태의 물거품이 올라왔다. 에스테반과 이그나시오가 죽어라고 윈치를 돌려서 마르코를 끌어올리고 있을 때 그는 자신의 발밑에서 두 턱이 딱 부딪치는 소리를 들었다. 마침내 그는 수면 위까지 올라가서 햇빛 속으로 나왔다.

마르코는 젖은 잠수복을 허리까지 벗은 채 땅바닥에 앉아 쌕쌕거리며 숨을 몰아쉬었다. 사람들이 물을 주자 단숨에 몇 모금 들이켰다가 그대로 화단에 토해버렸다. 카리가 입을 헹궈낼 찬물 한 잔과 럼 한 잔을 가져왔다.

돈 에르네스토는 마치 축복을 내리는 주교처럼 마르코의 머리를 만졌다.

그들은 마르코의 카메라에 찍힌 영상을 노트북으로 살펴봤다.

"아마 FBI 금속 탐지기가 저 매립지에 침몰한 강철 바지선을 계속 감시하고 있었을 거야." 돈 에르네스토가 말했다.

"놈들이 아마 저기 내려가서 드릴로 뚫어보기도 하고 탐지기 검사도 여러 번 했을걸." 파보리토가 말했다.

돈 에르네스토는 펠릭스의 시신에 일정한 간격으로 생긴 상처 자국들을 가리켰다. "이건 바다악어 짓이야. 고메즈, 자네 기억나? 세사르가 바다악어에 굴복하지 않았어? 그 자식과 그 자식 파트너가 사채를 안 갚았을 때 말이야."

"맞아요. 세사르가 자기 사무실 근처 다리 밑에 있던 바다악어에 굴복했죠." 고메즈가 말했다. 그는 돈 에르네스토처럼 아주 심각하게 말하려고 애쓰고 있었다. "악어가 그놈을 채갔는데, 아마 먹어치웠을 가능성이 아주 크죠."

"악어는 씹을 수가 없어. 악어는 고기를 썩혀서 물렁물렁하게 만든 다음 맛이 좋아지도록 물속에 저장해두는 셈이지. 악어가 이 남자를 채갔다가 숙성시키려고 다시 여기로 가져온 거야." 돈 에르네스토가 말했다.

파보리토가 노트북 화면을 손으로 가리켰다. "밑에 내려가서 금고를 보길 잘했어요. 마르코가 발견한 이 점이 보여요?"

"수은 스위치가 거기 있어요. 건드릴 순 없지만." 카리가 말했다.

"이건 구멍이에요. 납땜으로 구멍을 막은 후에 그 위에 광을 낸 거죠. 이 안에 화약을 넣고 봉인하면, 그 구멍으로 철사를 찔러넣어서 옆으로 지나가게 할 수 있어요. 그렇게 해서 폭탄이 터질 수 있는 수은 스위치를 만드는 거죠. 누군가 이걸 움직이려고 하면, 쾅. 이건 IRA에서 오래전부터 쓰던 전통적인 방법이에요."

카리가 고개를 끄덕였다. "예전에 아일랜드 사람이 시범을 보이면서 코산 가스 실린더로 박격포를 만드는 법을 가르쳐줬어요. 그가 박격포 하나하나에 자기 이름을 써놨어요. '슈그 G 렉션'이라고."

"아마 가명일 거야." 고메즈는 아주 신중하게 말했다.

"플라스마 토치로 철사를 금고 뒤쪽에서 잘라버릴 수는 없나?"

파보리토는 고개를 절레절레 흔들었다. "내가 저 폭탄을 설치한 사람이라면 안 될걸요? 그런 꼼수를 쓰지 못하게 금고 안쪽에 적외선 센서를 설치했을 겁니다."

파보리토는 길게 숨을 들이쉬었다. "이 폭탄을 설치한 사람을 알아야겠어요. 저걸 옮기려면 액체 질소로 수은 스위치를 얼려야 할 겁니다. 하지만 저 금고를 계속 차게 유지해야 해요. 영하 37도로. 그렇지 않으면 폭발해요. 광학적인 부분은 저도 모르겠어요."

"파블로는 자기 돈을 영원히 봉인할 생각은 아니었어. 그걸 쓰려고 했지. 그러니까 분명 방법이 있을 거야. 자네가 한번 시도해보겠나?" 돈 에르네스토가 말했다.

"생각해볼게요." 파보리토가 말했다. 그는 감각이 없는 자신의 두 다리를 내려다봤다. "가끔 내가 생각을 충분히 못하는 경우도 있으니까."

"30분 동안 생각해보게." 돈 에르네스토가 말했다.

그들은 노트북에 찍힌 영상들을 연구했다. 파보리토가 용접한 분위를 손가락으로 쓸어내렸다. "이런 건 아무나 용접할 순 없는데. 티그 용접이거든. 여기 용접한 부분을 봐. 이 부분이 아주 매끄럽게 됐잖아요. 완전 예술이라니까. 이런 걸 할 수 있는 사람은 많지 않아요. 테라스 설계 작업의 건축 허가증을 한번 봅시다. 그때 이걸 만들었을 테니까."

Thomas Harris

파보리토는 마르코가 카메라로 찍은 금고 사진들을 사진 보정 앱인 포토 플러스에 넣고 시작 버튼을 눌렀다.

"아, 이거다. 고마워요, 마르코!" 플래시를 터트릴 때 생긴 그늘 속으로, 금고 옆 아래쪽에 마커로 적은 글자 세 개가 보였다. "T-A-B. 썬더 앨리 보트. 돈 에르네스토. 이제 어디다 물어봐야 할지 알겠어요. 그런데 달달한 게 좀 필요합니다."

"돈 아니면 코카인?" 돈 에르네스토가 말했다.

"둘 다 있으면 더 좋죠."

배가 기분 좋게 부른 악어는 남쪽으로 헤엄쳐 가다가 보트가 나타날 때마다 물속으로 들어갔다. 4.2미터인 바다악어 암놈은 한때는 에버글레이드 습지(미국 플로리다 주 남부의 대습지)에서 어린 버마왕뱀과 가끔 사향쥐와 누트리아를 잡아먹으며 살았지만 페어웨이 근처 땅 위로 올라와 햇볕을 쬘 수 있는 이곳이 훨씬 더 마음에 들었다.

골프장 근처 만에는 다른 악어들도 있었다. 나일악어 한두 마리와 민물의 맑은 샘 근처에 사는 악어 몇 마리가 있었는데 모두 단단한 껍질에 따사로운 햇살을 쪼이며 만끽하고 있었다.

그중에서도 가장 좋은 건 골프장에서 해충을 박멸하는 바람에 꺼끌꺼끌한 발로 악어의 누관을 간질여 나오는 눈물을 마시는 나방과 나비가 싹 다 없어졌다는 점이다.

악어들은 꾸벅꾸벅 졸면서 버뮤다 반바지를 입은 골퍼들을 지켜봤다.

유감스럽게도 개들은 골프장에 들어올 수 없었다. 가끔 이웃 사람들-주로 골프장 회원이 아닌 사람들-이 밤중에 비닐봉지와 똥 치우는 삽을 들고 자기들이 키우는 작은 개를 데려와 물가 가장자리에서 마음껏 뛰어놀게 내버려뒀다.

악어들은 먹이를 씹을 수 없어서 커다란 동물을 잡으면 살이 부패해서 물렁해진 후에야 토막 낸 살덩어리들을 먹을 수 있었다. 하지만 치와와, 코기, 테리어, 시추 같은 작은 개는 한입에 꿀꺽 삼킬 수 있다. 그런 동물들은 에스코바르 저택 밑에 악어가 먹이를 보관해둔 것처럼 먹이 저장실에서 살이 물러지길 기다릴 필요 없이 그냥 신선한 상태로 먹을 수 있는 것이다.

그 악어가 펠릭스 외에 먹어본 인간은 단 하나밖에 없었다. 그 사람은 고주망태가 돼서 보트에서 떨어진 술주정뱅이로, 당시 아무도 그를 찾지 않았고 그의 죽음을 슬퍼하지도 않았다. 악어는 주정뱅이를 먹어치우고 한 시간 정도 지난 후에 거나하게 취했다.

악어는 인간을 먹었다는 사실을 찬찬히 떠올려보진 않았지만 먹이와 먹이가 있던 장소를 비상하게 기억했고, 당연히 인간의 몸에는 다른 동물들과 달리 털, 깃털, 거친 가죽, 뿔, 부리, 발굽 같은 것이 없어서 얼마나 먹기 좋고 편했는지 확실하게 파악했다. 펠리컨 같은 먹이는 잡느라 고생만 하지 먹을 것도 없는데 말이다.

반바지 밑으로 희고 통통한 다리를 내놓고 땅거미가 질 무렵 자신의 애완동물을 기운차게 따라다니는 인간들은 악어에게 아주 매력적이었다. 주위가 어두워지면 인간들은 앞을 잘 보지 못한다. 그러니 끈기 있게 기다리면 된다.

악어는 그날 밤 펠릭스의 머리에 달려 있던 램프를 배설하느라 좀 고생한 후에, 그걸 페어웨이 옆에 놔둬서 골프장 관리인들을 어리둥절하게 만들었다.

36

미남인 디에고 리바는 자기가 유명 영화배우였던 케서 로메로의 손자라는 당치 않은 주장을 하고 다녔다. 겉만 번지르르한 그는 지금 억울하다는 표정이었다.

그는 남과 나눠 갖는 걸 죽기보다 싫어해서 다른 사람들이 좋은 것을 즐기며 행복해하는 모습을 보면 배가 아팠다.

그중에서도 특히 돈 에르네스토가 헤수스 비야레알의 부인에게 마련해준 안락한 집을 보면 화가 났다. 그 집과 비야레알 부인에게 제공된 자금은 디에고 리바의 에이전시를 거친 게 아니었기 때문에 수저를 얹을 기회도 없었다.

헤수스가 죽은 후 그의 부인을 찾아갔지만 아무 소득도 없었다. 그는 자기도 수수료를 받아 마땅하다고 지적했지만 부인은 그 우아한 집에서 눈썹 하나 까닥하지 않은 채 가사 도우미들의 시중을 받았고, 부인의 사나운 언니는 구석에 앉아 신랄한 말투로

동생의 입장을 지지했다.

그 집에서 나와 자신의 사무실로 돌아온 디에고 리바는 오후 내내 의자에 앉아 고개를 푹 숙이고 눈동자를 이리저리 굴려가면서 속을 부글부글 끓였다.

그는 헤수스가 알려준 마이애미의 금고를 여는 방법에 나온 도해와 지시 사항들을 마음대로 바꿔놨지만, 돈 에르네스토가 그걸 바로잡는 대가로 돈을 줄지 확신할 수 없었다. 돈 에르네스토가 돈을 내고 그걸 수정하지 않으면 마이애미 해변이 아주 요란해질 것이고, 그에게 한 푼이라도 줄 사람조차 남지 않게 될 것이다.

조사 결과, 지난해에 미국 정부가 내부 고발자에게 지불한 가장 큰 보상금은 1억 400만 달러였다. 귀중품을 찾을 경우에는 귀중품 가치의 10퍼센트에서 30퍼센트에 달했다. 계산해보니 2,500만 달러에 달하는 황금을 찾아낸 보상금으로 적어도 250만 달러가 자기 주머니에 들어올 거라는 결론을 내렸다.

그는 돈 에르네스토를 팔아넘기기로 했다.

그가 워싱턴 DC의 증권거래위원회에 있는 내부고발자 사무실로 건 전화는 몇 번의 연결을 거쳐 국토안보부의 목소리가 아주 상냥한 어느 여자 요원에게 전달됐다.

그녀는 직장에 불만을 품은 은행 직원들과 회사와 사이가 틀어진 직원들을 다루는 데 이골이 났기 때문에 디에고 리바의 분노에 아주 노련하게 대처했다. 그녀는 디에고 리바에게 지금 아주 정의롭고 옳은 일을 하고 있다고 안심시켜줬다. 그녀는 "나쁜 상황을 바로잡고", "정의가 실현되는 걸 보게 될 것"이라고 했다. 그녀는 정보 제공자들을 "범죄 신고자"라고 불렀다.

그러면서 법에 명시된 바와 달리 경고음인 삐 소리를 내지도 않고 디에고 리바와의 통화를 녹음하고 있었다. 그녀의 책상 위에 있는 녹음기 옆에는 작은 표지판이 있었다. "한방에 보상금 대박."

미국 국세청, 증권거래위원회, 법무부, 국토안보부가 운영하는 여러 내부고발자 프로그램은 상당히 원활한 공조가 이뤄지고 있다. 내부고발자가 느닷없이 건 전화를 어느 부처에서 받건 간에 그를 격려해가며 상세한 질문을 한 후, 그 사안을 관련 부처로 보내는 것이 관습이었다.

여자 요원은 디에고 리바에게 그가 설사 다른 정보기관에 이미 이 정보를 제공했어도 120일 후에 증권거래위원회에서 보상금을 지불할 것이라고 디에로 리바를 안심시켰다.

디에고 리바는 보상금 지불을 약속하는 서류를 요구하면서 자신이 제공한 정보 덕분에 미국 영토에서 다량의 금과 폭탄을 발견하게 될 거라고 말했다.

여자 요원은 서류를 작성하려면 몇 시간이 걸릴지도 모른다고 말했고, 디에고 리바는 서류가 자기 손에 들어오기 전까지는 정보를 내놓지 않겠다고 버텼다. 그는 전화기와 팩스기 옆에 앉아 기다렸다.

국토안보부의 카르타헤나 지부 요원이 갑자기 내려온 상부의 지시대로 리바의 집을 감시했고 밤이 되자 보고타에서 ICE 요원이 와서 지부 요원의 임무를 이어받았다.

37

파보리토가 금고 문에 그려진 누에스트라 세뇨라 드 카리다드 델 코브레를 바라보자, 수호성인도 휠체어에 앉아 있는 파보리토를 마주봤다. 성인이 보호하고 있는 그림 속 뱃사공들은 여전히 파도 위에서 사력을 다하고 있었다.

파보리토는 카드 테이블 앞에 앉아 있었다. 테이블 위에는 가우스 미터(자속 밀도 측정기), 전압계, 반 다스쯤 되는 강력한 자석들과 청진기가 있었다.

돈 에르네스토, 고메즈, 마르코, 에스테반, 카리가 그 모습을 지켜보고 있었다. 카리와 에스테반은 작은 지하실의 계단 위에 있었다. 돈 에르네스토 옆에 있는 고메즈는 여차하면 파보리토를 휠체어째 들고 얼른 계단 위로 뛸 준비를 하고 있었다.

희미한 지하실에서 조명을 받은 성인의 모습이 환하게 빛나고 있었다.

"이 금고의 금속 가공을 썬더 보트 앨리 선박 수리소에서 했다는 걸 알아냈어요. 그쪽 사람들 말로는 파블로가 직접 와서 가공 작업을 지켜봤대요. 그들이 트럭에 금고를 싣고 여기 건설 현장으로 와서 크레인으로 바닥에 내려놨다네요. 그때는 아직 물에 잠기지 않은 마른 땅이었다고 해요. 썬더 앨리 사람들 중에 금고에 폭탄을 설치하는 걸 본 사람은 아무도 없었어요. 파블로가 칼리(콜롬비아 남부 도시)에서 누군가 데려와서 설치한 게 분명해요. 지금 거리 쪽에서 들어오는 가스는 끊었죠?"

"네. 내가 했어요." 카리가 말했다.

베니토가 마이애미 국제공항에서 전화했다. 돈 에르네스토가 거기로 들어올 DC-6A기를 맞아서 그 오래된 비행기의 짐 싣는 장비 상태가 어떤지 확인해보라고 베니토를 보냈다. 베니토는 젊었을 때 그 비행기 기종에 짐 싣는 일을 많이 했다. 해당 비행기는 연료를 재급유해서 준비가 된 상태였고 장비 상태도 좋다고 그가 보고했다.

이제 기다려야 할 것은 하나도 없다. 지금 할지 말지만 남았다.

파보리토는 자석을 테스트했다. 그의 앞에는 서류와 헤수스 비야레알이 건넨 도면들이 펼쳐져 있었다. 파보리토는 담배에 불을 붙였다.

"꼭 여기서 담배를 피워야 해?" 고메즈가 말했다.

"상관없어. 괜찮아. 이 도해대로라면 뱃사공들 옆에 있는 이 동그란 부분과 저 동그란 부분 위에 자석을 하나씩 올려놔야 해. 세 번째 자석은 그림 제일 아래쪽 맞은편에 있는 글자에 놔야 하고. YO SOY LA VIRGEN DE CARIDAD DEL COBRE, 여기 'virgin' 이란 단어에서 I가 E쪽 바뀌어 있잖아. 그러니까 자석으로 여기 있는 철자들 중에서 'A-V-E'를 두드리면 될 것 같아.

파보리토는 종이 수건으로 손을 닦았다. "돈 에르네스토, 여기서 나가고 싶은 사람이 있다면 지금이 바로 그때입니다. 하나만 부탁할게요. 지금부터 여기서 이 일이 다 끝날 때까지 모두 내가 지시한 대로 해야 합니다. 돈 에르네스토, 보스도 포함됩니다."

"분부대로 하지." 에르네스토가 말했다.

파보리토는 담배를 한 모금 깊숙이 빨아들인 후 바닥에 떨어뜨리고, 휠체어 바퀴를 굴려서 눌러 껐다. 그리고 고개를 들어 환하게 빛나는 성인을 보며 성호를 그었다.

그는 그림 아래쪽에 있는 뱃사공들을 만졌다. "우리 모두 같은 배를 탔어요, 형제들." 파보리토가 말했다.

바로 그 순간, 거기서 1,100마일 떨어진 디에고 리바의 사무실에 전화벨이 울렸고 팩스기에서 서류 한 장이 출력됐다.

파브리토는 에스코바르 저택 지하실에서 휠체어를 굴려 금고 가까이 다가가 휠체어의 브레이크를 걸고, 첫 번째 자석을 왼쪽의 원형 이미지에 놨다. 그리고 청진기로 금고 안의 소리를 들었다. 그다음에는 오른쪽의 원형 이미지에 좌석을 놨다. 금고 안쪽에서 찰칵 소리가 났다. 파보리토는 눈을 서너 번 깜박였다. 자기 눈꺼풀이 깜박거리는 소리까지 들을 수 있을 것 같았다.

"이제 글자 A-V-E를 두드리자. 아베, 내가 아베라고 말하면, 누에스트라 님, 아베 마리아를 말하는 겁니다." 그는 혼잣말을 했다. 그리고 A를 자석으로 톡 쳤다. 그리고 V를 치고.

글자 E를 마지막으로 톡 쳤다. 1초 정도 흐른 후에 찰칵 소리가 들렸다.

파보리토는 금고 손잡이를 돌렸지만, 돌아가지 않았다. 청진기에서 희미하게 째깍 소리가 한 번 들리더니 곧 그 소리가 지하실에 있는 사람이 모두 들을 수 있을 만큼 크게 났다. 째깍 째깍.

"모두 나가요. 밖으로 나가서 거리로 계속 걸어가요. 나가서 벽에 몸을 찰싹 붙이고 자세를 낮추고 있어요." 파보리토는 계속 서류에서 눈을 떼지 않은 채 말했다.

"우리가 자네를 밖으로 옮기겠네. 고메즈!" 돈 에르네스토가 말했다.

그 덩치 큰 남자가 앞으로 나와서 파보리토를 안으려고 허리를 숙였다.

"안 돼요! 내가 아까 말했잖아요, 보스." 파보리토가 말했다.

"모두 나가게. 당장! 달려!" 돈 에르네스토가 말했다.

사람들은 지하실에서 잽싸게 빠져나왔다. 집 안에서는 달리는 게 창피했지만 살고 싶은 마음은 어쩔 수 없어서 잔디밭으로 나가자마자 달리기 시작했다. 부엌에서 새가 말하는 소리가 들렸다. "이게 대체 무슨 지랄이야, 카르멘?" 그 소리에 카리가 부엌으로 달려가서 새장을 열었다.

지하실에 남은 파보리토는 자석을 들고 그림 위에 올려진 글자를 위아래로 움직였다. 째깍 째깍 소리가 조금 더 커지고 빨라지는 동안, 그의 심장 소리도 같은 속도로 뛰었다. 파보리토는 서류를 들고, 거기 그려진 도해와 환한 조명을 받고 있는 금고의 그림 두 개를 동시에 봤다. 그림에 반사된 빛이 종이를 비추면서 지우개로 지워서 얇아진 부분을 비췄다. 금고에 그려진 카리다드 성인의 잎이 무성한 후광 바로 왼쪽에 있는 점이, 그림에는 없었다. 그는 휠체어에 앉은 채 자석을 쥐고 손을 높이 들었다. 하지만 후광이 있는 곳까지 손이 닿지 않았다. 그는 휠체어의 브레이크를 단단히 잠그고 한쪽 팔로 휠체어를 짚고 몸을 일으키려고 애를 썼다. 째깍 소리가 천둥처럼, 마치 총소리처럼 커지는 것 같았다. 그는 성인의 얼굴을 들여다보며 부르짖었다.

"카리다드!"

2층에 있던 카리가 그 소리를 들었다. 그녀가 하얀 새를 소파로 던지자 새가 푸드득거리며 소파에 내려앉았다. 카리는 정신없이 계단을 내려가서 빛과 째깍 소리로 가득 찬 지하실로 들어왔다.

파보리토가 그녀에게 자석을 던졌다.

"저기 저 후광에 있는 까만 점. 열두 시 방향의 왼쪽!"

카리는 단 세 발자국 만에 그림 앞으로 달려가서, 강력한 덩크 슛을 날리듯 몸을 날려 성녀의 위쪽 바로 그 자리에 자석을 때려 박았다.

째깍. 째깍. 째깍 소리가 멈췄다. 금고 손잡이가 딸깍딸깍 소리를 내며 저절로 돌아갔다. 파보리토와 카리는 숨을 헐떡이고 있었다. 카리는 파보리토를 향해 허리를 숙였고 둘이 서로를 부둥켜안는 동안 그들의 헐떡이던 숨소리는 웃음소리로 바뀌었다.

Thomas Harris

38

20여 초 동안 째깍거리는 소리가 온 세상을 멈추게 할 것처럼 느껴졌다. 카리와 파보리토는 금고에서 한 번 더 째깍 소리가 났을 때 놀라서 펄쩍 뛰었다가 이내 정신없이 움직였다.

금고에 있는 모든 것에 파보리토의 손이 다 닿지는 못했다. 카리가 그를 도와 밝은색 페인트가 칠해진 끈들이 달린 폭발물과 칙칙한 기폭 장치들을 테이블에 함께 올리고, 폭탄 파편으로 쓰기 위해 주변에 못을 여러 개 박아놓은 셈텍스는 그대로 금고 안에 뒀다.

그들은 금고 주변에서 핸드폰을 쓰고 싶지 않았다. 그래서 기폭 장치들을 꺼내 멀찍이 치워놓은 다음, 파보리토를 지하실에 남겨두고 카리가 손을 흔들어 모두에게 안전하다는 신호를 보냈다. 하얀 새는 그녀의 주먹 쥔 손 위에 앉아 있었다.

그다음부터 상황이 아주 빠르게 흘러갔다.

그들은 소방대원들처럼 최고급 골드바, 중량이 표시된 골드바, 인리다의 불법 광산에서 채굴한 표면이 고르지 않은 골드바와 지포라이터보다 조금 더 큰 두툼한 골드바들을 날랐다. 밴 안에는 옷을 위쪽으로 집어넣는 세탁기 세 대가 있었는데 모두 안쪽에 콘크리트 보강용 강철봉을 용접해서 튼튼하게 개조돼 있었다.

고메즈가 공구 상자를 무릎에 올려놓은 파보리토와 휠체어를 함께 들어 계단 위로 날랐다.

몇 분 후에 밴은 가는 빗줄기를 뚫고 공항을 향해 달렸다. 줄리아 터틀 둑길에서 마이애미 해변을 향해 쏜살같이 달리는 군인 수송대가 밴을 스쳐 지나갔다.

chapter

39

두 대의 ICE 밴에는 각각 FBI 요원 네 명, 마이애미 데이드 작전 본부 요원들과 폭탄 해체 요원들이 로봇과 같이 타고 있었다. 중간 지점까지는 사이렌을 울리며 줄리아 터틀 둑길을 달렸고, 중간부터 마이애미 해변까지는 앰뷸런스 사이렌 하나만 울렸다.

마이애미 해변 특별 기동대와 소방차 한 대가 먼저 에스코바르 저택에 도착했다. 마이애미 데이드 해양 경찰은 등을 모두 끄고, 사이렌도 울리지 않은 채 보트 두 척을 몰고 나타났다. 특별 기동대는 저택 앞쪽과 뒤쪽으로 팀을 나눠 동시에 진입했다.

경찰 헬기 한 대가 상공에서 빙빙 돌자 저택의 간이 헬기장 옆에 있는 낡아빠진 풍향계가 사정없이 흔들렸다.

장애물에 걸리지 않도록 프로그래밍 된 로봇은 좁은 계단을 내려가라는 지시에 미심쩍었지만 이내 계단을 내려가 지하실로 향했다. 로봇에 장착된 12구경 산탄총에는 폭탄의 발파회로 작동을 중단시킬 물이 가득 차 있었다. 산탄총의 포탄에는 원래 뇌관이 있던 자리에 전기 뇌관이 설치돼 있었다.

열린 금고가 로봇의 카메라에 포착됐다. 금고의 위쪽 선반들은 텅 비어 있었고, 맨 아래 선반에 셈텍스 뭉치가 있었다. 폭탄 처리반은 로봇의 카메라를 통해 폭탄에 연결된 밝은색 줄들이 모두 분리된 채 카드 테이블 위에 쌓여 있고, 그 옆에 이제 전혀 위험하지 않은 수은 스위치가 놓여 있는 모습을 보고 기뻐했다. 폭탄 처리반을 배려해서 그렇게 놔두고 갔다는 걸 알 수 있었다.

묵직한 자석 세 개와 기름칠로 닦아낸 파보리토의 장비들은 계단 밑 여기저기에 흩어져 있었다.

저택에는 마네킹들, 플라스틱 괴물 피규어들과 장난감들 외에 아무도 없었다.

여러 기관에서 나온 경찰들이 저택으로 몰려왔다. 폭발물들이 폭탄 해체반 트럭에 실려 나갈 때 두려움도 같이 사라졌다.

폭탄 해체반은 거실에 있던 골동품 전기의자 주변에 모여 여기서 피자를 데워먹을 수 있을지 추측했다. 전기의자에 앉아 있던 경사는 의자의 온도가 뭉근히 끓는 정도까지는 올라가겠지만 전기에 튀기는 수준까지는 안 될 거라 싱싱 교도소에서 쓰지 않는 거라고 했다. 폭탄을 치우니 모든 것이 우스워 보였다.

해양 경찰은 79번가 둑길과 줄리아 터틀 둑길을 폐쇄하고 그 밑으로 지나가는 모든 보트를 조사했다.

테리 로블레스는 집에서 찾은 무기들을 한데 모았다. AK 한 자루와 죽은 움베르토의 방에서 나온 AR-15 한 정이었다. 그는 장갑을 끼고 AR-15의 케이스를 벗긴 다음, 총이 완전 자동으로 발사되게 하는 작은 상자 모양의 알루미늄 제어장치를 꺼냈다. 그는 이 장치를 현장에 있던 ATF(주류, 담배, 화기 및 폭발물 단속국) 요원들에게 보여줬다.

요원 하나가 그걸 보더니 눈썹을 치켜올렸다. "그거 새로 제조한 거네."

AR-15의 합법적 제어장치는 모두 1986년에 제조된, 꽂는 방식으로 쓰는 모델이다. 등록된 제어장치는 싸게 구해도 1만 5,000달러 정도였고 3등급 총기 면허가 있어야 했다.

새로 만든 불법 제어장치를 가지고 있을 경우 벌금 25만 달러에 가석방 없이 콜먼 연방 교도소에서 20년 징역형을 선고받게 돼 있었다.

"부탁 하나만 들어줘요. 이거 검사 하나만 빨리 좀 해줘요." 테리가 그 요원에게 말했다.

그는 한스 피터의 방에서 폴더 하나를 발견했는데, 그 안에 있는 그림들은 하나같이 눈 뜨고 볼 수 없을 만큼 역겨웠다.

이틀 후에 그는 ATF 요원과 같이 도살장처럼 생긴, 창문 하나 없는 창고 건물로 비밀 수사를 하러 갔다. 그곳은 돈 에르네스토의 부하들과 한스 피터가 총을 빌린 곳이었다.

창고 주인은 테리에게 자기를 버드라고 부르라고 했다. 테리의 주머니에 들어 있는 영장에는 그가 48세 백인인 데이비드 본 웨버이며, 코카인 소지 혐의로 징역을 두 번이나 살았고 음주 운전 전과도 있다고 기록돼 있었다.

테리와 ATF 요원이 그를 찾아낼 수 있었던 건 움베르토의 소총에 있던 작은 제어장치에 그의 지문이 묻어 있었기 때문이었다.

40

공항에 도착한 밴은 그 오래된 비행기 가까이에 멈췄다. 돈 에르네스토의 부하들이 짐수레로 밴 안에 있던 세탁기들을 비행기의 리프팅 장치 위로 옮겨 실었다. 황금이 가득 담긴 세탁기 세 대는 화물칸으로 들어가 남미로 가는 평범한 세탁기들 속에 섞였다.

비가 내리고 있었다. 타맥 포장도로에 떨어져 부서진 빗방울 위로 회색 하늘이 비쳤다. 오래된 707기 한 대가 이륙하려고 활주로를 천천히 달리자 사람들의 이야기소리가 지워졌다. 비행기가 지나간 뒤에 돈 에르네스토가 말했다. "나랑 같이 갑시다, 카리. 가서 나랑 같이 일해요. 여기 있다가는 당신이 힘들어질 거요."

"고맙습니다, 돈 에르네스토. 하지만 여긴 제 집이에요."

"진지하게 충고하는 거요."

그녀는 고개를 저었다. 비를 맞은 그녀의 얼굴은 실제 나이인 스물다섯보다 더 어려 보였다.

돈 에르네스토는 고개를 끄덕였다. "금을 팔면 연락할게요. 현금을 보관할 장소를 하나 찾아봐요. 대형 안전 금고도 하나 장만하고. 돈을 받으면 사업체를 하나 운영할 수 있을 때까지 시간을 두고 천천히 공식적인 재무 기록을 만들도록 해요. 적당한 때가 되면 회계사를 한 명 추천해줄게요."

"제 이모는요?"

"그것도 내가 알아서 할게요. 약속해요."

한스 피터 슈나이더가 공항 담장 밖에 있는 도로 갓길에서 비행기를 지켜보고 있었다. 그의 무릎에 핸드폰이 놓여 있었다. 그가 가지고 있는 종이에는 항공 교통 관제소, 마이애미 데이드 공항 경찰서, 교통 안전청, ICE 전화번호가 모두 적혀 있었다.

돈 에르네스토는 화장실로 달려갔다. 그가 화장실 안에 들어갔을 때 통화하고 있었다. 화장실 문 밑으로 사람들의 발이 보이는지 확인해야 한다는 사실이 기억났을 때는 아무 발도 보이지 않았다.

돈 에르네스토는 소변기 앞에 서서 말했다.

"그 여자는 79번가 둑길에 있는 시버드 스테이션에서 근무해요."

멀리서 사이렌 소리가 들렸다. 어쩌면 어딘가에서 불이 났을지도 모르고, 어쩌면 그들을 잡으러 오는 소리인지도 몰랐다. 돈 에르네스토는 다시 비행기로 달려가서 올라탔다.

화장실 문이 쾅 소리를 내며 닫히자 변기 위에 있던 베니토가 바닥으로 내려왔다.

SUV 안에서 한스 피터는 핸드폰을 주머니에 넣고, 전화번호를 적은 종이를 구겨버렸다. 그는 파일럿들이 오래된 DC-61 주위를 돌며 최종 점검을 하는 모습을 지켜본 후에 차를 몰고 가버렸다.

비행기는 활주로를 달리고 또 달렸고, 네 개의 프로펠러는 허공을 할퀴었고, 활주로 옆에 자란 풀들은 비행기 날개에서 부는 바람에 납작 엎드렸다. 단 세 대에만 묵직한 내용물이 들어 있는 세탁기들과 식기세척기 몇 대를 실은 비행기는 마침내 힘겹게 하늘로 날아올라 아이티를 향해 남쪽으로 날아갔다.

돈 에르네스토는 눈을 감고 이제는 지나가버린 캔디와의 좋은 시절을 생각했고, 앞으로 다가올 좋은 시절을 상상했다. 비행기의 무게 중심을 잡아야 한다는 승무원의 지시로 뒤쪽에 앉은 고메즈는 〈뉴타임스〉에 실린 메시지 광고들을 보고 있었다.

디에고 리바가 아는 이름은 디에고 리바와 이시드로 고메즈뿐이었다.

적법한 절차에 따라 두 사람에게 구속 영장이 발부됐지만 그들이 탄 오래된 비행기는 이미 끙끙거리면서 플로리다 해협을 날아갔고, 둘은 자유의 몸이 됐다.

Thomas Harris

chapter

41

2주가 지났지만 돈 에르네스토에게 연락을 받은 사람은 아무도 없었다.

마르코는 국제전화카드를 사서 대포 폰으로 알프레도 댄스 아카데미에 전화를 걸었지만, 돈 에르네스토라는 사람이 일한 적은 없다는 대답만 들었다. 에르네스트? 에르네스토? 그런 사람은 없어요.

호수 옆 그레이놀드 공원의 어느 기분 좋은 아침. 대여한 보트를 탄 커플들이 잔잔한 호수 위에서 노를 젓고 있었다. 피크닉을 나온 사람들은 나무 밑에 테이블보를 폈고, 아코디언을 연주하는 사람도 있었다. 바비큐 그릴에서 나온 파란 연기가 물 위로 흘러왔다.

카리 모라는 손목에 찬 시계를 본 다음, 부두 가장자리에 자리를 잡고 앉았다. 그녀는 밝은색 리본이 달린 밀짚모자를 쓰고 있었다.

선수가 평평한 소형 보트 한 대가 부두로 다가오고 있었다.

파보리토가 고물에서 노를 젓고 있었다. 접은 휠체어는 그의 앞쪽에 있었다. 지하실에서 금고를 연 후로 카리가 그를 보는 건 이번이 처음이었다. 그들은 딱 한 번, 15초 동안 통화를 했다.

보트 앞쪽에 탄 일리아나 스프라그스도 노를 젓고 있었다. 그녀는 다리에 깁스를 하고 있었다. 두 사람은 구명조끼를 입고 있었는데 일리아나의 얼굴은 이미 햇볕에 벌겋게 익어 있었다.

파보리토가 카리에게 미소를 지어 보였다.

"안녕. 똑딱똑딱. 이쪽은 일리아나."

"똑딱똑딱. 안녕하세요, 일리아나." 카리가 말했다.

일리아나는 카리를 보려고 하지 않았고 그녀의 인사에 대꾸도 하지 않았다.

"카리, 남쪽에 있는 우리 친구에게 연락을 받은 사람이 아무도 없어. 아마 앞으로도 소식이 없을 것 같아. 그걸 가지고 날라버린 모양이야." 파보리토가 말했다.

그는 카리에게 피크닉 바구니 하나를 건넸다. "샌드위치 밑을 봐." 그가 말했다.

카리는 음식을 옆으로 치우고 밑에서 노랗게 반짝이는 걸 봤다.

그녀는 주위를 둘러봤다. 가장 가까이 있는 사람이라곤 나무 밑에서 피크닉을 즐기는 이들뿐이었다. 그녀는 바구니 속을 뒤졌다. 헐렁한 천가방 속에 두툼한 미니 골드바 아홉 개가 들어 있었다. 거기에는 3.75온스라고 찍혀 있었다.

"내 공구함에 열여덟 개 넣었어. 아홉 개는 네 거고, 아홉 개는 우리 거." 파보리토는 카리뿐 아니라 일리아나를 위해 그렇게 말했다. "카리, 당신이 아니었다면, 당신이 그때 지하실로 내려와주지 않았더라면 나는 곤죽이 됐을 거야. 내 몸은 완전 산산조각 났겠지. 그 아홉 개는 대략 4만 4,000달러 정도 될 거야. 크레디트 스위스라는 상표만 찍혀 있고 일련번호는 없으니까 시간이 좀 지나면 쉽게 팔 수 있을 거야. 천천히 하나씩 여기저기 분산시켜서 팔아. 돈은 천천히 넣어두고. 한 번에 5,000달러 이상은 예금하지 말고 세금도 제때 다 내."

"고마워요, 파보리토." 카리가 말했다. 그녀는 골드바가 든 천 가방을 꺼내고 피크닉 바구니는 접혀 있는 휠체어 위에 다시 올려놨다. "햇볕을 너무 많이 쬐는 것 같은데요."

그녀는 일리아나에게 쓰고 있던 밀짚모자를 권했지만 일리아나는 받으려 하지 않았다.

카리는 일리아나의 얼굴이 딱딱하게 굳은 것을 봤다. "이 남자 놓치지 말고 꼭 잡아요. 좋은 사람이니까." 그녀는 밀짚모자를 피크닉 바구니 위에 올려놨다.

두 사람은 노를 저어 그곳을 떠났다. 카리는 골드바를 교과서와 과일나무에 줄 비료가 들어 있는 큰 가방에 넣었다.

자신들이 하는 이야기가 다른 사람들에게 들리지 않을 정도로 멀리 오자 일리아나는 입술을 별로 움직이지 않은 채 말했다. "저 여자, 기분 나쁘게 너무 예쁘잖아."

"맞아, 미인이야. 당신도 미인이고." 파보리토가 말했다. 잠시 시간이 흐른 후에 일리아나는 모자를 쓰고 보트에서 카리에게 손을 흔들었다. 이번에는 살짝 미소도 지은 것 같았다.

카리는 버스를 타고 스네이크 크리크 운하 근처에 있는, 곧 자신의 집이 될 곳으로 일을 하러 갔다.

chapter

42

크리스마스가 얼마 남지 않은, 따뜻한 날이었다. 협죽도 관목들은 섭씨 23도에 대처하느라 잎을 다 떨어뜨렸다. 커다란 나뭇잎들이 카리 모라의 다리를 스치는 동안, 그녀는 버스 정류장에서 스네이크 크리크 운하 근처에 있는 집까지 걸어갔다.

그녀는 캔버스 가방 두 개를 들고 있었다. 가방 하나에는 꽃이 활짝 핀 쥐꼬리망초과의 관상용 관목이 들어 있었고, 다른 가방에는 교과서와 미국 목공협회에서 발간하는《장선과 서까래 치수 참고 목록》한 권이 들어 있었다.

여덟 살 정도 되는 동네 아이들이 자기 집 앞마당에서 예수의 탄생 순간을 상징하는 크리스마스 장식을 꾸미고 있었다.

거기에는 성모 마리아와 요셉 인형, 구유에 누워 있는 아기 예수 인형과 마구간 가축인 염소 인형과 당나귀 인형과 양 인형이 하나씩, 거북이 인형이 세 개 놓여 있었다. 한가운데에는 파이프로 된 천막 기둥 하나가 꽂혀 있었다. 여자아이 두 명과 남자아이 하나가 그 파이프 위로 전등 줄들을 묶어서 텐트 밧줄처럼 길게 펼치고, 구유 위에 다채로운 색의 크리스마스트리를 만들고 있었다.

아이들 엄마는 현관에서 지켜보고 있었다. 그녀는 저전압 변압기 작동을 맡았는데, 그녀의 의자 밑에 변압기 코드가 돌돌 말려 있었다.

카리는 현관에 있는 여자에게 미소를 지었다. "참 근사한 아기 예수 탄생 장면이네요."

"고맙습니다. K마트에서만 빗속에서도 망가지지 않는 소품을 팔고 있어요. 회반죽으로 만든 건 녹아버리니까." 아이들 중 언니로 보이는 아이가 말했다.

"거기 마구간에 아기 예수 가족과 거북이들이 있구나." 카리가 말했다.

"음, K마트에 있던 동방박사들이나 왕들이 다 팔렸거든요. 그리고 우리 집엔 이미 이 거북이들이 있었으니까. 이 아이들은 나무로 만들었지만 혹시 비가 내릴까 봐 왁스에 한번 담갔어요."

"그러니까 이 거북이들은…"

"이 거북이들은 동방박사 세 명이에요." 꼬마 남자아이가 말했다. "나중에 동방박사나 왕 인형을 구할 수 있으면, 이 거북이들은 마구간에서 함께 사는 평범한 거북이가 될 거예요. 당나귀와 양의 친구 거북이."

"여기 스네이크 크리크에 사는 것처럼 보이게 거북이를 땅에 묻었다가 다시 꺼낼 거예요." 여자아이가 말했다.

"아주 근사한데. 이야기해줘서 고마워." 카리가 말했다.

"천만에요. 엄마가 전기를 꽂으면 여기 불이 들어오는데 나중에 보러 와요. 펠리스 나비다드(스페인어로 메리 크리스마스)."

카리가 지붕에 파란 방수포를 씌운 자신의 집으로 가는 동안 휘파람 소리가 들렸다. 처음엔 한두 번 핏핏 소리로 시작됐다가 거리 전체에서 점점 더 크고 빨라지는 게 마치 두 대의 증기 오르간에서 나는 소리 같았다. 그녀는 이것이 실보 고메로 휘파람 언어로 나누는 대화라는 걸 알아차렸다.

대화 내용은 자신의 집 앞 현관 계단에 앉아 있는 남자에 대한 것 같았다.

카리는 오른손에 들고 있던 묵직한 화분이 든 가방을 왼손으로 바꿔 들었다. 가방 밑부분이 축 늘어져 있었다.

남자는 카리가 오는 걸 보고 일어났다.

카리는 마당 구석에 멈춰 서서 누렇게 시들어가는 식물 하나를 살폈다.

자신을 찾아온 남자가 벨트 오른쪽에 권총을 차고 있는 게 보였다. 그의 재킷에 권총 개머리판의 윤곽이 드러났다. 그녀는 정원에 있는 오솔길 대신 햇빛이 그의 눈에 반사되도록 잔디를 가로질러 그에게 다가갔다.

"모라 씨, 난 마이애미 데이드 경찰인 테리 로블레스 형사입니다. 잠깐 저랑 이야기 좀 하실 수 있나요?" 그는 그녀에게 예의상 배지 대신 신분증을 보여줬다.

그녀는 신분증을 보기 위해 너무 가까이 다가가진 않았다. 그의 벨트에 플라스틱 수갑도 있을지 궁금했다.

테리 로블레스는 카리의 얼굴이 자신이 가져온 폴더 속 스케치된 얼굴과 똑같다는 걸 알았다. 그 그림들은 이제 그에게 단순한

증거가 아니라 더럽고 추악하게 느껴졌다.

카리는 일주일에 몇 번씩 와서 달랑 세 개 있는 가구의 배치를 바꾸고 또 바꾸는 자신의 집에 테리 로블레스를 들이고 싶지 않았다. 그는 ICE와 같은 경찰이다. 그가 자신의 집에 있는 걸 원치 않았다.

그래서 집 안이 아니라 정원에 있는 테이블 쪽을 권했다.

뒤쪽 현관에서 앵무새가 옆집에서 들려오는 실보 고메로 휘파람에 응답하고 있었다. 새도 휘파람을 불더니 영어와 스페인어로 번갈아가며 소리를 질렀다.

"당신은 휘파람으로 나누는 저 대화가 이해됩니까?" 테리가 물었다.

"아뇨. 제 이웃들은 저런 식으로 핸드폰 통화 시간을 절약할 뿐이에요. 해킹당할 위험도 없으니까. 제 새가 입이 좀 거친 건 용서해주세요. 저 아이는 항상 사람들이 하는 말을 엿듣고 주제넘게 나서거든요. 저 아이가 당신에게 욕을 해도 무슨 감정이 있어서 그런 건 아니에요."

"모라 씨. 당신이 전에 일하던 집에서 아주 많은 일이 일어났습니다. 거기에서 지내던 사람들 중에 한 명이라도 아는 사람이 있습니까?"

"제가 그 사람들과 같이 있었던 건 이틀밖에 안 돼요." 카리가 말했다.

"이틀 동안 일하라고 당신을 고용한 사람이 누구죠?"

"영화사에서 저를 고용했다고 하더군요. 촬영 허가증에 이름이 나와 있어요. 지난 몇 년 동안 그 집에서 영화 촬영을 한 사람들은 많아요. 집에 있는 소품들을 가지고 TV 광고도 여러 편 찍었고."

"거기서 일하던 사람들 중에 아는 사람은 없나요?"

"그 사람들의 책임자는 키가 큰 남자인데 다들 한스 피터라고 부르더군요."

"그들이 그 집에서 뭘 찾아냈는지 압니까?"

"아뇨. 난 그 사람들이 마음에 들지 않아서 이틀째 되던 날 그만뒀어요."

"이유가 뭐죠?"

"그들은 전과자들이었어요. 행동거지가 거슬렸죠."

"그런 불만을 어디에 제기한 적 있나요?"

"그만두기 전에 그들에게 말했어요."

테리는 고개를 끄덕였다. "그들 중 몇 명은 사망했고, 몇 명은 실종됐어요."

카리는 아무 반응도 보이지 않았다.

"학교에 다니시는군요."

"마이애미 데이드예요. 이제 막 시작했죠."

"앞으로 뭘 하고 싶은가요?"

"수의사가 되고 싶어요. 의예과에 들어갔죠."

"최근에 TPS 자격을 완전히 취득하셨죠. 취업 비자 기간도 연장됐고. 축하해요."

"감사합니다."

카리는 이 말이 나올 줄 알고 있었다.

테리가 앉은 자세를 바꿨다. "당신은 지금 시민권 취득 과정을 밟고 있죠. 당신에겐 가정 간병인 자격증이 있고, 노인들을 보살펴왔고, 다른 사람들의 집을 청소했어요. 그 사람들은 당신이 일하던 집에서 막대한 양의 금을 훔쳐갔습니다. 모라 양, 당신이 그

중 하나라도 가져갔나요?"

"황금이라고요? 난 그 사람들한테서 식료품 살 돈만 받았어요. 그것도 푼돈."

이 집의 다락에 있는 주머니쥐 둥지에는 미니 골드바 세 개가 남아 있었다.

"작년에 국세청에 얼마 안 되는 소득을 신고했던데, 최근에 이 집을 샀죠."

"이 집은 대부분 은행 것이나 마찬가지예요. 이 집 주인은 키토에(에콰도르의 수도)에 있는 제 사촌의 남편이고요. 저는 그냥 이 집을 맡아서 관리하고 여기저기 수리하고 있는 것뿐이에요."

이 말은 서류상으로는 사실이었다. 그녀는 서류를 이 개자식에게 보여줄 수도 있었다.

카리의 마음속에서 분노가 치솟아 테리 로블레스의 얼굴을, 자신의 눈과 똑같은 그의 검은 눈을 들여다봤다.

카리는 이런 골칫거리가 여기까지 굴러오리라곤 생각하지 않았다. 이 골칫거리가 자신의 정원, 자신의 집, 어떤 아이도 콘크리트 평판 밑에서 위험한 일을 당할 수 없게 지어진 이 집에 오리라곤 생각지도 못했다.

테리의 얼굴은 주변 정원보다 더 선명해 보였다. 그녀의 시야가 한가운데만 아주 또렷해졌다. 마치 콜롬비아에서 어떤 집 밑에 숨어 있는 아이를 향해 총을 쏘는 사령관을 봤을 때처럼.

카리는 고개를 들어 망고 나무를 보고, 바람결에 그 나무가 숨을 쉬는 소리를 듣고, 심호흡을 하고 또 했다.

겨울이 와서 먹이를 찾느라 힘들어하던 벌 한 마리가 그녀의 가방 속 화분을 보고 날아와서 활짝 핀 꽃을 여기저기 쿡쿡 찔러

댔다. 콜롬비아에서 자신이 보살폈던 늙은 교수가 언뜻 떠올랐다. 접은 안경을 주머니에 넣고, 양봉 모자를 쓴 그 교수.

테리 로블레스에 대한 그녀의 분노는 부당한 것이었고, 그녀도 그걸 알고 있었다.

카리는 자리에서 벌떡 일어났다. "로블레스 경사님. 제가 아이스 티 한잔 대접할게요. 그다음에 용건을 말씀해주세요."

테리는 젊은 시절 해병대에 있을 때 6주라는 꿈 같은 시간 동안 태평양 함대의 라이트 헤비급 권투 챔피언이었다. 그런데 지금 카리의 얼굴에서, 그때 상대 선수의 얼굴에서 봤던 투지가 엿보였다.

오케이. 오케이. 공연을 시작할 때가 됐군. 그는 머릿속에서 "오케이"라는 말이 열 번 정도 울리는 걸 들으며 말했다. "한스 피터 슈나이더가 당신에게 무슨 짓을 할 작정이었는지 압니까?"

"아뇨."

"한스 피터 슈나이더는 콜롬비아와 페루에 있는 불법 금광의 광부들에게 여자를 공급하는 일을 했습니다. 그 광산들이 물을 오염시켰기 때문에 수은 중독에 걸린 사람들이 아주 많았죠. 그러면 그들이 죽을 때 장기를 팔기 힘들어요. 한스 피터는 수은 중독에 걸리지 않은 인간 장기를 팔았습니다. 장기는 모텔에서 적출하고요. 세계 곳곳에 있는 특수한 취향을 가진 클럽에 인체를 훼손시킨 여자들도 팔았습니다. 고객들의 주문에 따라 피해자들의 다양한 부위를 불구로 만들어요. 제 말의 요지는, 그가 당신을 잡지 않으면 다른 여자들을 잡아서 그렇게 만들 거라는 겁니다."

카리에게서 눈에 띄는 반응은 없었다.

"여기 당신 스케치가 몇 장 있습니다. 이런 걸 보여드려서 정말 죄송하지만, 이 사태에 진지하게 대처하려면 어쩔 수 없어서요.

Thomas Harris

테리 로블레스는 그림이 그려진 면을 밑으로 한 채, 카리에게 몇 장을 건넸다.

그녀는 하나씩 넘겼다. 솜씨로만 판단하면 아주 잘 그린 그림이었다. 첫 번째 그림에는 그녀의 몸에 팔 하나만, 그녀의 주인들에게 쾌락을 선사할 팔과 손 하나만 남아 있었고, 몸에는 마더 그니스의 초상화 문신이 새겨져 있었다. 그녀의 몸은 마치 나뭇가지 같은 팔 하나만 남은 그루터기 같았다. 그림 가장자리에 이렇게 적혀 있었다. "보스턴 토막."

이어서 차마 눈 뜨고 봐줄 수 없이 추악한 그림들이 이어졌다. 카리는 그림을 다 본 후에, 하나로 모아서 테리 로블레스에게 내밀었다.

"우리가 한스 피터를 잡는 걸 도와줘요."

"어떻게요?"

"그는 당신에게 집착하고 있어요. 난 그를 잡고 싶어요. 인터폴도 마찬가지고요. 그의 돈 많은 변태 고객들을 그들이 원래 있어야 할 교도소나 정신병원에 처넣어야 해요. 나는 한스 피터가 그들을 위해 여성들의 몸을 찢어발기는 짓을 막고 싶어요. 당신이 그를 유인할 수 있을 거예요."

"한스 피터 슈나이더가 어디 있는지 알아요?"

"지난 이틀 동안 그의 신용카드가 콜롬비아 보고타와 바랑키야에서 사용됐어요. 보고타에서 통화도 몇 번 했고. 하지만 놈은 돌아올 겁니다. 돌아오지 않으면, 우리가 상황을 주도해서 인터폴과 같이 가는 방법도 있어요. 정보원이 그의 몇몇 고객의 신원을 알려줬어요. 그들 중 하나는 사르디니아에 빌라를 갖고 있어요. 당신이 학교에 결석하고 직장에 결근하는 건 문제가 되지 않도록 내가 조치해줄게요. 나와 같이 놈을 잡으러 가줄래요?"

"네."

"그다음에는 총을 빌려간 놈들을 감옥에 처넣고 싶어요." 테리
가 말했다.

그는 총기 대여 건으로 범인들을 체포했지만 범인들이 이 총을
썼다는 사실을 배심원단에게 입증해야 했다.

"내 아내가 그들이 쏜 총에 맞았어요. 나도 맞았고, 우리 집도
맞았죠. 우리 집도 이 집과 아주 비슷하게 생겼어요. 당신이 이 집
을 좋아하는 것처럼 나도 우리 집을 좋아해요. 한스 피터 슈나이
더가 당신이 본 그 총들을 가지고 있었나요?"

"네."

"무슨 총을 봤죠? 묘사할 수 있나요?"

"총을 묘사해요?"

"당신이 제출한 TPS 연장 신청서를 읽어봤어요. 그래서 당신이
어떻게 살아왔는지는 이미 알고 있어요. 그 권총들이 영화 소품
용이 아니라고 확실히 말할 수 있나요?"

"그들은 소음기가 달린 AK 두 자루와 AR 15 두 자루를 가지고
있었어요. 하나는 범프 스톡(반자동 소총을 자동 소총으로 만들어주는
액세서리)이 달려 있었고. 총알 서른 개가 들어 있는 클립도 하나
있었어요. AK용 탄창도 하나 있었고. 한스 피터 슈나이더는 글록
9밀리미터짜리 권총이 들어 있는 권총집을 허리 뒤쪽에 차고 있
었어요. 차에 레몬 넣을까요?"

"차는 괜찮습니다, 모라 씨. 당신 집에 24시간 경호원을 붙일 수
는 없지만 아무도 당신을 찾아낼 수 없는 곳에서 지낼 수 있는 증
인 보호 시설은 몇 군데 제공해드릴 수 있어요. 당신이 거기 가

서-"

"아뇨. 여기가 내 집이에요."

"내 부탁을 들어주는 셈치고 그냥 그 증인 보호 시설들을 한번 둘러보기만 하는 건 안 될까요?"

"아뇨. 형사님. 그런 것들은 이미 크롬 수용소에서 충분히 봤습니다."

"제가 언제든 연락할 수 있는 핸드폰을 가지고 다니십니까?"

"네."

"노스 마이애미 해변 경찰에게 이곳에 자주 들르라고 요청하겠습니다."

"알겠어요."

테리 로블레스 형사는 이렇게 황금빛 햇살이 비치는 오후에 보는 카리 모라의 얼굴이 아주 아름답다는 걸 알았다. 비록 그녀는 그를 좋아하지 않았지만. 그는 혼자 지낸 적이 아주 많았다. 그는 팔미라에서 머리 위로 햇살이 내리쬐던 아내를 생각했다. 그만 이 집을 나서야 했다.

"한스 피터에게 수배령이 내렸습니다. 놈을 찾으면 곧바로 전화 드릴게요. 문단속 단단히 하세요." 그가 말했다.

"메리 크리스마스, 로블레스 경사님."

"펠리스 나비다드." 그가 대답했다.

음, 아마 그녀가 날 증오하진 않을 거야. 그렇다고 해도 달라지는 건 없지만. 테리 로블레스는 차로 걸어가며 생각했다.

43

한스 피터 슈나이더는 지금 필요한 모든 것을 가지고 있었다. 그는 카리를 그니스 씨에게 배달하기로 하고 10만 달러를 받았다. 그녀를 개조하는 작업을 감독하는 비용이 20만 달러였다. 그의 이름으로 등록돼 있지 않은 마이애미 본부도 쓸 수 있었다. 그의 보트는 델라웨어에 있는 어느 회사 앞으로 등록돼 있었다.

그리고 콜롬비아에는 그의 신용카드와 핸드폰 통화 기록을 작업하는 팔로마도 있다.

형무소에서 복역 중인 문신 예술가 카렌 키퍼가 형을 마치는 대로 모리타니아에 가서 카리의 몸에 장식을 해주겠다는 쪽지도 받았다. 한스 피터는 카렌에게 감옥에 있는 동안 연습할 마더 그니스의 얼굴 초상화도 제공했다.

그는 JM 스탠더드 CO2 주사 소총과 57킬로그램짜리 포유류를 꼼짝 못하게 만들기에 충분한 아자페론(동물용 마취제)이 들어 있는 화살을 준비했다. 그리고 허리띠 뒤쪽에 찬 권총집에 9밀리미터 권총을 넣었다.

한스 피터는 묶여 있는 사람을 손잡이와 숨 쉴 구멍이 있는 시체 운반용 자루에 넣어서 운반하면 더 쉽게 옮길 수 있다는 걸 알아냈다. 일반적으로 시체 운반용 자루들은 밀폐돼 있어서 냄새와 액체가 밖으로 흘러나오지 않는데, 안에 들어 있는 사람이 이미 사망한 게 아니라면 숨이 막혀 죽을 것이다. 하지만 한스 키퍼가 쓰는 자루는 공기가 충분히 들어올 수 있게 홑겹 캔버스 백으로 되어 있었다.

그리고 튼튼한 플라스틱 수갑, 클로로포름과 화장솜들이 있었다. 그는 배에서 위관영양법을 실시하기 위한 음식물 보충제도 챙겼고, 모리타니아로 가는 그니스 씨의 배에서 간단한 시술을 하고 싶을 때를 대비해 흑요석 메스도 두 자루 준비했다.

그날 오후 늦게 한스 피터는 방을 다 치우고 액화 화장 기계에 있던 시체는 변기에 쏟아버렸다.

그는 가짜 신분증으로 미니밴 한 대를 렌트하고, 가운데 좌석을 들어내서 바닥에 카리를 둘 공간을 만들었다. 밴 내부의 조명 퓨즈는 다 끄집어내서 어둠 속에서 밴의 옆문을 열어놓을 수 있게 만들었다.

밤이 다가오고 있었다. 펠리컨 하버 시버드 스테이션 주위에 있는 생울타리들 위에 찌르레기 무리가 자리를 잡았다. 두 앵무새 가족이 잠자리에 들 시간에 말다툼을 벌이는 소리가 정박지에 떠 있는 보트에서 흘러나오는 음악 소리보다 더 컸다. 그릴 위에서 내뿜는 저녁 요리 냄새와 파란 연기 타래가 물 위로 흘러나왔다.

시버드 스테이션 옆 주차장의 낡은 픽업트럭에서 베니토는 카리를 사촌 집에 태워다주기 위해 기다리고 있었다. 트럭 에어컨이 며칠째 작동이 안 돼서 창문을 다 내려놓은 그는 만에서 불어오는 산들바람이 고마웠다.

주차장에는 나무들이 무성하게 자라서 황혼이 비치는 바깥보다 더 어두웠다.

카리는 치료실 정리를 끝내고 도구를 소독한 다음, 해동시킨 쥐한 마리를 수리부엉이에게 갖다줬다.

그 큰 새가 먹잇감을 낚아채러 내려올 때 그녀는 눈을 감고 새의 날갯짓이 불러일으키는 세찬 바람을 느꼈다.

베니토는 카리가 트럭에 있을 때 담배를 피우고 싶지 않아서 그녀가 나오기 전에 미리 어둠 속에서 담배를 한 대 말았다. 그는 어둠 속에서 두툼한 손가락으로 부글러 담뱃가루 통을 톡톡 쳤다. 담배를 만 후, 끄트머리를 한 번 핥은 후에 비틀어 붙이고 부엌용 성냥으로 불을 붙였다.

성냥불이 오렌지색으로 확 타오르는 사이에, 그 화살이 베니토의 목 옆에 꽂혔다. 그가 화살을 움켜잡는 순간 담배가 불꽃을 흩날리며 무릎으로 떨어졌다. 그가 권총을 꺼내려고 작업복 주머니로 손을 넣는 사이에 그의 눈에 비친 핸들이 사정없이 커지다가 흔들렸다. 그는 트럭 문손잡이를 잡았지만 목에 맞은 화살 때문에 순식간에 어둠이 밀려왔다.

한스 피터는 다시 총에 화살을 장전하면서 갈등했다. 일종의 오리엔테이션으로 카리 앞에서 베니토를 산 채로 녹이며 즐거워할 수 있는데. *그거 정말 재미있을 것 같은데?!*

하지만 시간이 별로 없었다. 그는 가번먼트 컷을 지나 바다로

나가 카리를 미국의 영해 밖으로 배달해야 한다. 그러니 지금 베니토의 목을 따버리는 편이 낫다. 한스 피터는 나이프를 펼쳤다. 그가 주차장을 가로질러 베니토의 트럭으로 가기 시작했을 때 시버드 스테이션의 마지막 남은 불이 다 꺼지고 문 닫히는 소리와 함께 열쇠가 짤랑거리는 소리가 들렸다. 베니토는 신경 쓰지 말자.

카리가 오고 있었다.

그녀는 〈미 베르다드〉(진실이라는 뜻의 스페인 노래)에서 샤키라가 나오는 부분을 부르면서 트럭으로 다가오고 있었다. 트럭 운전석에 앉은 베니토는 몸이 축 늘어진 채 턱을 가슴에 얹고 있었다. 카리는 그를 위해 차가운 타마린드 콜라를 들고 있었다. 베니토는 그녀를 집에 태워다주겠다고 우겨놓고 종종 그녀가 스테이션에서 나오면 자고 있었다.

"안녕하세요, 아저씨."

그녀가 베니토의 목에 꽂힌 화살을 봄과 동시에 뒤에서 휙 하고 마치 야자수 가지가 부러지는 듯한 소리가 들리더니, 뭔가가 엉덩이를 따끔하게 찌르는 게 느껴졌다. 그녀는 트럭 창문 안으로 손을 넣고 베니토의 총을 꺼내면서 휙 돌았지만, 아스팔트가 위로 솟아오르면서 그녀를 친 다음 목을 조르려고 했고, 이어서 어둠이 밀려왔다.

어둠. 경유 냄새와 땀 냄새와 신발 고린내. 금속 바닥에서 맥이, 진동이 인간의 맥보다 더 빨리 뛰면서 윙윙 울리고 있었다.

엔진의 시동 장치들이 끼익 끼익 소리를 내고 있었다. 터보 디젤엔진 두 개에 시동이 걸리면서 처음에는 공회전을 하더니 이내 보트가 움직이기 시작했다. 엔진에서 낮게 우르릉거리는 소리가 나더니, 두 번째 진동이 들어왔다 나갔다 했다. 윙 윙 윙 윙.

카리가 눈을 살짝 뜨자 금속 갑판이 보였다. 그녀의 눈이 조금 더 크게 떠졌다.

그녀는 뱃머리의 선실 바닥에 혼자 누워 있었다. 그녀의 머리 위 한가운데에 투명한 플렉시 유리로 된 해치가 있었다. 그것은 해치이면서 채광창이었다. 해치로 작은 불빛이 들어왔고 보트가 한밤중에 보트 창고에서 나가면서 소리가 달라졌다.

채광창에 얼굴 하나가 나타났다. 갑판에서 누군가 그녀를 내려 다보고 있었다. 한스 피터 슈나이더였다. 그는 안토니오의 고딕형 십자가 귀걸이를 하고 있었다.

카리는 눈을 감고 잠시 기다렸다가 다시 눈을 떴다. 바닥에 누운 그녀 위로 V자형 침대가 놓여 있었다. 침대 발치와 난간이 만나는 부분의 침대 솔기에 그녀의 것이 아닌 찢어진 피투성이 손톱 하나가 있었다. 바닥에 눌린 팔과 어깨가 아팠다. 손목은 등 뒤로 결박돼 있었고 발목도 마찬가지였다. 카리가 발목을 보니 튼튼한 플라스틱 수갑 네 개로 묶여 있었다.

보트에 탄 지 얼마나 됐는지 알 수 없었다. 배는 천천히 움직이고 있었다. 선체 밑으로 물이 세차게 밀려오는 소리가 들렸다. 납치됐을 때 빨리 탈출할수록 생존 가능성이 높아진다고 배웠는데.

마태오가 타륜을 잡은 길고 검은 보트의 함교에서, 한스 피터는 그니스 씨의 200피트 요트에 타고 있는 임란 씨에게 전화를 걸었다. 그는 바다에서 슈나이더와 만나기 위해 배의 밧줄을 풀어 던지고 있었다.

"지금 가는 중입니다." 한스 피터가 말했다. 임란 씨 근처에서 누군가 비명을 지르는 소리가 들렸다.

"목욕물을 받아놓을게요." 임란 씨가 말했다.

"좋은 생각입니다. 저 여자가 아마 똥을 지릴 테니까." 한스 피터가 그렇게 말하고 임란 씨와 같이 킬킬거리며 웃었다.

아래 선실에서 카리는 몸에서 움직일 수 있는 부분을 다 조심스럽게 움직여봤다. 뼈가 부러진 곳은 없는 것 같았지만 이마가 심하게 부었고 끈적끈적했다.

그녀는 몸의 근육을 천천히 풀면서 조금씩 움직여서 옆으로 누웠다.

천장에 난 채광창을 보면서 몸을 굴려 침대에 등을 기대고 가까스로 앉았다. 스트레칭을 몇 번이나 하고, 다섯 번을 시도한 끝에 등 뒤로 결박당한 두 손목을 엉덩이 밑으로 밀어넣어 무릎 밑으로 끌어당겼다. 그녀는 무릎을 가슴 쪽으로 끌어당기고 어마어마하게 노력한 끝에 손목을 발밑으로 들어올려 앞으로 빼냈다. 이제 그녀의 두 손이 몸 앞쪽으로 나왔다. 발목을 묶은 것과 똑같은 플라스틱 수갑 네 개가 손목에 채워져 있었다. 그것도 큰 수갑이었다. 손목을 묶고 남은 끄트머리가 툭 튀어나와 있었다.

물속에서 묶여 있던 그 아이들. 그들의 손목에서 튀어나온 그 수갑의 끄트머리들. 그들은 머리를 맞대고 있었다. 탕!

그 장면이 떠오르자 몸속에서 뜨거운 게 울컥 치밀어오르면서 기운이 좀 났다.

이 플라스틱 수갑을 어떻게 풀지? 죽도록 노력하자. 수갑이 한두 개면 엉덩이에 받치고 힘껏 힘을 줘서 끊을 수도 있겠지만, 이렇게 큰 게 네 개나 될 때는 어림도 없다. 뭔가를 고리에 끼워야 하는데. 손목에 묶인 수갑에는 손이 닿지 않았지만, 뭔가 끼워넣을 게 있다면 다리를 묶은 수갑은 어떻게든 손을 써볼 수 있다. 그녀가 목에 걸고 있던 단도가 숨겨진 성 베드로 목걸이는 사라지고 없었다. 그녀는 갑판 주위를 둘러봤다. 어떤 도구든 좋다, 머리핀이건 뭐건 상관없는데.

그녀는 몸을 꿈틀꿈틀 움직이면서 침대 머리 쪽에 뭐가 있는지 봤다. 어쩌면 바닥에 머리핀이 하나 떨어져 있을지도 모른다. 아무것도 없었다. 변기 하나, 거울 하나, 선반 하나, 샤워기 하나. 욕실용 체중계 하나. 그녀는 침대 밑을 보고, 바닥을 만져봤다. 아무것도 없고 배 위에서 신는 냄새 나는 보트 슈즈 한 켤레만 있었다. 고리에 끼워서 쓸 만한 납작한 금속 도구가 뭐 없을까? 그녀의 단검은 없어졌다. 주머니는 다 뒤집혀 있다. 한스 피터가 그녀의 몸을 철저히 수색한 것이다. 젖가슴에 뭔가 긁힌 자국이 있는 게 느껴졌다. 수염에 긁힌 자국이었다. 웩. 납작한 금속이 뭐가 있을까? *아! 내 청바지 지퍼 고리.*

카리는 청바지 지퍼를 내렸다. 양 손목과 발목이 묶인 상태에서 청바지를 벗어서 다리로 밀어내리려니 무지 시간이 많이 걸렸다.

한동안 지퍼에서 떼어낸 고리로 수갑 잠금 장치를 풀려고 했지만 손가락을 쓰지 않고는 고리를 제대로 움직일 수 없었다. 고리는 계속 힘없이 멋대로 움직였다. 그녀는 다시 발목의 수갑을 풀기로 했다. 발목 앞쪽에 플라스틱 수갑 두 개가 잠겨 있었다. 그녀는 제일 위에 있는 수갑의 잠금장치에 고리를 끼우고 움직였다. 안돼. 안 돼. 고리가 플라스틱에 부딪쳐서 자꾸 미끄러졌다. 안 돼. 안 돼. 안 돼. 됐다! 수갑의 잠금 부분이 풀리면서 긴 끈이 팔에서 미끄러졌다. 그녀는 위에서 내려다볼 수 없게 풀린 끈 하나를 침대 밑으로 밀어넣었다.

그녀는 다리에 파인 붉은 자국을 문지르면서 다음 수갑을 풀었

Thomas Harris

다. 그것은 아주 빡빡해서 열두 번이나 시도한 후에야 풀렸다. 나머지 두 개는 다리 뒤쪽으로 잠겨 있어서 그중 하나는 느낌으로 풀어야 했다. 그러기까지 10분이 걸렸고 선체 밑으로 물이 계속 흐르면서 배가 점점 더 멀리 나아갔다. 마지막 수갑은 그동안 많이 헐거워져서 다리 앞으로 돌려 세 번 만에 풀었다.

하지만 손목은 불가능했다. 손가락을 쓰지 않고는 지퍼 고리를 조작할 수 없었다. 고리를 플라스틱 잠금 장치에 대면 맥없이 흐늘거리기만 했다.

카리는 바닥에 앉은 채 침대에 머리를 기댔다. 그때 계단으로 내려오는 발자국 소리가 들렸다.

손은 아직 묶여 있었지만 두 다리는 풀려났으니 싸울 수 있다. 다리를 침대 밑에 감추고 자는 척해서 시간을 좀 벌까? 아니야, 지금 싸우자.

그녀는 일어나서 욕실에서 묵직한 저울을 가져왔다.

그리고 마음을 가다듬으며 묶인 두 손으로 저울을 높이 들어올렸다. 선실 문이 열리자 그녀는 마태오의 고환을 있는 힘껏 걷어찼고, 순간 놈이 펄쩍 튀어오를 뻔했다. 명치를 다시 한 번 세게 차자 그는 소리도 지르지 못한 채 허리를 구부렸다. 그때 온힘을 다해 그의 뒤통수에 대고 체중계를 내리쳤다. 그는 금속 바닥에 얼굴을 부딪치며 그대로 쓰러졌다. 카리는 체중계를 옆으로 돌려서 가장자리로 그의 뒤통수를 두 번 더 내리찍었다. 두 번째 퍽 소리는 첫 번째 소리보다 더 물컹했다. 독한 지린내가 나면서 그의 몸 밑에 오줌이 고이기 시작했다.

지금까지 났던 몇 번 쿵 치는 소리와 작게 끙끙거리는 소리는 엔진 소리와 선체에 부딪치는 파도 소리에 비하면 아무것도 아니었다. 타륜을 잡고 있던 한스 피터는 아무 소리도 못 들었을 테지만, 분명 몇 분 지나면 마태오를 찾을 텐데.

손, 손, 손이 자유롭지 못한 상태로는 부낭과 구명조끼가 없는 한 도저히 헤엄을 칠 수 없다. 선실에는 둘 다 없었다. 그녀는 마태오의 몸에서 칼이나 총이 나오길 바라며 전신을 뒤졌다. 하지만 무장한 간수를 카리에게 보내기엔 한스 피터의 머리가 너무 좋았다. 그의 주머니에선 빌어먹을 껌 몇 개 말고는 아무것도 나오지 않았다.

대체 뭘 가지고 플라스틱 수갑을 풀 수 있을까? 손이 묶인 상태로는 멀리까지 헤엄칠 수 없다. 그녀가 가슴을 들썩이며 숨을 쉬자 보트 냄새가 났다. 퀴퀴한 시트 냄새와 해묵은 피 냄새. 그녀 옆에 있는 죽은 남자가 싼 오줌 지린내. 고린내가 나는 낡은 보트 슈즈. *거기에 가죽 끈이 있고 그걸로 마찰을 내서 자를 수 있다.*

시간이 얼마나 남았을까? 얼마 없다.

한스 피터가 계단 밑에 대고 소리를 질렀다. "그거 잘 묶여 있는지 확인하고 다시 올라와, 마태오. 그 여자 따먹으면 내 손에 죽는다. 그 여자는 신선한 상태로 팔아야 해."

카리는 보트 슈즈를 찾아서 손가락과 이빨을 죄다 동원해 가죽 끈을 벗겨냈다. 그리고 끈 두 개를 하나로 묶어서 긴 가죽 끈으로 만든 다음, 손목의 플라스틱 끈 위에 올려놓고, 끈의 튀어나온 부분을 한데 묶어 좌우 양쪽으로 고리를 만들었다.

그녀는 마치 말등자에 발을 넣듯 고리 속에 발을 집어넣고, 자전거를 타듯 다리를 좌우로 번갈아가며 들었다 내렸다 했다. 가죽 끈이 그녀의 팔 가장 위쪽에 있는 플라스틱 끈 위로 쉭쉭 소리를 내며 왔다 갔다 하자 가죽 끈과 플라스틱 끈에서 연기가 피어오

Thomas Harris

르기 시작했고, 팔에서 열기가 느껴졌다.

한스 피터는 계속 소리를 질렀다. "어서 올라오라니까, 이 개자식아! 네가 고거 젖꼭지만 핥고 오겠다고 한 걸 허락하지 말았어야 했는데."

가죽 끈이 플라스틱 끈 위에서 쉭쉭 소리를 내며 계속 움직이자 연기와 열이 나다가 펑! 제일 위쪽 플라스틱 수갑이 끊겨졌고, 가죽 끈은 다음 수갑으로 내려가서 또다시 쉭쉭거리며 연기를 냈다. 펑! 두 번째 수갑도 끊어지자 고리가 벗겨졌다. 그걸 다시 제자리로 돌려놓느라 미칠 것 같은 몇 초가 지나갔고, 다시 그녀는 정신없이 자전거 타기를 하면서 다리를 움직이다가 펑!

다리가 올라갔다 내려갔다 올라갔다 내려갔다 올라갔다 내려갔다가 펑! 그녀의 두 손이 마침내 풀려났다. 감각이 조금 없어진 팔에 다시 피가 돌자 살짝 저릿했다.

그녀는 천장에 있는 반구형 유리 해치에 머리를 들이밀었다가 마침 빛 한 줄기가 머리 위로 지나가는 걸 봤다. 그 한 줄기 빛, 마치 매의 입속 같은 보라색 빛줄기는 둑길 아랫면에서 비치고 있었다. 하늘에 떠 있는 항공 장애등(야간 비행에 장애가 될 염려가 있는 높은 건축물이나 위험물의 존재를 알리는 등으로, 붉은 빛을 낸다)은 빨간 별 같았고 하얀 별도 하나 있었다! 그 불빛은 시버드 스테이션, 그녀의 교과서와 과일나무 비료를 둔 곳 옆에 있는, 키 큰 안테나에서 나오는 빛이었다. 카리가 탄 배가 남쪽으로 이동하는 동안 둑길 위를 쌩쌩 달리는 자동차 불빛도 볼 수 있었다. 마치 대구경 기관총에서 나오는 예광탄 같았다.

카리는 침대 위로 올라가서 채광창 해치를 열었다. 하지만 해치는 앞 갑판에 있었다. 해치를 열면 타륜을 잡고 있는 한스 피터에게 들킬 것이다. 그들이 탄 배는 이제 둑길 남쪽에서 꾸준한 속도로 가고 있었다. 더 이상 기다릴 수 없었다.

엔진 속도가 느려지더니 멈췄다. 그녀는 선실 문에 달려 있는 조잡한 문고리를 잠갔다. 한스 피터가 계단 밑에 대고 계속 소리를 지르더니, 밑으로 내려오는 발소리가 들렸다.

그녀는 해치를 밀어서 열고 몸을 위쪽으로 끌어올려 앞 갑판으로 나왔다. 한스 피터는 밑에서 선실 문을 발로 차고 있었다.

그는 마침 총을 들고 있었다.

한스 피터는 선실로 들어갔다가 해치가 열려 있는 걸 보고 다시 계단을 올라와 갑판으로 나왔다. 순간 카리는 보트에서 완벽하게 다이빙을 해서 어둡고 흐릿하게 드러난 버드 키를 향해 헤엄치기 시작했다.

한스 피터는 갑판에 서서 총을 들고 계속 주위를 둘러봤다. 그는 보트에 있는 커다란 스포트라이트를 휙 돌려서 그 불빛으로 그녀를 찾아내고, 총을 치켜들었다.

불빛이 그녀의 몸을 비췄을 때, 카리는 다시 물속 깊이 뛰어들어 재빨리 바닥을 찾아냈다. 물이 얕아서 스포트라이트 불빛이 발밑의 모래에 비친 자신의 그림자까지 비출 수 있었다.

그녀가 수면 위로 올라와 숨을 들이마시고 다시 밑으로 내려가는 사이에, 총에서 발사된 화살이 그녀의 머리카락 사이를 지나 몸 위로 지나갔다.

그게 마지막 화살이었다. 더 쏘려면 화살을 가지러 밑으로 내려가야 했다.

한스 피터는 총을 던져버리고 다시 타륜으로 돌아갔다. 그는 타륜 앞에 서서 스포트라이트를 제어했고, 물 위를 비추다 다시 카리를 찾아냈다. 한스 피터는 보트 속도를 최고로 높여서 그녀를 추적했다. 그녀가 죽는 한이 있더라도 이 빌어먹을 배로 받아버릴 것이다.

카리는 수영을 잘했지만 이보다 더 빨리 헤엄친 적은 없었다. 대형 디젤 엔진 두 개가 사정없이 돌아가면서 점점 더 가까이 다가왔다. 버드 키도 가까워져서 이제 약 45미터 남았다.

이제 보트 소리가 그녀 바로 위에서 들리면서 몸을 끌어당기는 것 같았다. 보트가 바로 위에 있는 것 같았고, 스포트라이트 불빛은 그녀를 잡아낼 정도로 물속 깊이 들어오진 못했다. 보트가 수중 바닥에 닿았다. 버드 키의 모래톱에 닿은 보트가 한참 으드득 소리를 내더니 멈춰버리는 바람에, 한스 피터는 타륜으로 날아갔다가 갑판에 떨어졌다. 그는 얼른 일어났다.

카리는 헤엄을 치다가 손이 바닥에 닿자 일어나서 물속을 달려 빛 한 점 없는 시커먼 버드 키로 들어갔다. 그녀는 달리고 또 달렸다. 물속에서 놈과 싸우는 편이 나을까? **돌아서서 지금 놈과 붙자. 아니야, 물속에선 발을 제대로 찰 수 없고 놈에겐 권총이 있어.**

맹그로브 속으로, 버드 키로 올라가자. 카리는 땅바닥에 널린 쓰레기에 걸려 비틀거리고, 유람선에서 버려진 채 물살에 떠밀려 온 쓰레기들을 헤치고, 강에서 흘러온 잡동사니와 깨진 냉장 박스와 병과 플라스틱 주전자들 사이를 달리고 또 달렸다. 희미한 불빛을 통해 나무들 밑에 있는 하얀 물체들을 보고, 그보다 더 시커먼 것들에 걸려 비틀거렸다. 바닷새의 배설물 냄새가 코를 찔렀고, 둥지에 있던 새들이 중얼거리는 소리가 들렸고, 나무에서 자던 새 무리가 뒤척이는 소리가 들렸고, 자다가 방해를 받은 따오기 무리의 소란스런 소리가 들렸다.

뻥 뚫린 길은 없었고 풀과 나무가 무성하게 자란 오솔길만 몇 개 있었다.

한스 피터는 몇 분이 지나서야 화살을 챙기고 배가 조수에 떠 내려가지 않도록 닻을 내리고 밖으로 나왔다. 그는 화살 하나를 장전하고 긴 다리로 물살을 헤치며 버드 키 가장자리에 있는 울창한 망그로브를 향해 걸어갔다. 허리에는 권총을 차고 있었고, 손전등과 마취 총을 들고 있었다.

얼른 일을 끝내야 했다. 해안 경찰이 언제라도 그의 보트를 살피러 올 수 있었다. 양손에 마취 총과 손전등을 하나씩 든 채 울창한 망그로브를 헤치고 가기란 쉽지 않았다.

카리는 가끔 쓰레기에 걸려 비틀거리면서도 정신없이 달리다가, 예전에 물수리를 구해준 곳 부근에 다다랐다. 어떤 무기든 있기만 하면 쓸 텐데. 뭐든. 몽둥이든, 제발, 작살이건, 빌어먹을, 뭐든 있으면 좋을 텐데.

낚싯줄에 얽혀 죽은 새 한두 마리가 땅에 널부러져 있었다. 부러진 막대기와 텅 빈 밀러 라이트 통도 하나 있었다.

창백하고 희미한 달빛이 고동치는 동안 그 밑으로 구름이 지나갔다.

1,000마리의 새가 중얼거리고 뒤척이는 동안, 새끼 새들이 귀에 거슬리는 소리로 찍찍대다가 어미 새가 토해낸 생선을 먹고 조용해졌다.

해오라기 한 마리가 망그로브 숲 가장자리에서 높은 곳으로 올라가, 뱀 같은 목을 곧추세우고 먹잇감을 공격할 준비를 하고 있었다. 이곳의 밤은 활기가 넘쳤다.

카리는 땅바닥에서 무기를 찾다가 한스 피터가 망그로브 숲에

Thomas Harris

서 허우적거리면서 육지로 올라오는 소리를 들었다. 그녀는 숨을 죽이고 덤불 속으로 다시 들어가, 달빛에 비친 한스 피터의 머리를 바라봤다. 그는 그녀 부근을 지나가고 있었고, 허리띠 뒤에 권총을 차고 있었다. 그리고 안토니오의 귀걸이를 끼고 있었다. 그는 물수리가 매달려 있던 저 작은 빈터에서 그녀를 지나칠 것이다.

그녀는 조심스럽게 덤불 속 깊숙이 물러났다. 어쩌면 그의 뒤로 몰래 다가가서 권총을 낚아챌 수 있을지도 모른다. 천천히 뒤로 물러나, 옆으로 계속 걸으면서 발에 힘을 실어도 될 때까지는 가볍게 움직여. 아주 작은 소리라도 내면 끝장이야.

갑자기 그녀의 머리 바로 위에서 앵무새 한 마리가 꺅 하고 요란하게 울며 날아갔고, 한스 피터가 그녀를 향해 휙 돌아서면서 마취 총을 겨눴다. 총에서 휙 소리가 나더니 화살이 그녀의 귀 옆을 쌩하게 날아갔다. 그가 덤벼들자, 카리는 그의 허벅지를 세게 한 방 찼다. 그가 몸을 던지는 바람에 카리는 그에게 깔린 채 그대로 덤불에 쓰러졌다. 그녀의 두 손이 그의 몸에 눌렸다. 한스 피터는 아주 힘이 세다. 그는 팔뚝 위쪽으로 그녀의 목을 힘껏 누르면서, 주머니를 뒤져서 화살을 하나 더 꺼내 그녀의 몸에 직접 찌르려고 애를 쓰고 있었다. 그때 그의 목에서 대롱거리는 뭔가가 그녀의 얼굴을 스쳤다. 카리는 그가 자신의 성 베드로 십자가 목걸이를 하고 있는 걸 봤다. 그가 반대쪽 주머니를 뒤지기 위해 그녀의 목을 누르고 있던 손을 잠시 바꾸려고 했을 때, 카리는 한스 피터의 머리를 사정없이 들이받으면서 순간 눈앞에서 달랑거리는 십자가를 쥐고 칼날을 잡아 뺐다. 칼날이 길진 않았지만 그렇다고 너무 심하게 짧지도 않았다. 그녀는 칼을 그의 턱 바로 아래쪽의 부드러운 부분에 사정없이 찔러넣은 후에 칼날을 좌우로 흔들었다. 그녀의 의도대로 칼날이 그의 입속으로 올라가서 혀 밑에 있는 커다란 혈관들을 잘라버리자, 숨이 막힌 한스 피터가 일어나 앉으면서 자신의 얼굴을 움켜잡고 피를 뿜어냈다. 그녀는 그의 몸 밑에서 빠져나왔다. 한스 피터는 권총으로 손을 뻗다가 다시 자신의 목을 움켜쥐었다. 코에서 뿜어낸 피가 가슴으로 떨어지는데, 달빛에 비친 그 피는 검어 보였다. 그는 고개를 숙이고 가슴을 들썩이면서 카리에게서 떨어졌다. 카리는 그의 허리띠 뒤쪽에 있던 권총을 빼앗아 그의 등에 총을 쐈고, 그는 물수리가 매달려 있던 나무에 기댄 채 축 늘어졌다. 그는 그 자세로 달빛을 받으며 그녀를 바라봤다. 그녀도 그를 마주봤다. 카리는 눈 한 번 깜박이지 않고 그가 죽을 때까지 지켜보다가 한스 피터에게 다가가 자신의 십자가 목걸이를 되찾았다.

* * *

며칠 후에 사람들이 그를 찾아낼 것이다. 보트를 타고 지나가던 조류 관찰자들이 신고하면 당국에서 발견할 것이다. 그들은 한스 피터가 나무에 기대 앉아 있는 것을 볼 것이다. 그의 양어깨 위에 죽음의 천사들처럼 내려앉은 대머리독수리들은 검은 날개로 그의 어깨를 망토처럼 덮은 채 그의 얼굴에서 부드러운 부분을 쪼아 먹을 것이다. 은으로 씌운 그의 송곳니가 햇빛을 받아 더 반짝일 것이다.

동이 트고 있었다. 떼까마귀 무리가 사는 숲이 잠에서 깨어났다. 큰 액체 방울들이 땅으로 후드득 떨어지고, 첫 번째 새 무리가 일어나 하늘을 빙빙 돌고, 흰 따오기 무리가 아침 첫 햇살을 받으며 한 줄로 늘어서서 눈부신 비행을 시작했다. 새 둥지들이 조금씩 흔들리면서 살아났다.

동쪽에서 해가 떠올랐다. 카리는 버드 키에서 둑길을 보았고, 햇빛이 하늘에 떠 있는 별빛들을 희미하게 지워가자 시버드 스테이션 위에서 희미해지는 경고등을 보았다. 그녀의 교과서들, 그녀의 과일나무 비료, 마이애미 데이드 대학교 학생증이 있는 시버드 스테이션.

카리는 2갤런들이 생수 통 두 개에 물을 채웠다. 하나는 뚜껑이 있었고, 뚜껑이 없는 다른 하나는 플라스틱 조각으로 입구를 막은 후에 낚싯줄로 묶어서 날개꼴 부낭을 만들었다. 그것을 양팔에 하나씩 차고, 만으로 향하는 물살을 헤치고 가서, 다시는 뒤돌아보지 않은 채 아침 햇살을 향해 헤엄을 쳤다.

플로리다, 마이애미 해변

2018

감사의 글

이본 커린Yvonne E. Keairns 박사가 치밀한 현장 연구를 바탕으로 쓴 귀한 논문 〈여아 병사들의 목소리〉을 제공해주신 퀘이커 유나이티드 네이션스 오피스Quaker United Nations Office에 감사드립니다. 마이애미 데이드 카운티의 강력계 경사 데이비드 리버스David Rivers 씨는 직접 교재를 쓰고 강의하셨던 훌륭한 살인 사건 수사 세미나에 저를 초대해주셨습니다. 감사합니다.

펠리컨 하버 시버드 스테이션Pelican Harbor Seabird Station은 다친 야생동물들의 재활 치료와 야생 적응 훈련을 돕는 비영리 단체입니다. 기부금과 자원봉사자들의 후원으로 운영되는 이 단체는 대단히 훌륭하고 인도적인 기관입니다. 언제든 방문객을 환영하고 있습니다.

무엇보다 언제 와도 기분 좋고 아름다운, 지극히 미국적인 특색을 간직한 이 도시 마이애미. 미국까지 건너온 수많은 이민자들이 지켜온 이 도시에 깊은 애정을 보냅니다.

옮긴이 박산호

전문 번역가. 한양대학교 영어교육학과를 거쳐 영국 브루넬대학교 대학원에서
영문학을 전공했다. 하드보일드 문학의 대가 로렌스 블록의 《무덤으로 향하다》로
출판 번역계에 입문했다. 《임파서블 포트리스》, 《지팡이 대신 권총을 든 노인》,
《거짓말을 먹는 나무》, 《토니와 수잔》, 《레드 스패로우》, 《하우스 오브 카드 3》, 《차일드 44》,
《싸울 기회》, 《다크 할로우》, 《콰이어트 걸》, 《용서해줘》, 《레너드 피콕》, 《세계대전 Z》,
《더 포스》, 《내가 없다면》, 《마거릿 대처의 암살사건》, 《사라진 너를 찾아서》 등
70권이 넘는 작품을 번역했다.

카리 모라

1판 1쇄 발행 2019년 9월 11일
1판 2쇄 발행 2019년 9월 30일

지은이 토머스 해리스
옮긴이 박산호
발행인 오영진 김진갑
발행처 나무의철학

책임편집 이다희
기획편집 박수진 박은화 지소연 진송이 김율리 허재희
디자인팀 안윤민 김현주
마케팅 박시현 신하은 박준서
경영지원 이혜선

출판등록 2006년 1월 11일 제313-2006-15호
주소 서울시 마포구 월드컵북로5가길 12 서교빌딩 2층
전화 02-332-3310 팩스 02-332-7741
블로그 blog.naver.com/midnightbookstore
페이스북 www.facebook.com/tornadobook

ISBN 979-11-5851-147-0 03840

이 도서의 국립중앙도서관 출판예정도서목록(CIP)은 서지정보유통지원시스템 홈페이지(http://seoji.nl.go.
kr)와 국가자료공동목록시스템(http://www.nl.go.kr/kolisnet)에서 이용하실 수 있습니다.
(CIP제어번호: 2019031716)